Wolfgang Burger – Mordsverkehr

GPSR-Angaben
Kontrast Verlag
Barbara Jost
Raiffeisenstraße 30, 56291 Pfalzfeld
Mail: GPSR@kontrast-verlag.de
Telefon: +4967468502

6. Auflage
(1. Auflage Zebulon Verlag, Köln
2. Auflage ESPRESSO Verlag GmbH, Berlin)
Titel: Angelika Krikava
Bildquelle: www.photocase.de
Druck und Bindung:
AALEXX Buchproduktion, Großburgwedel
ISBN 978-3-935286-48-0

Wolfgang Burger

Mordsverkehr

1

Werner Fuhrmann schaltete den Scheibenwischer auf höchste Stufe, gab vorsichtig Gas und fluchte lauthals. Der Lastzug, den er gerade überholte, nahm ihm mit einer aufgewirbelten Wolke aus Wasser und Dreck den letzten Rest der ohnehin schlechten Sicht. Der Scheibenwischer schaffte es nicht, für Sekunden fuhr er blind. Dann war er vorbei. Beide stadteinwärts führenden Spuren der Straße waren dicht befahren. Wie jeden Morgen um diese Zeit. Jenseits der Leitplanke sah es nicht anders aus. Von Zeit zu Zeit nervte ihn einer mit schlecht eingestellten oder aufgeblendeten Scheinwerfern. Dass die Leute sich nie die Mühe machten, mal ihre Beleuchtung überprüfen zu lassen! Immer wieder kniff Fuhrmann die Augen zu. Ob diese Schlitzohren in der Werkstatt wirklich neue Wischerblätter montiert oder sie wieder nur auf die Rechnung gesetzt hatten?

Es war eine ekelhafte Fahrerei, stockdunkel, knüppeldicker Berufsverkehr und dazu dieses Dreckwetter. Fehlte nur noch der übliche Morgenstau. Zum tausendsten Mal verwünschte er es, damals wegen der Kinder aufs Land gezogen zu sein und nun jeden gottverdammten Arbeitstag diese Strecke fahren zu müssen. Morgens hin und abends zurück. Hin und zurück, hin und zurück ... Im Sommer ging es ja noch, aber jetzt, im Winter und bei diesem Wetter, das war die Hölle. Aber bald hatte er es wieder einmal geschafft, in zehn Minuten würde er da sein. Und in drei Jahren durfte er in Rente gehen, dann war endlich Schluss damit.

Der Regen schien noch stärker zu werden. Weiter vorne bremsten sie schon wieder. Fuhrmann ging vom Gas, um nicht auf seinen Vordermann aufzufahren. Plötzlich blendete ihn ein grelles Licht, Sekundenbruchteile später war es wieder dunkel. Er hörte einen Knall, eine Explosion, und trat instinktiv auf die Bremse. Ein Schatten kippte vor den Wagen, und schon krachte es zum zweiten Mal. Es gab einen Ruck, er hatte etwas überfahren. Etwas Hartes. Ein kreischendes Geräusch, das Hindernis hing unter dem Wagen und wurde mitgeschleift. Jetzt krachte es hinten, der Wagen machte einen Satz vorwärts, Fuhrmann wurde in die Rückenlehne geschleudert, prallte mit dem Kopf gegen die Nackenstütze. Glas splitterte, alles begann sich zu drehen. Er versuchte gegenzusteuern, aber das Lenkrad war blockiert. Gelähmt klammerte er sich fest, stand mit aller Kraft auf der Bremse, starrte in die kreiselnden Lichter und hoffte, dass er irgendwie zum Stehen kommen würde.

Augenblicke später hörte er einen weiteren Aufprall, aber dieses Mal spürte er keinen Ruck. Vermutlich war einer auf seinen Hintermann aufgefahren.

Endlich stand er. Quer auf der linken Spur. Mit quietschenden Bremsen hielt neben ihm der Lastzug, den er überholt hatte. Ganz langsam ließ Fuhrmann das Lenkrad los. Plötzlich begannen seine Hände zu zittern, und dann zuckte ein stechender Schmerz in den linken Arm. Jemand riss die Wagentür auf.

„Ist Ihnen was passiert?"

„Ich weiß nicht", stöhnte er.

Von weit her hörte er die Stimme noch rufen: „Hat wer ein Telefon? Wir brauchen einen Arzt! Mit dem hier stimmt was nicht!"

Dann hörte er nichts mehr.

2

Thomas Petzold hätte am liebsten gebrüllt, aber er sog nur zischend die Luft durch die Zähne. Mit seinem Kleiderbündel unterm Arm suchte er hinkend den Weg zur Schlafzimmertür. Es war stockdunkel, und immer noch konnte er sich in der neuen, ungewohnten Umgebung nicht zuverlässig orientieren. Deshalb war er eben mit dem nackten Fuß gegen den Bettpfosten gestoßen und hatte jetzt Mühe, die Tür zu finden. Endlich ertastete er die Klinke und schlich hinaus. Steffi war zum Glück nicht aufgewacht. Leise vor sich hin fluchend humpelte zum Bad hinüber, warf sein Bündel auf den Hocker und stieg in die Dusche. Es war Viertel vor sieben, und er war todmüde.

Er drehte das Wasser auf. Kurz blieb ihm die Luft weg, dafür ließ der Schmerz sofort nach. Bald kam warmes Wasser, dann heißes, und jetzt wurde er langsam wach. Mehrfach wechselte er die Wassertemperatur von heiß auf kalt und zurück. Anschließend rasierte er sich, schnippelte ein wenig an seinem blonden Schnurrbart herum und betrachtete sich im Wandspiegel. Er holte tief Luft, zog den Bauch ein, versuchte zu gucken wie Clint Eastwood und ließ seine Armmuskeln spielen. Er war ganz zufrieden mit sich. Beim Squash war er vor einem halben Jahr zum letzten Mal gewesen, und selbst zum Joggen war er in den letzten Monaten wegen des Umzugs und all den damit verbundenen Scherereien nicht gekommen. Aber eine Wohnung renovieren und umziehen ist in gewisser Weise auch eine Art Sport, und außerdem waren da natürlich die Diäten, zu denen Steffi ihn unentwegt nötigte. Dabei hatte er noch nie wirklich Übergewicht gehabt. Petzold fand zweiundneunzig Kilogramm durchaus angemessen für einen Mann, der über eins neunzig groß und kräftig gebaut ist. Aber seine Lebensgefährtin war da leider anderer Ansicht. Die hatte leicht reden, konnte essen wie ein Holzfäller und behielt dabei unverändert ihre Ballettrattenfigur. Manchmal fand Petzold sie sogar etwas zu mager, vor allem ihren Busen. Aber das hätte er nie laut auszusprechen gewagt. Geduldig ließ er die jeweils aktuelle Schlankheitskur über sich ergehen und hielt sich an kleinen Zwischenmahlzeiten im Büro schadlos. Vielleicht sollte er wenigstens mal wieder in die Folterkammer des Polizeisportvereins zum Krafttraining gehen.

Nach einem Blick auf die Uhr zog er sich rasch an, blieb für eine Sekunde regungslos vor der Badezimmertür stehen, riss sie mit einem Ruck auf, und versuchte, Pedro in den Hintern zu treten. Der sprang geschmeidig zur Seite, schnurrte mitleidig und tigerte vor ihm her in die Küche. Petzold schob einen Becher mit Wasser und einem Teebeutel in die Mikrowelle, stellte dem Kater eine halbe Büchse von dessen widerlicher Fleischpampe hin und mischte mit saurer Miene sein Früchtemüsli mit Magerjoghurt. Pedro machte sich sofort über sein Frühstück her, ließ aber dabei seinen Ernährer keine Sekunde aus den Augen. Er schien zu wissen, dass die Sache mit der neuen handbemalten Seidenkrawatte, die er noch unterm Weihnachtsbaum zu einem hübschen Knäuel bunter Putzwolle verarbeitet hatte, nicht vergessen war.

„Pling" – das Teewasser war heiß. Petzold setzte sich an den Küchentisch und begann, hastig zu frühstücken. Gestern Abend war es wieder spät geworden. Wie so oft war Steffi erst um halb elf aus dem Büro gekommen. Sie arbeiteten zurzeit unter großem Termindruck an den Plänen für eine Autobahnbrücke, die nächstes oder übernächstes Jahr gebaut werden sollte, und ständig gab es neuen Ärger damit. Sie war völlig durchgedreht gewesen und hatte lange nicht ins Bett gewollt. So hatten sie noch Musik gehört, gequatscht und eine Flasche Bardolino aufgemacht. Und als sie gegen eins endlich im Bett lagen, hatte Steffi immer noch keine Ruhe gegeben.

Petzold gähnte. Heute war Freitag, und er war froh, dass er am Wochenende endlich mal keinen Bereitschaftsdienst haben würde. Zurzeit konnte er nichts Schöneres vorstellen, als mindestens zwölf Stunden am Stück zu schlafen. Aus der Ferne hörte er Martinshörner, die Feuerwehr vermutlich.

Als er Becher und Müslischüssel beiseite räumte und beschloss, am Samstag endlich die Spülmaschine anzuschließen, war es Viertel nach sieben. Zu spät. Schnell putzte er Zähne, zog das weinrote Jackett über, griff Schlüssel, Geldbeutel und das neue Handy von den zwei aufeinander gestapelten Umzugskartons, die momentan noch die Flurmöblierung bildeten, und verließ im Laufschritt die Wohnung. Die Handys hatte es zur Überraschung aller Anfang Dezember gegeben. Vielleicht ein Weihnachtsgeschenk des Innenministers oder eine schnelle Gelegenheit, übrig gebliebene Haushaltsmittel noch vor dem Jahreswechsel auszugeben. Allerdings hatte nur ungefähr jeder zweite Beamte der Karlsruher Kriminalpolizei eines bekommen. Die anderen mussten vermutlich warten, bis wieder Weihnachten war. Bislang hatte Petzold seines nur dazu benutzt, alle möglichen Bekannten anzurufen und ihnen beiläufig mitzuteilen, dass er jetzt auch eines hatte. Und um sich davon zu überzeugen, dass es tatsächlich funktionierte.

Es regnete in Strömen, aber zum Glück hatte er gestern Abend einen Parkplatz vor der Haustür gefunden. Er zog das Jackett über den Kopf, sprang zum Wagen, schlüpfte hinein und knallte mit dem Kopf gegen den Dachholm. Heute schien nicht sein Tag zu sein. Wenigstens konnte er diesmal hemmungslos fluchen. Noch immer war es völlig dunkel.

Petzold schüttelte sich und drehte den Zündschlüssel. Der Motor sprang sofort an, mit heiserem Dröhnen drehte der luftgekühlte Sechszylinder hoch, er setzte zurück und rangierte vorsichtig aus der Parklücke.

Der Porsche war ein 911er Carrera, Baujahr 1980, den er sich selbst anlässlich der Versetzung zur Kriminalpolizei geschenkt hatte. Natürlich gebraucht gekauft und mit viel Geld und noch mehr Mühe wieder in Schuss gebracht. Steffi hasste den Porsche und hatte sich lange Zeit geweigert, darin mitzufahren. Sie fand, er sei ein Angeberauto für alternde Männer mit Prostatabeschwerden, zu teuer, zu unbequem, zu laut, und überhaupt verbrauche er viel zu viel Benzin. Wieder und wieder hatte sie ihm vorgerechnet, dass ihr Fiat nur halb soviel Sprit brauchte wie sein alberner Sportwagen. Zu Beginn ihrer Beziehung hatte es sogar mehrfach ernsthaften Krach wegen des Autos gegeben, inzwischen sah sie es offenbar als eine nicht zu ändernde Spinnerei an, vielleicht eine milde Form von Geisteskrankheit, die nur Männer befällt. Nur wenn die vierteljährliche Prämienrechnung der Versicherung kam, warf sie einen ihrer Leidensblicke zur Decke und schüttelte stumm den Kopf. Aber Petzold sparte lieber er an anderen Dingen und versuchte, den hohen Benzinverbrauch durch einen vernünftigen Fahrstil auszugleichen. Nur manchmal, wenn die Autobahn frei war, was ja selten genug vorkam, ließ er alle Überlegungen über Rohstoffreserven und Umweltverschmutzung beiseite.

Er bog in die Sophienstraße ein, nach wenigen Metern musste er nochmals rechts einbiegen, und schon stand er wieder. Vorn schien irgendwas los zu sein, aber trotz des schnell laufenden Scheibenwischers konnte er nichts erkennen außer zahllosen bunt glitzernden Lichtern. Wahrscheinlich war die Kriegsstraße wieder einmal dicht. Petzold schlug ein paar Mal auf das Lenkrad, dann beschloss er, sich nicht weiter aufzuregen, und lehnte sich zurück. Wozu war man schließlich Beamter. Er schaltete das Gebläse ein, damit die inzwischen beschlagene Windschutzscheibe frei wurde, und sofort roch es nach Abgasen. Im Radio kam Werbung, dann die Halb-acht-Nachrichten.

Endlich war er an der Ampel. Auf der Kreuzung blockierten sich die Autos gegenseitig, und jetzt endlich erfuhr er, warum.

„Wegen Vollsperrung der Südtangente im Bereich der Bannwaldallee kommt es im gesamten westlichen Stadtbereich von Karlsruhe zu starken Verkehrsbehinderungen. Ortskundige Verkehrsteilnehmer werden dringend gebeten, die westlichen Stadtteile weiträumig zu umfahren ..."

Minuten später bog Petzold in den Hof des Polizeipräsidiums ein, stellte den Wagen ab und rannte, das Jackett wieder über dem Kopf, in Richtung Hintereingang. Obwohl er versuchte, nicht in Pfützen zu treten, hatte er patschnasse Schuhe, als er die Tür erreichte. Er nahm sich vor, Steffis Drängen nachzugeben, sich demnächst einen Mantel zu kaufen und endlich einen Regenschirm ins Auto zu legen. Inzwischen war es zehn vor acht, zwanzig Minuten später als geplant, und er war nass bis in die Hosentaschen.

„Sauwetter!", rief er im Vorbeilaufen dem Pförtner zu, dessen Anblick er immer tröstlich fand, weil der nun wirklich Übergewicht hatte. Der andere nickte nur mit glasigem Blick, offenbar im Halbschlaf.

Die Treppe des alten Gebäudes war feucht von nassen Schuhen, triefenden Schirmen und Regenmänteln. Zwei Stufen vor Petzold ging Gerlach. Der war ein paar Jahre älter als er, wartete auf die Beförderung zum Hauptkommissar, sah aus wie Sherlock Holmes, groß, schlank, spielte auch Schach, aber nicht Geige. Und er rauchte nicht, schon gar nicht Pfeife. Petzold mochte ihn, weil er zwei gute Eigenschaften hatte: Er redete erst, wenn er zu Ende gedacht hatte, und er verfügte, wenn es darauf ankam, über eiserne Nerven. Ansonsten wusste Petzold nur, dass er in einem Reihenhaus in der Nordweststadt wohnte, eine sehr vorzeigbare blonde Frau und zwei kleine Kinder hatte. Und dass er bei jedem Wetter mit der Straßenbahn zur Arbeit kam, weil seine Frau das Auto brauchte.

„Na, im Stau gestanden?", lachte Gerlach, als Petzold ihn einholte. „War aber auch wieder ein Mordsverkehr. Sogar die Straßenbahn ist nicht durchgekommen, ich bin auch zu spät dran."

„Es war die totale Katastrophe. Ich glaub, zu Fuß wär ich schneller gewesen."

„Da hast du deinen Rennwagen mal wieder nicht ausfahren können, was?"

„Wer einen Porsche fährt, braucht nicht zu rasen", erklärte Petzold mit Überzeugung.

Gerlach schmunzelte nur.

„Da muss irgendwas Größeres auf der Südtangente passiert sein. Hast du ´ne Ahnung, was da los ist?"

„Ein Bombenanschlag."

„Über so was macht man keine Witze!"

„Ganz im Ernst. Irgendwer hat an der Südtangente was gesprengt. Mitten im Berufsverkehr. Ist nicht viel passiert, bisschen Blechschaden, und jemand hat einen Herzanfall gekriegt und musste ins Krankenhaus. Aber jetzt ist natürlich großer Aufmarsch da draußen. Verkehrspolizei, KDD, Spurensicherung, kannst du dir ja vorstellen. Die Straße ist jedenfalls für ein Weilchen gesperrt."

„Das erklärt natürlich alles." Petzold schüttelte den Kopf. „Es ist doch nichts so bescheuert, dass sich nicht irgendwann einer findet, der's macht."

Die Südtangente war eine der wichtigsten Verkehrsadern der Stadt. Sie verband die Autobahn A5 mit dem Rheinhafen und den Industriegebieten im Westen und führte von dort weiter über die Rheinbrücke in die Pfalz. Und während der Stoßzeiten war diese Straße auch ohne Bombenanschläge regelmäßig hoffnungslos überlastet.

„Und warum macht der Wahnsinnige das nicht im Sommer? Da könnte man wenigstens mit dem Fahrrad fahren."

„Es gibt Leute, die behaupten, man könne auch im Winter mit dem Fahrrad fahren", erwiderte Gerlach. „Denk an Schilling!"

„Bei diesem Sauwetter? Da nehm ich doch lieber mein Gummiboot."

Gerlach kramte seinen Schlüsselbund heraus. Inzwischen hatten sie das zweite Obergeschoss erreicht. Ihre Büros lagen nebeneinander. Beim Aufschließen warf Petzold einen stolzen Blick auf das neue Schild neben seiner Tür:

Kriminaloberkommissar Petzold
Kriminalkommissar Schilling

Beide Räume waren dunkel, sie waren die Ersten.

„Wann gibt's denn nun endlich den versprochenen Sekt auf deinen Oberkommissar?", fragte Gerlach durch die offen stehende Verbindungstür.

„Ich komm ja nie dazu."

„Mach dir keine Hoffnungen, solche Verpflichtungen verjähren nicht." Gerlach zog seinen Mantel aus. „Die Straßburger Gänseleberterrine aus der Feinkostabteilung von Karstadt soll übrigens ausgezeichnet sein. Und wenn ich mich recht erinnere, hat's bei Lindner sogar warme Quiche Lorraine gegeben und Edelzwicker bis zum Abwinken."

„Hab ich im Lotto gewonnen?", maulte Petzold und hängte sein durchgeweichtes Jackett zum Trocknen in die Nähe der Heizung. Dann schob er das Reiterchen an seinem Wandkalender einen Tag weiter. Es war Freitag, der zwölfte Januar. Zwar nicht der dreizehnte, aber doch beinahe. Auf seinem Schreibtisch lag ein Berg abgegriffener Akten, den er übellaunig betrachtete.

Gerlach ließ drüben Wasser laufen. „Kaffee?"

„Wenn ich den Müll hier sehe, zwei Tassen."

„Was hast 'n da Schönes?" Gerlach stand in der Tür und deutete mit der Kanne auf Petzolds Aktenstapel.

„Der Bankraub vom Mittwoch."

„Der Irre mit dem Fahrrad?"

„Genau. Und hier liegen die ungeklärten Banküberfälle aus den letzten drei Jahren."

„Das war ja wirklich die totale Lachnummer!"

Petzold grinste. Es war der blödsinnigste Bankraub seit Menschengedenken gewesen. Ein hysterischer Kerl war am hellen Vormittag in die Filiale der Sparkasse am Marktplatz gestürmt, hatte herumgebrüllt, ein Loch in die Decke geschossen und war mit fünfundsiebzigtausend Mark Beute abgezogen. Draußen hatte er sich auf ein Fahrrad geschwungen, war aber in seiner Panik schon nach zwanzig Metern mit dem Vorderrad in ein Straßenbahngleis geraten und übel gestürzt. Eine mitfühlende ältere Dame, die ihm aufhelfen wollte, hatte er mit der Waffe bedroht und fast zu Tode erschreckt. Dann hatte er

11

endgültig die Nerven verloren, Fahrrad und Beute liegen lassen, und war zu Fuß durch die Kaiserstraße geflohen. Ärmer als zuvor.

Die Videokamera in der Bank hatte nichts Brauchbares aufgezeichnet. Zwar war sie immerhin eingeschaltet gewesen und hatte sogar funktioniert, aber die Beleuchtung war nicht gut und der Blickwinkel so ungeschickt gewählt, dass man den Bankräuber nur undeutlich von schräg oben sah. Die Kassiererin konnte man gut erkennen, aber der war beim besten Willen nichts vorzuwerfen. Das nagelneue Fahrrad war mit Sicherheit geklaut, und die Zeugen gaben völlig widersprüchliche Täterbeschreibungen. Bis jetzt wusste man nur, dass es ein Mann gewesen war, in einer vergammelten schwarzen Lederjacke und dreckigen Bluejeans, zwanzig bis vierzig Jahre alt, eins siebzig bis eins achtzig groß, mager oder schlank oder vielleicht auch eher füllig, dunkelblond oder braun und eventuell mit Schnauzbart. Schlecht gerochen habe er, da waren sich alle einig, und nicht nur nach Schnaps. Und er sprach Deutsch mit starkem badischem Einschlag. Immerhin etwas.

Petzold zählte die Akten: Es waren dreiundzwanzig Stück. Wenn er für jede eine Viertelstunde rechnete, würde er in knapp sechs Stunden fertig sein. Pausen und Störungen eingerechnet, eine tagfüllende Beschäftigung. Lieber hätte er heute etwas an der frischen Luft zu tun gehabt. Obwohl, bei diesem Wetter ...

Er brüllte: „Scheiß-Job!" und öffnete die oberste Akte. Gerlach klapperte zustimmend mit der Kaffeekanne.

Ein Bankraub in Durlach vor drei Jahren. Vernehmungsprotokolle, Tatortfotos, dann Berichte, Berichte, Berichte. Auch hier ein Einzeltäter, auch er nicht maskiert. Die Täterbeschreibung passte auf ziemlich jeden hellhäutigen Mann Europas. Flucht zu Fuß, und am Ende der Fußgängerzone hatte ein Auto gewartet. Niemand konnte sagen, ob der Bankräuber selbst gefahren war, oder ob ein Komplize im Wagen gesessen hatte, niemand kannte das Kennzeichen, widersprüchliche Aussagen über den Wagentyp. Das Geld war verschwunden. Zweiundzwanzigtausend Deutsche Mark, reichte nicht mal für ein anständiges Auto. Petzold klappte die flache Mappe zu und schob sie nach links, wohin er alle Akten legen wollte, die eine eingehendere Untersuchung wert waren.

Inzwischen war der Kaffee fertig, was die alte Maschine durch rhythmisches Schnarchen anzeigte. Dankbar für die Unterbrechung füllte Petzold drüben seinen Becher, warf drei Süßstoffpillen hinein und dachte für zwei Sekunden an Steffi. Gerlach saß inzwischen an seinem Schreibtisch, ebenfalls mit einem Kaffee, allerdings in einer richtigen Tasse mit Löffelchen und Tellerchen, und raschelte gähnend mit irgendwas herum. Petzold ging zurück in sein Büro und sah durch die beschlagenen Fenster. Langsam schien es hell zu werden. Viertel nach acht, und es schüttete immer noch. Er kippte ein Fenster, tat ein paar tiefe Atemzüge, setzte sich, riss die Augen auf und schlürfte vorsichtig ein paar Schlucke Kaffee. Ein Königreich für ein warmes Bett.

„Weißt du eigentlich, warum Frauen so schlanke Hände haben?", rief er hinüber.

„Verschon mich bloß mit deinen Frauenwitzen!", kam es mürrisch zurück.

Petzold klappte ächzend die zweite Akte auf. Bankraub in der Nähe von Rastatt vor einem Jahr. Zwei Täter, relativ ruhige Sache. Die Angestellten und zwei anwesende Kunden hatten sich richtig, nämlich mucksmäuschenstill verhalten. Die Täter waren mit abgesägten Gewehren bewaffnet gewesen, hatten aber nicht geschossen. Der das Wort führte, hatte einen starken ausländischen Akzent gehabt, untereinander hatten sie irgendeine östliche Sprache gesprochen, die kein Mensch kannte, und der Überfall hatte nicht einmal zwei Minuten gedauert. Vor der Bank ein großer Opel, natürlich in der Nacht zuvor gestohlen. Beute: dreiundsechzigtausend Mark, damit konnte man schon eher etwas anfangen. Vermutlich Profis, die schon Minuten nach der Tat außer Landes gewesen waren. Wenn sie die Grenze bei Plittersdorf überquert hatten, dürften sie keine Viertelstunde gebraucht haben. Seit Einführung des europäischen Binnenmarktes war es regelrecht Mode geworden, in Grenznähe Banken zu überfallen und dann blitzartig nach Frankreich zu verschwinden. Und so gut wie nie erwischten sie einen.

Petzold warf die Akte dorthin, wo der hoffentlich große Stapel der momentan uninteressanten Sachen entstehen sollte, und sah auf die Uhr. Fünf vor halb neun, er lag gut in der Zeit. Draußen war es inzwischen hell, soweit man bei diesem Wetter von Helligkeit reden konnte. Schilling und Hirlinger, Gerlachs Zimmergenosse, waren immer noch nicht da. Vermutlich steckten sie im Stau. Dabei fuhr Schilling immer mit dem Fahrrad oder mit der Straßenbahn, der hatte ja gar kein Auto.

In der Ferne klappte eine Tür, Förster kam. Sein Büro lag hinter Gerlachs. Auch dorthin gab es eine Verbindungstür, die aber so gut wie immer geschlossen war. Eine der Schrullen. von Kriminalhauptkommissar Förster, dem stellvertretenden Dezernatsleiter und ihrem derzeitigen Chef. Es war genau halb neun, er machte jeder Funkuhr Konkurrenz.

Petzold hörte, wie Förster mit seinem Kleiderbügel klapperte, kurz telefonierte und das Zimmer wieder verließ. Er ging zur morgendlichen Besprechung der Dezernatsleiter. Ihr eigentlicher Chef, Erster Kriminalhauptkommissar Hellmann, war seit Tagen krank. Im Präsidium grassierte die Grippe. Viele Kollegen lagen im Bett, was unter anderem dazu führte, dass Petzold sich seit neustem mit Banküberfällen beschäftigte, obwohl er doch zum Dezernat Eins gehörte, der „Abteilung für Mord und Totschlag", wie er nicht ohne Stolz erklärte, wenn er nach seinem Beruf gefragt wurde.

„Weißt du, was mit den anderen ist?", fragte Petzold, um zu testen, ob Gerlach nicht eingeschlafen war.

„Vielleicht stecken sie im Stau, oder sie haben jetzt auch noch die Grippe."

„Dann hängen wir ein Schild raus: 'Wegen Krankheit geschlossen. Alle Arten von Gesetzesübertretungen sind bis auf weiteres einzustellen', und gehen auch heim."

„Wenn du meinst."

Petzold seufzte und zog die nächste Akte vom Stapel. Mit Gerlach war heute offenbar nicht gut reden.

Kurz vor neun polterte Hirlinger fluchend ins Büro. Er kam jeden Morgen aus der Pfalz, über die Rheinbrücke und die Südtangente, und der Stau hatte ihn voll erwischt. Normalerweise brauchte er, wie er hartnäckig behauptete, kaum zwanzig Minuten, heute war es fast eine Stunde mehr gewesen. Er wurde von Gerlach über den Grund für die Sperrung aufgeklärt, worauf seine Flüche noch um einiges gehaltvoller wurden.

Als Petzold die fünfte Akte zuklappte, stand es vier zu eins. Vier Nieten und erst ein interessanter Fall, das machte Hoffnung. Drüben öffnete sich die Tür. Förster kam, wie üblich in einem geschniegelten Anzug und wie geleckt glänzenden Schuhen. Jeder hätte ihn eher für einen Zahnarzt oder den Leiter einer mittleren Bankfiliale als für einen Polizisten gehalten.

Petzold ging hinüber und roch schon in der Tür, dass Hirlinger eine Fahne hatte. Wenn er so weitermachte, würde er bald wieder beim Chef antanzen dürfen. Förster sah müde aus.

„Morgen allerseits. Wo ist Schilling?"

„Keine Ahnung", antwortete Gerlach. Förster runzelte die Stirn, schüttelte den Ärmel seines Jacketts nach unten und hob eines seiner Papiere in die Höhe. „Es gibt Arbeit. Ein Bombenanschlag auf der Südtangente heute Morgen."

„Schon gehört. Aber ist das nicht eher was für den Staatsschutz?", fragte Gerlach.

Förster strich über seine kurzen grauen Haare, unterdrückte ein Gähnen und erwiderte: „Im Prinzip ja. Aber die haben im Moment sehr viel zu tun, und da bis jetzt kein politischer Hintergrund auszumachen ist, haben wir den Fall vorläufig. Es gibt kein Bekennerschreiben oder so etwas."

„Also, wenn ihr mich fragt", maulte Hirlinger, „diese faulen Säcke vom Staatsschutz wollen sich doch bloß wieder drücken. Die haben doch immer viel zu tun!"

Niemand reagierte. Hirlinger war unbeliebt. Er war einer der wenigen Kollegen im mittleren Dienst, Kriminalobermeister, schlechter bezahlt als die jungen Kommissare um ihn herum, obwohl er dieselbe Arbeit tat, und das nahm er ihnen übel. Es hieß, früher sei er einmal ein guter Kriminalbeamter gewesen, ein Spezialist für nervenzermürbende Dauerverhöre, aber inzwischen konnte sich kaum noch jemand daran erinnern. Er trank mehr, als ihm gut tat und drückte sich vor der Arbeit, wo er konnte.

Förster warf ihm über seine Goldrandbrille hinweg einen tadelnden Blick zu und fuhr fort: „Der Kriminaldauerdienst ist vor Ort, die Spurensicherung läuft noch. Sie werden sich bei uns melden, wenn sie den Fall übergeben."

Petzold verdrehte die Augen, das war Originalton Förster, er redete wieder wie ein Lexikon. Er allein war hier im Stande, das Wort „Kriminaldauerdienst" auszusprechen, ohne sich die Zunge zu verrenken. Jeder andere hätte „KDD" gesagt.

„Und wer soll es machen?", fragte Gerlach misstrauisch.

Förster reichte ihm wortlos das Papier.

Gerlach murrte: „Als ob ich nicht genug zu tun hätte! Ich hab doch schon diese Schießerei in der Altstadt am Hals, und die tote Nutte liegt auch noch irgendwo auf meinem Tisch rum. Und was weiß ich, was sonst noch!" Wütend wies er auf den Aktenstapel vor sich. „Soll ich mich in Stücke reißen?"

„Herr Gerlach!" Förster hatte offenbar schlechte Laune. „Ich hatte nicht vor, hier eine Diskussion mit Ihnen zu führen! Ich sage, Sie machen das, und dann machen Sie das. Das war eben eine dienstliche Anweisung, ist das klar? Ich kann mir die Fälle nicht aussuchen, die man uns hereinreicht. Schluss, aus."

Als Hirlinger Luft holte, um auch noch seinen Senf zu der Sache zu geben, brüllte Förster: „Und Sie halten den Mund hier, verstanden?" Rums, die Tür war zu. Er hatte offenbar ganz ausgesucht schlechte Laune.

„Aaar ... beit versüßt das Leben", sagte Gerlach. Er hatte etwas ganz anderes sagen wollen, aber Försters Tür hatte sich überraschend wieder geöffnet.

„Es tut mir Leid. Aber ich habe weder die grippalen Infekte noch die Mafia erfunden. Wir müssen alle sehen, wie wir zurechtkommen. Vielleicht haben wir ja Glück, und es waren Verrückte, von denen wir nie wieder etwas hören, und die Sache erledigt sich von selbst. Ich weiß auch, dass es zurzeit nicht einfach ist, das können Sie mir glauben. Tun Sie eben, was Sie können."

„Die Herren Kollegen vom Staatsschutz observieren den Dackel von irgendeinem Bundesrichter, und wir sollen ihre Arbeit machen", schimpfte Gerlach. „Wird wirklich Zeit, dass diese Soko aufgelöst wird. Da kommt doch sowieso nichts mehr raus."

Die meisten der noch einsatzfähigen Beamten waren seit zwei Wochen der Mordkommission Goldani zugeteilt. Es ging um den Mord an einem Durlacher Pizzabäcker, der böse nach einer Mafia-Hinrichtung aussah. Die Sonderkommission hatte über dreißig Beamte an sich gebunden, und von den knapp zwanzig Kriminalpolizisten, aus denen das Dezernat Eins bestand, waren gerade noch fünf übrig geblieben, einschließlich Förster.

„Also dann, Herr Gerlach. Sie bekommen die Akten von mir, sobald sie hier sind, und übernehmen die Sache. Vielleicht fahren Sie gleich mal hinaus und sehen sich die Geschichte an, solange noch nicht alles weggeräumt ist? Die tote Prostituierte können Sie ja einstweilen ein wenig zur Seite schieben."

Gerlach griff zum Telefon, um ein Auto anzufordern und verschwand mit dem Mantel über dem Arm. Petzold fragte sich, ob Förster es jemals über sich bringen würde, sich mit seinen Leuten zu duzen. In den anderen Dezernaten waren alle per dich, einschließlich der Sekretärinnen und des Chefs, aber Förster hielt auf Abstand. Nie hatte jemand ein persönliches Wort von ihm gehört. Und nachdem vor zwei Jahren überraschend seine Frau gestorben war, hatte er sich noch mehr verschlossen.

Um halb zehn kam Schilling und hängte seinen Dufflecoat an die Garderobe. Auf Petzolds Schreibtisch stand es sechs zu zwei. Schilling war beim Zahnarzt gewesen.

„Ein Weischheitschtschahn!" Die Narkose wirkte noch nach.

Schilling war der Jüngste in der Gruppe, hatte erst vor wenigen Monaten seinen Dienst angetreten, frisch von der Polizeifachschule. Er schaltete den PC ein, äugte durch seine altmodische große Hornbrille wie eine Eule auf Beutesuche und fragte: „Wasch schteht an?"

Petzold berichtete kurz über den Anschlag, und sie kamen überein, dass es ein ruhiger Tag werden würde. Schilling war bisher der einzige in der Gruppe, der einen PC auf dem Schreibtisch stehen hatte. Die anderen beneideten ihn nicht darum, aber er selbst war stolz darauf.

Petzolds Telefon klingelte. „Hallo Ssssüßer!", hauchte es aus dem Hörer. Steffi. Er lehnte sich zurück.

„Na, Dicke, schon ausgeschlafen?"

„Wenn du es wagen solltest, mich noch ein einziges Mal Dicke zu nennen, dann werde ich dich nie mehr auch nur das kleinste bisschen lieb haben und außerdem mit allen meinen Kindern ins Frauenhaus ziehen!"

Petzold lachte. „Ich glaub kaum, dass sie dich dort nehmen werden. Erstens sind wir ja gar nicht verheiratet, und zweitens, wo willst du auf die Schnelle die Kinder her kriegen?"

„Trotzdem!", maulte sie und lachte dann. „Pass auf, Süßer, ich muss jetzt gleich los ins Büro, hab natürlich viel zu lange im Bett gelegen." Sie kicherte. „Weil man aber auch nie in Ruhe einschlafen kann ... Heute Abend wird's sicher wieder spät. Kannst du was fürs Wochenende zum Essen besorgen? Ich mag nicht schon wieder kalte Pizza vom Fliegenden Italiener."

„Will sehn, was sich machen lässt. Sonst geh ich morgen früh auf den Markt."

„Okay, dann bis heute Abend, Lieber! Und sei hübsch brav, hörst du? Und dass du mir keine Dummheiten machst, ja? Küsschen!" Klack – schon war sie weg.

Grinsend legte Petzold den Hörer auf. Bisher hatten sie das Thema Kinder sorgfältig gemieden. Steffi hatte erst vor zwei Jahren den Job in diesem Ingenieurbüro gefunden und dachte nicht im Traum daran, ihn gleich wieder an den Nagel zu hängen, um Breichen zu kochen und Kinderpopos zu ölen. Er selbst war noch nicht einmal auf den Gedanken gekommen, dass ja auch er den Beruf zugunsten der Familie hätte aufgeben können. Vielleicht sollten sie endlich heiraten, um wenigstens die Steuervorteile mitzunehmen.

Hinter Petzold piepste etwas. Nach kurzer Verwirrung fiel ihm das Handy ein. Er schälte es vorsichtig aus der feuchten Jacketttasche, klappte es auf und meldete sich verwundert.

„Dass du mir nicht mit fremden Onkels mitgehst! Und vor allem nicht mit fremden Tanten! Hörst du! Und du lässt dir von niemandem Süßigkeiten schenken! Von gar nie...man...dem! Gell?" Steffi lachte glucksend und hatte schon wieder aufgelegt. In der Zeit, die er benötigte, einen Gedanken zu fassen und Atem zu holen, konnte sie eine komplette Rede halten.

Um halb elf kam Gerlach von der Tatortbesichtigung zurück.

„Nicht mehr viel zu sehen", berichtete er und schüttelte seinen Mantel aus. „Das meiste ist schon abgeräumt, und der Verkehr läuft inzwischen auch wieder. Ach, es gibt übrigens einen Toten."

„Was?"

„Ein älterer Mann hat sich bei dem Knall zu Tode erschreckt. Ist auf der Fahrt ins Klinikum gestorben. Herzinfarkt."

„Wie nennt man denn so was?", fragte Petzold gähnend. „Groben Unfug mit Todesfolge?"

„Was hat er eigentlich gesprengt?", wollte Schilling wissen. Er schien inzwischen wieder wie ein normaler Mensch sprechen zu können.

„Eine von diesen Radarkisten."

„Dann ist alles klar, dann war's ein Racheakt. Da ist einer geblitzt worden, und jetzt stinkt's ihm, dass er zahlen muss."

Gerlach nickte. „Diesen Starenkästen ist ja schon öfter mal was zugestoßen."

Petzold lachte. „Einen haben sie sogar mal regelrecht hingerichtet. Erschossen, mit 'ner vierundvierziger Magnum! Die Verkehrsdödel haben das Geschoss in die KT zur Untersuchung gebracht und wollten wissen, ob wir die Waffe kennen!"

„Und einen haben sie letzten Herbst samt Mast geklaut", ergänzte Schilling.

„Das wäre die einfachste Lösung", sagte Gerlach hoffnungsvoll. „Dann hätte sich die Sache erledigt. Zu fassen kriegen wir den Idioten sowieso nie, wie es im Moment aussieht. So gut wie keine Spuren, keine Zeugen, nichts."

„Zu blöd, dass dieser Kerl gestorben ist. Sonst könntest du die Akte gleich zumachen", sinnierte Petzold.

„Dieses Arschloch! Mitten im Berufsverkehr!" Zu aller Überraschung war Hirlinger auch noch da.

Gerlach setzte sich und griff ein Papier. „Vielleicht haben wir ausnahmsweise mal Glück, und es ist doch was Politisches."

Petzold gähnte. „Oder ein Aprilscherz."

„Irre ich mich, haben wir nicht Januar?"

„Nobody's perfect", meinte Schilling.

Petzold war inzwischen bei der elften Akte. Danach stand es neun zu zwei, er kam aus dem Gähnen nicht mehr heraus, und wurde zuletzt nur noch von immer heftigerem Magenknurren wach gehalten. Hin und wieder klingelte ein Telefon, wobei er jedes Mal hochschrak, oder jemand brachte oder holte irgendwelche Akten, einmal auch die Post. Hirlinger ging mehrfach hinaus und kam lange nicht wieder, und jeder wusste, warum: Er saß auf dem Klo und rauchte. Seit einer Abstimmung im letzten Jahr herrschte in den zwei Büros Rauchverbot.

Um zwölf gingen Gerlach und Schilling in die Kantine, und Hirlinger packte sein Wurstbrot aus. Er ging grundsätzlich nicht mit den anderen essen, ob aus Trotz oder Sparsamkeit war nicht bekannt. Petzold beschloss, dass ein schwer arbeitender Oberkommissar, der als Frühstück Müsli und Joghurt zu sich nehmen muss, nicht von einem Stückchen Rotbarschfilet und einem Klecks Kartoffelsalat satt werden kann. Da es kaum noch regnete, wollte er in der Mittagspause schon seine Einkäufe erledigen, irgendwo ein oder zwei belegte Brötchen essen und endlich den versprochenen Sekt besorgen.

Auf dem Weg zum Supermarkt in der Karlstraße dachte er wieder an den Bombenanschlag. Ein Gefühl sagte ihm, dass die Sache noch nicht zu Ende war.

3

Kurz vor eins klinkte Petzold mit dem Ellenbogen die Bürotür auf. Er war leicht behindert, da er in der einen Hand zwei Plastiktüten mit Einkäufen und in der anderen sein drittes Schinkenbrötchen trug, und er hatte es eilig, weil sein Telefon klingelte. Hastig warf er die Tüten auf den Schreibtisch, würgte den Bissen hinunter, an dem er gerade kaute, griff im Stehen den Hörer und brüllte: „Verfluchte Scheiße! Was für eine Schweinerei!"

Am anderen Ende war es still. Dann meldete sich eine zaghafte Frauenstimme: „Na, also hören Sie mal ... Also ..."

Die Stimme kam ihm bekannt vor.

„Entschuldigung, ich hab nicht Sie gemeint. Ich hab hier eben meinen Kaffeebecher umgekippt, und jetzt schwimmt alles auf meinem Schreibtisch ..."

„Versuchen Sie's doch mal mit einem Tempotaschentuch."

„Guter Tipp, Moment ... Ich muss erst die Akte hier retten ... So geht das nicht, ich leg mal kurz den Hörer weg ..."

Petzold warf den Rest seines Schinkenbrötchens auf den Schreibtisch, und es gelang ihm, eine weitere Ausbreitung der Katastrophe zu verhindern, die umgekippten Sektflaschen zum Stehen und einige noch unbeschädigte Dinge in Sicherheit zu bringen. Mit Hilfe aller verfügbaren Papiertaschentücher baute er einen provisorischen Staudamm, dann nahm er den Hörer wieder auf. „So, da bin ich wieder. Tut mir Leid."

„Schon gut. Sie kennen mich, mein Name ist Frey ... Ach Gott, ich bin so aufgeregt ... Ich hab ihn nämlich gesehen, gerade eben ... Und ich weiß, wo er wohnt!"

Petzold dämmerte, dass diese atemlose Stimme zu der großen blonden Sparkassenangestellten gehörte, die er am Mittwoch vernommen hatte. Die Kassiererin, die dem Bankräuber das Geld ausgehändigt hatte. „Wen haben Sie gesehen?", fragte er und versuchte, ein neues Rinnsal mit Hilfe eines Bleistifts und eines Radiergummis zum Stillstand zu bringen.

„Den Bankräuber natürlich! Ich war in der Stadt, Besorgungen machen. Wissen Sie, wir haben ja nur eine halbe Stunde Mittagspause, und da geh ich oft ... Ach, das ist ja jetzt egal. Und da hab ich ihn gesehen ... Auf der Treppe vor der Hauptpost hat er gesessen. Und dann ist er aufgestanden und nach Hause gegangen, und ich bin ihm gefolgt." Langsam kam sie wieder zu Atem.

„Sie haben ihn verfolgt?" Petzold ließ den Kaffee laufen, wohin er wollte. „Hatten Sie denn keine Angst, dass er Sie erkennt?"

„Nein. Er hat sich ja nie umgedreht. Und es war auch gar nicht weit. Er hatte eine Flasche dabei und ist ein paar Mal fast hingefallen. Ich glaube, er war ziemlich betütert ... betrunken." Jetzt erst schien ihr die Gefahr bewusst zu werden, in die sie sich begeben hatte.

„Moment mal. Soll das heißen, Sie wissen, wo er wohnt?"

„Ja doch! Das versuche ich Ihnen doch die ganze Zeit zu erklären! Er wohnt in der Douglasstraße zwölf, Hinterhaus. Da ist so ein kleiner Anbau, wie ein Schuppen. Und er heißt Erdrich, wenn ich richtig gelesen habe. Ich bin dann schnell zurückgelaufen, in die Sparkasse, um Sie anzurufen."

Petzold schüttelte den Kopf. Und da las man nun den ganzen Vormittag Akten! Eilig machte er Notizen auf einem nur teilweise aufgeweichten Block. „Sie sind wirklich sicher, dass er es war?", fragte Petzold noch einmal nach. Er konnte sein Glück immer noch nicht fassen.

„Ja, natürlich, so glauben Sie mir doch endlich! Ich habe vor allem seine Lederjacke erkannt. Die war an der linken Schulter ein bisschen abgeschürft, da war so ein heller Streifen. Aber auch das Gesicht. Ja, ich bin ganz sicher."

„Wir machen uns sofort auf den Weg. In ein paar Minuten sind wir da, und wenn er es ist, nehmen wir ihn fest. Vielen Dank für Ihre Unterstützung ... und vor allem für Ihren Mut", fügte er mit ehrlichem Respekt hinzu.

„Sie brauchen sich nicht sehr zu beeilen. Er schläft, soweit ich gesehen habe."

Petzold verkniff sich die Frage, ob sie ihn sicherheitshalber schon ans Bett gefesselt hatte.

Schnell packte er die zwei Sektflaschen in den Kühlschrank, erledigte die dringendsten Aufräumungsarbeiten auf seinem Schreibtisch, forderte per Telefon ein Auto an und zur Unterstützung einen Streifenwagen der Schutzpolizei. Er nannte die Adresse und gab seine Anweisungen: kein Blaulicht, kein Aufstand, einfach nur hinkommen und warten. Jetzt brauchte er noch einen zweiten Mann. Die Zimmer waren leer, auch Hirlinger war verschwunden. Vermutlich saß er wieder auf dem Klo. Petzold hastete zur Tür und warf einen Blick auf den Flur. Niemand zu sehen. Er sah auf die Uhr: fünf nach eins. Streng genommen war die Mittagspause längst zu Ende. Als er anfing, telefonisch nach seinen Kollegen zu fahnden, kamen Schilling und Gerlach herein und verstummten, als sie Petzolds Gesichtsausdruck bemerkten. Er informierte sie kurz. Schilling kam mit.

Sie fuhren mit dem dunkelgrünen Audi, den Petzold nicht leiden konnte. Alle brauchbaren Fahrzeuge hatten sie natürlich an die Sonderkommission abgeben müssen. Der Audi hatte seit Ewigkeiten Probleme mit der Zündung. Mehrfach war er in der Werkstatt gewesen, aber es hatte sich nichts geändert. Auch heute wollte er erst nach langem Georgel anspringen und lief dann eine ganze Weile nur auf drei Zylindern.

Die Douglasstraße lag mitten in der Stadt, in der Nähe der Hauptpost und des Europaplatzes. Der war bis vor kurzem – bis die Polizei auf Drängen geplagter Geschäftsinhaber endlich durchgegriffen hatte – der Hauptumschlagplatz für Drogen aller Art gewesen. Inzwischen war es dort friedlich geworden, und die Szene hatte sich etwa einhundert Meter nach Süden verlagert. Jetzt hatten die dortigen Anwohner die Probleme am Hals und wurden langsam rebellisch.

Petzold trat aufs Gas und fragte: „Weißt du, warum Frauen so schlanke Hände haben?"

„Kennst du auch noch andere Witze?", antwortete Schilling müde.

Nach knapp zehn Minuten waren sie in der Douglasstraße. Weisungsgemäß hatte der Streifenwagen ein paar Meter von der angegebenen Nummer entfernt auf dem Gehweg geparkt. Sie informierten die Kollegen über die geplante Festnahme. Die beiden guckten nur mäßig begeistert, als sie ihre Waffen überprüften.

Das Haus war ein heruntergekommener Altbau. Im Erdgeschoss gab es eine kleine Bar mit rotem Samt und einigen angestaubten und verblichenen Fotos im Fenster. Daneben eine Einfahrt, die in den Hinterhof führte, das Tor stand offen. Im Hof drei große Müllcontainer, einer davon anscheinend vor kurzem ausgebrannt, allerhand Krempel aus der Bar, Getränkekästen, zertrümmerte Stühle, eine nackte römische Göttin aus Plastikmarmor und ein altes Kreidler-Moped mit aufgeschlitztem Sitzkissen. Die Betonfläche war rundum von vier- oder fünfgeschossigen Altbauten eingekesselt, keine Spur von etwas Grünem oder auch nur einem Blumentopf.

Gegenüber der Einfahrt stand tatsächlich ein kleiner, einstöckiger Anbau. Der Schuppen hatte einen separaten Eingang, ein Fenster an derselben Wand und einen Klingelknopf.

Petzold überquerte den Hof, hielt sich, so gut es ging, in der Nähe der Wand, duckte sich unter dem Fenster hindurch und sah auf das Namensschild:

Erdrich

Vorsichtig spähte er durch die schmierige Scheibe. Drinnen war es dunkel, aber nach einigen Sekunden erkannte er, dass der Wohnungsinhaber angekleidet auf einem Bett an der gegenüberliegenden Wand lag und wirklich zu schlafen schien.

Er winkte seine Kollegen herbei und sagte leise: „Das ist wirklich der Kerl aus der Bank. Die Frau hat Recht gehabt."

Flüsternd beratschlagten sie, was zu tun sei. Da der Mann vermutlich bewaffnet war, mussten sie ihn überraschen. Schilling schlug vor, kein Risiko einzugehen, sondern die Eingreifgruppe zu alarmieren und die Sache erledigen zu lassen, aber Petzold wollte es selbst zu Ende bringen. Er würde die altersschwache Tür eintreten und, falls die Hütte dabei nicht einstürzte, den mutmaßlichen Bankräuber festnehmen, bevor er auch nur aufwachte.

Die zwei Schutzpolizisten, von denen man nicht wusste, ob sie vor Angst oder Diensteifer blass waren, wurden mit gezückten Pistolen rechts und links der Tür postiert. Schilling hatte seine Walther PPK gezogen, stand breitbeinig schräg hinter Petzold und sah ebenfalls nicht glücklich aus. Auf ein Nicken Petzolds hin luden alle durch, entsicherten, und hielten, wie tausendfach geübt, die Waffen mit beiden Händen senkrecht nach oben. Petzold holte tief Luft, hob den rechten Fuß und trat mit der geballten Wucht seiner zweiundneunzig Kilogramm knapp unterhalb der Klinke gegen die Tür.

Das scheppernde Krachen hallte in dem engen Hof wider, Holz splitterte, irgendwas klimperte am Boden, aber ansonsten entsprach das Ergebnis der Aktion in keiner Weise dem, was Petzold erwartet hatte. Das Schloss war nach innen weg gebrochen, die Klinke hing schief nach unten, und die Tür hatte einen langen Riss. Aber sie war verschlossen wie zuvor.

Fluchend sprang Petzold zur Seite, in die Deckung der Wand. Nein, heute war wirklich nicht sein Tag. Er hatte getan, wovor man sie in der Ausbildung immer wieder eindringlich gewarnt hatte: Er war ein völlig sinnloses und unnötiges Risiko eingegangen, und es war genau das dabei herausgekommen, was man ihnen immer vorhergesagt hatte: Er saß in der Patsche. Er erwartete, dass jeden Moment die ersten Schüsse durch die Tür knallten, und hatte zudem den Eindruck, dass die Schutzpolizisten, obwohl starr an die Wand gedrückt, sich ein Grinsen nicht verkneifen konnten. Vermutlich freuten sie sich, dass einem der eingebildeten Kripobeamten mal was in die Hosen ging und sie dabei sein durften.

Schilling warf Petzold einen Blick zu, der eine längere Belehrung über Polizeitaktik bei der Festnahme vermutlich bewaffneter Verdächtiger ersetzte, und schlich zum Fenster hinüber. Aufs äußerste angespannt sah er hinein. Plötzlich richtete er sich auf. „Der schläft ja immer noch!"

„Muss der besoffen sein", sagte einer der Uniformierten und gewann ebenfalls deutlich an Körpergröße. Über ihnen wurden nach und nach Fenster geöffnet, die Sache entwickelte sich zu einer öffentlichen Veranstaltung. Schließlich schlug Schilling ohne große Vorsichtsmaßnahmen mit dem Ellenbogen das Fenster ein, öffnete es und kletterte hindurch, während Petzold mit der Waffe im Anschlag den schlafenden Mann beobachtete. Der rührte sich nicht. Man hörte Schilling innen stöhnen und fluchen, es rumorte an der Tür, sie wurde aufgerissen, Schilling stürzte nach Luft schnappend heraus, und ein mörderischer Gestank strömte ihm nach.

„Die Tür war von innen verrammelt, zwei Sperrriegel! Und der Typ hat sich voll gekotzt. Da drin stinkt's wie in einem hinterbengalischen Schweinestall!"

„Wie um Gottes willen stinkt es denn in einem hinterbengalischen Schweinestall?", fragte Petzold.

„Sind die in Bengalen nicht überhaupt Moslems?", wollte der ältere der Streifenbeamten wissen.

„Wieso?"

„Na, dann essen die doch gar kein Schweinefleisch. Und wozu haben sie dann Schweineställe?"

„Ach, ich dachte immer, das sind Hindus?"

„Wo liegt denn dieses Hinterbengalen eigentlich? Oder gibt's das etwa gar nicht?"

„Ihr habt sie ja nicht alle!", sagte Petzold, zog die Handschellen aus der Tasche und trat durch die Tür. Erfolglos versuchte er, den Mann mit Tritten gegen das Bett zu wecken. Der lag in einer großen Lache von Erbrochenem, es war nicht erkennbar, ob er noch atmete, und es war nicht auszuschließen, dass er auch die Kontrolle über verschiedene andere Körperöffnungen verloren hatte. Petzold steckte die Handschellen wieder ein und machte kehrt.

„Der ist vollkommen hinüber. Ich ruf 'nen Krankenwagen. Passt ein bisschen auf ihn auf. Ich glaub aber nicht, dass er was anstellt. Bin nicht mal sicher, ob der noch lebt."

„Dass einer in so einem Suff noch dran denkt, die Tür dermaßen zu verrammeln", wunderte sich Schilling.

„Wahrscheinlich hat er Angst, dass ihm einer seine Flaschensammlung klaut."

24

„Ja, das angesammelte Leergut ist in diesen Kreisen oft der einzige nennenswerte Besitz." Schilling sicherte seine Pistole und steckte sie weg.

Ohne Eile ging Petzold zum Auto, um zu telefonieren. Bald hörte er in der Ferne das Martinshorn, nach wenigen Minuten war der Notarztwagen da, und jeder der Polizisten war von Herzen froh, dass er den Sanitätern bei ihrem Job nicht helfen musste. Die luden die Schnapsleiche auf eine Trage, über die sie zuvor eine feste Plastikplane gebreitet hatten. Auf dem Hof stellten sie ihn ab, und der Arzt, ein blasser junger Kerl, der aussah, als würde er sich am liebsten selbst auf die Trage legen, untersuchte ihn kurz. Er hob ein Augenlid, leuchtete in die Pupille und fühlte den Puls.

„Schwere Alkoholvergiftung. Da hat nicht viel gefehlt zum Exitus. Mit dem können Sie vor morgen nichts anfangen. Sagen wir besser, übermorgen."

„Morgen und übermorgen ist Wochenende", sagte Petzold. Der Arzt zuckte die Schultern und schloss seinen Koffer. Die Sanitäter hoben die Trage an.

„Wohin bringen Sie ihn?", fragte Petzold.

„Ins Städtische", antwortete der Arzt schon im Weggehen.

„Der Mann ist festgenommen, ich schicke jemanden zur Bewachung!", rief Petzold hinterher.

„Tun Sie, was Sie nicht lassen können", erwiderte der andere. Sekunden später ertönte wieder das Martinshorn und entfernte sich rasch.

„Und wie vergnügen wir uns weiter?" Schilling schien plötzlich bester Laune zu sein.

„Versiegeln."

„Das ist eine ganz vorzügliche Idee, die könnte ja fast von mir sein!", strahlte Schilling und war sichtlich froh, das stinkende Loch nicht durchsuchen zu müssen.

„Einmal geh ich noch rein und seht nach, ob ich die Pistole finde. Die würd ich gern sicherstellen."

Petzold lieh sich von den Schutzpolizisten eine Taschenlampe und holte tief Luft. Er fand einen Lichtschalter neben der Tür und sah sich um. An der Einrichtung hätte die Sperrmüllabfuhr ihre helle Freude gehabt. Ein verdächtig neuer Videorecorder, ein Fernseher und ein Kofferradio schienen das einzig Brauchbare zu sein. In der Ecke dröhnte ein antiquarischer Kühlschrank vor sich hin. An den Wänden Porno-Poster von der härteren Sorte. Überall lagen Kleidungsstücke, Magazine mit eindeutigem Inhalt und leere Schnapsflaschen verstreut. Eine durch einen bunten Plastikvorhang verhängte

Tür führte in einen zweiten Raum, vermutlich Bad und Klo, und dort schien es irgendwann eine Überschwemmung gegeben zu haben. Vor dem Durchgang hatte der Teppich einen großen braunen Fleck und warf Wellen. Petzold würgte seinen Ekel herunter und begann, hastig den Raum zu durchsuchen. Schon nach wenigen Augenblicken hatte er die Waffe gefunden. Sie lag unter dem Bett, ziemlich weit hinten. Er kramte eine Plastiktüte aus der Jackettasche, streifte sie über die Hand und versuchte, die Pistole zu erreichen, aber es gelang ihm nicht. Mit rotem Kopf stürzte er ins Freie. Die anderen erwarteten ihn grinsend.

„Sie liegt unterm Bett, aber ich komm nicht dran", berichtete er atemlos.

„Lass mich mal", tönte Schilling heldenmütig, betrat den Raum und kehrte schnell zurück. Die Waffe baumelte an einem Kugelschreiber in seiner Hand. Sie war gesichert.

„Tja, schlank muss man sein!", grinste er.

„Was ist denn das für ein komisches Teil?", fragte einer der Schutzpolizisten. Auch Petzold hatte noch nie eine solche Pistole gesehen.

„Das ist eine tschechische M-52, neun Millimeter Para", erklärte der zweite Streifenbeamte nach einigen sachverständigen Blicken. „Die gehört schon fast ins Museum."

Schilling ließ das gute Stück in Petzolds bereitgehaltene Tüte fallen. Nach dem Gewicht zu schließen, war sie geladen. Petzold ging noch ein letztes Mal in den fernöstlichen Schweinestall, verriegelte die Fensterläden und versuchte im Hinausgehen, die Tür ins Schloss zu ziehen, aber der Riegel fasste nicht mehr. So stellten sie nach einigem Hin und Her zwei Bretter, die sich im Hof fanden, kreuzweise in den Rahmen, banden die Tür mit Hilfe eines ebenfalls gefundenen Drahtstückes zu und verzierten das Arrangement mit einigen bunten Siegelmarken. Später würden sie einen Schlosser beauftragen, die Tür in Ordnung zu bringen. Aber das eilte nicht, das Hauptbeweisstück hatten sie, und da drin gab es nicht viel zu stehlen.

Petzold und Schilling verabschiedeten sich von den Schutzpolizisten, oben klappten nach und nach die Fenster zu, Ende der Vorstellung. Alle waren zufrieden. Die Zuschauer hatten Gesprächsstoff für Tage, Petzold freute sich darauf, die Akten auf seinem Schreibtisch zusammenzupacken und auf dem schnellsten Weg zurück ins Archiv zu schicken, Schilling war glücklich, dass alle noch gesund und am Leben waren, und die Schutzpolizisten brannten darauf, die Geschichte ihren Kollegen zu erzählen.

Zurück im Präsidium, wuschen sie sich ausgiebig die Hände. Petzold räumte die halbwegs trockenen Akten an den äußersten Rand des Schreibtischs und verteilte die feuchten auf die Heizkörper. Sie nahmen die Glückwünsche ihrer Kollegen entgegen, sogar Hirlinger murmelte etwas Anerkennendes. Als Petzold schließlich mit seinem Sekt und einer großen Tüte Kartoffelchips herausrückte, war man begeistert, verdächtigte ihn aber sofort, mit der Veranstaltung absichtlich solange gewartet zu haben, bis möglichst das gesamte Präsidium krank im Bett lag. Er protestierte lautstark, weil er beim Einkaufen tatsächlich entsprechende Berechnungen angestellt hatte. Sie blödelten eine Weile herum, tranken Sekt und liebten ihren Beruf.

Anschließend machte Petzold sich daran, auf Schillings PC und mit dessen Unterstützung den Bericht über die Verhaftung zu schreiben, wobei er versuchte, sich möglichst geschickte Formulierungen einfallen zu lassen, um den Hergang zu seinen Gunsten zu verschleiern.

Kurz vor vier, als sie schon begannen, die Schreibtische aufzuräumen und sich aufs Wochenende freuten, kam Förster.

„Jemand von der Badischen Rundschau hat eben angerufen. Sie haben ein Bekennerschreiben zu dem Bombenanschlag heute Morgen erhalten. Es scheint möglicherweise doch einen politischen Hintergrund zu geben. Es geht um Umweltprobleme, sagen sie. Ein Streifenwagen ist unterwegs."

Stöhnend nahmen alle wieder Platz.

Eine halbe Stunde später war der Brief da. Gerlach machte Kopien, und sie lasen.

Sehr geehrte Damen und Herren!

Wie Sie wissen, hat es heute Morgen eine Explosion an der Südtangente gegeben. Die Bombe war von mir. Beweis: Die Tasche ist aus schwarzem Nylon-Stoff mit gelben Griffbändern.

Tag für Tag werden in Deutschland mehr als zwanzig Menschen im Verkehr ermordet und Hunderte schwer verletzt. Ich will, dass sich das ändert. Mit Reden erreicht man offenbar nichts. Die Stadtverwaltung und die Polizei müssen endlich etwas gegen die Verkehrskatastrophe unternehmen. Betrachten Sie den heutigen Anschlag als Anstoß zum Umdenken.

Ich stelle folgende Forderungen:

1. Die Kriegsstraße wird vom Kühlen Krug bis zur Brauerstraße als Tempo-30-Zone ausgeschildert und, wo nötig, auf zwei Spuren zurückgebaut. Der gewonnene Platz wird Radweg.

2. Auf der Südtangente wird durchgehend Tempo 60 eingeführt, damit der Krach endlich aufhört.

3. In allen Tempo-30-Zonen werden ab sofort regelmäßig Geschwindigkeitskontrollen durchgeführt, damit die Begrenzung zukünftig eingehalten wird.

4. Die Radwege an der Moltkestraße werden verbreitert. Wo sie fehlen, werden neue angelegt. Wenn nötig, werden dafür Parkplätze entfernt. Dann müssen die Autofahrer halt ein bisschen weiter laufen.

5. Ich verlange, dass diese Forderungen im vollen Wortlaut in Ihrer Zeitung abgedruckt werden, und zwar auf der ersten Seite des Lokalteils.

Von den Forderungen 1 bis 3 erwarte ich, dass sie umgehend erfüllt werden, bei Punkt 4 verlange ich, dass in den nächsten Wochen zumindest mit den Arbeiten begonnen wird. Sollte auf meine Forderungen nicht eingegangen werden, werden weitere und schwerere Anschläge folgen.

Der Wahnsinn muss aufhören.

Kampf dem Individualverkehr.

Gerlach fand als Erster die Sprache wieder.

„Das ist ja mal ganz was Neues." Er lehnte sich zurück, schlug auf das Papier und erklärte mit Überzeugung: „Das ist ganz eindeutig eine politische Sache. Ich schlage vor, wir geben den Fall umgehend an den Staatsschutz ab. Oder ans BKA oder an den MAD oder wer sonst ihn haben möchte. Das hier geht uns nichts an. Vermutlich machen wir uns sogar strafbar, wenn wir weitermachen. Das wäre Amtsanmaßung, und so was ist verboten!"

Förster nickte. „Ich werde sehen, was ich tun kann."

Gerlach schickte Brief und Umschlag in die Kriminaltechnik, wo natürlich schon niemand mehr zu erreichen war. Dann nahmen sie sich den Text noch einmal vor.

„Eines steht jetzt immerhin fest", sagte Schilling. „Es ist ein Einzeltäter, keine Terroristengruppe oder so was. Und mal abgesehen davon, dass er befremdliche Vorstellungen von Bürgerbeteiligung bei politischen Entscheidungen hat, ist er nicht blöde, ich meine, nicht ungebildet. Die Interpunktion, zum Beispiel, stimmt auf den ersten Blick einwandfrei."

„Die was?", fragte Hirlinger gereizt.

„Na Punkt, Komma, Strich. Die Satzzeichen eben", erklärte Schilling zuvorkommend. Hirlinger sah ihn böse an, und Petzold war froh, dass er nicht gefragt hatte. Schilling fuhr ungerührt fort: „Auch ganz brauchbare Orthografie, soweit ich sehe, und vernünftiges Deutsch. Bin gespannt, was die Kollegen von der KT davon halten."

Hirlinger guckte, als wollte er ihm beim nächsten Wort den Aktenlocher an den Kopf werfen.

„Der Mann kennt sich mit Computerkram aus. Dieser Brief ist mit einem Textverarbeitungssystem geschrieben. Wahrscheinlich hat er einen PC und einen Drucker zu Hause", meinte Gerlach.

„Richtig." Förster nickte langsam. „So einen Brief schreibt man vermutlich nicht am Arbeitsplatz."

Für eine Weile kehrte wieder Schweigen ein. Jeder brütete über seiner Kopie, bis Petzold herausplatzte: „Der hat doch einen Dachschaden! Das ist wirklich das Allerblödeste, was mir jemals untergekommen ist. Was will der erreichen? Wirklich Radwege ausbauen und so? Als nächstes kommt einer und will die Autos ganz abschaffen. So was gibt's doch gar nicht!"

„Mir fällt auf, dass sich alle Vorschläge auf die Weststadt beziehen." Gerlach sah hoch. „Kriegsstraße, Moltkestraße, beide in der Weststadt. Die Südtangente teilweise. Zumindest der Teil mit der größten Lärmbelästigung für die Anwohner liegt in der Weststadt. Glaub ich doch wenigstens."

„Vorschläge ist gut", brummte Petzold.

„Was meinst du?", erkundigte sich Schilling.

„Na, das sind doch keine Vorschläge. Ich halt dir ´ne Pistole an den Kopf und sage: 'Ich würde vorschlagen, Sie geben mir mal Ihre Brieftasche.'"

„Verbindlichsten Dank, Herr Kollege, für diesen höchst sachdienlichen Hinweis", erwiderte Schilling müde. „Also, von mir aus: seine Forderungen. Aber ansonsten hat Gerlach Recht, ich meine, mit der Weststadt. Und das könnte doch bedeuten, dass er sich da besonders gut auskennt, dass er vielleicht sogar da wohnt."

„Da ist auch dieser Satz mit der Südtangente: 'Damit der Krach endlich aufhört.' Der passt irgendwie nicht rein. Könnte bedeuten, dass er selbst vom Verkehr gestört wird, dass ihm der Krach tagtäglich auf den Wecker geht, und das würde wirklich heißen, dass er irgendwo in der Nähe der Südtangente wohnt", fügte Gerlach nachdenklich hinzu.

„Wir sagen immer er, warum eigentlich nicht sie?", fragte Schilling.

Gerlach lehnte sich zurück und schüttelte energisch den Kopf. „Glaub ich nicht. Man muss natürlich abwarten, was die Laboruntersuchungen bringen, aber Bombenanschläge sind nach aller Erfahrung Männertaten."

„Er scheint aus Süddeutschland zu stammen. Er schreibt laufen statt gehen", grübelte Förster, das Lexikon.

Die Polizeipräsidentin war die Letzte, die zu der Besprechung im Rathaus eintraf.

„Ich bitte um Entschuldigung", sagte sie atemlos. „Wir hatten noch eine kleine Krisensitzung wegen dieser Mafiasache. Da geht es nicht so voran, wie ich es gerne hätte."

Sie warf ihren hellbraunen Aktenkoffer auf den Tisch, den Mantel über eine Stuhllehne und reichte dem älteren der beiden anwesenden Männer die Hand.

„Herr Adelsheim, ich grüße Sie. Wie geht es Ihnen?"

Der Angesprochene, ein schwammiger Mann Ende vierzig, dessen Gesichtsfarbe vermuten ließ, dass er nicht ganz gesund war, erwiderte traurig lächelnd: „Wie soll's einem gehen, wenn man am Freitagabend nach sieben immer noch nicht zu Hause ist. Ich darf übrigens bekannt machen: Doktor Volmer von der Staatsanwaltschaft – Frau Doktor Kaufmann, unsere Polizeipräsidentin. Herr Volmer ist neu in Karlsruhe, wenn ich eben richtig verstanden habe. Der zuständige Oberstaatsanwalt lässt sich entschuldigen, er ist in Stuttgart beim Innenminister. Ich selbst vertrete den OB, der Sie übrigens grüßen lässt. Verkehr und Tiefbau fällt ja ohnehin in mein Ressort."

„Und wie lange wollen Sie noch zweiter Bürgermeister bleiben?"

Adelsheim schmunzelte. „Bei uns wird der Oberbürgermeister gewählt, wie Sie wissen. Und das Dumme ist, wir haben schon einen, und der erfreut sich – glücklicherweise – bester Gesundheit." Ernster fügte er hinzu: „In zwei Jahren ist Wahl, meine Chancen bei der Partei stehen nicht einmal schlecht."

Die Polizeipräsidentin, eine schlanke, gut gekleidete Mittfünfzigerin, reichte dem Staatsanwalt die Hand, lächelte knapp und nahm schwungvoll Platz. „Eine Bitte gleich zu Anfang, meine Herren: Machen wir es kurz. Ich habe Karten für die Oper heute Abend, und mein Mann wird mich zu unserem nächsten Mordfall machen, wenn ich wieder absage. Und glauben Sie mir, wir haben wirklich keine Leute mehr, um noch eine zweite Mordkommission auf die Beine zu stellen. Es ist schlimm mit der Grippe dieses Jahr."

Die Männer hatten sich inzwischen ebenfalls gesetzt.

Die Präsidentin zückte ein Päckchen Dunhill. „Sie erlauben?"

30

Adelsheim schob ihr wortlos einen Aschenbecher hinüber und lehnte die angebotene Zigarette mit einer Handbewegung ab. Volmer, ein schlaksiger, übergroßer junger Mann, der wohl noch nicht lange Staatsanwalt war, schüttelte verlegen den Kopf. Sie ließ ein goldenes Feuerzeug aufflammen, tat zwei tiefe Züge, dann fischte sie einige Blätter aus ihrem Koffer und schubste sie über den Tisch.

„Hier ein erster kurzer Bericht. Wir wissen wenig, aber doch immerhin etwas. Es ist ein Einzeltäter, er ist nicht ganz dumm, und er ist möglicherweise gefährlich."

„Was schlagen Sie vor, Frau Doktor Kaufmann?"

Die Präsidentin lehnte sich zurück, strich nervös durch ihre pechschwarzen Locken und sah aus dem Fenster. Der Bürgermeister bewunderte ihre großen, dunklen Augen.

„Nichts. Wir lassen ihn hängen."

„Sie wollen sagen, wir reagieren einfach nicht?"

„Nach aller Erfahrung ist es das Beste, sich von vornherein auf nichts einzulassen. Er will über seine Tat in der Zeitung lesen, er will Aufsehen erregen. Wenn das nicht funktioniert, hört er mit einiger Wahrscheinlichkeit auf. Wenn Sie nachgeben, haben Sie keinen Tag mehr Ruhe."

Der Bürgermeister sah den Staatsanwalt an. Der nickte.

„Und noch etwas, meine Herren. Ich habe momentan wirklich keine Ressourcen zur Verfügung. Jeder Beamte und jede Beamtin der Kripo ist im Einsatz. Und die Hälfte ist ja ohnehin krank. Lassen Sie es uns also bitte so versuchen: Es wird nichts in der Zeitung stehen, es wird nicht im Fernsehen berichtet. Wir hungern ihn aus."

Der Bürgermeister nahm die Brille ab, blickte auf den Bericht der Polizei und schien für einen Moment mit den Gedanken weit weg zu sein. Dann sah er auf. „Und was denkt die Staatsanwaltschaft?"

Volmer zuckte die Schultern. „Natürlich müssen wir von Amts wegen ermitteln. Aber niemand schreibt uns vor, mit welchem Aufwand wir das tun. Ich denke, Frau Doktor Kaufmann hat Recht."

„Nun denn."

Adelsheim stemmt die Hände auf den Tisch und erhob sich schwerfällig.

Die Präsidentin lächelte, klappte ihren Koffer zu, drückte die halb gerauchte Zigarette aus und sprang auf. „Ich wünschte, alle Besprechungen würden so verlaufen."

„Was gibt es übrigens in der Oper?"

„Puccini, Turandot. Die Premierenkarten mussten wir ja leider verfallen lassen. Aber daran trage ausnahmsweise einmal nicht ich die Schuld. Sie haben gehört, von meinem Mann? Es soll übrigens toll sein. Die Aufführung, meine ich."

Als sie den langen schwarzen Wollmantel überzog, so schnell, dass ihr keiner der Männer dabei behilflich sein konnte, fuhr sie fort: „Und richten Sie dem OB bitte aus, der Verdicchio habe ganz vorzüglich geschmeckt. Mein Mann hat letzten Sonntag Saltimbocca gemacht, und dazu haben wir ihn getrunken. Es war göttlich."

„Wie geht es übrigens ihrem Gatten?"

Sie lächelte. „Nun, humpeln kann er schon wieder ganz ordentlich, Auto fahren noch nicht. Jedenfalls denke ich, dass er diesen Winter nicht mehr Ski laufen wird. Und ich hoffe, es wird ihm endlich eine Lehre sein."

In der Tür wandte sie sich noch einmal um. „Ich bekomme doch ein kleines Protokoll von Ihnen über dieses Gespräch?"

Adelsheim hob die Hand. „Selbstverständlich. Selbstverständlich."

4

„Muss das sein?" Petzold hielt ein kleines Bild in den Händen, drehte es hin und her und betrachtete es ratlos. „Das ist doch ein einziges Gekritzel. Man sieht ja nicht mal, wo oben und unten ist. Und so was willst du im Wohnzimmer aufhängen?"

Steffi nahm ihm das Bild vorsichtig ab. „Das ist kein Gekritzel, mein Süßer, das ist eine sehr wertvolle Lithografie. Unten ist da, wo der Künstler seinen Namen hingeschrieben hat, siehst du, hier. Und wenn dem Bild was zustoßen sollte, wenn es dir zum Beispiel versehentlich runterfällt oder du beim Aufhängen nebenbei mit dem Hammer drankommst, dann wirst du deine ganze hübsche Spielzeugautosammlung in der Wertstofftonne wiederfinden."

Petzold schnappte nach Luft. „Das soll was wert sein? Das kann ich ja selbst noch besser! Und das, was du meine Spielzeugautos nennst, sind übrigens sehr wertvolle Modelle. Zum Teil zumindest."

„Reg dich ab", erwiderte Steffi überraschend zornig. „Natürlich würde ich es nie wagen, deinen geliebten Autochen zu nahe zu treten. Aber dieses Bild hab ich mir als Studentin vom Mund abgespart. Fast hätte ich meine Unschuld dafür gegeben, aber der Künstler hat's mir dann doch zu einem Freundschaftspreis verkauft. Und jetzt häng ich eben dran."

„Welche Unschuld?" Petzold grinste.

Sie stieß ihm den Ellenbogen in die Rippen und lachte.

Ansonsten verlief ihr Wochenende ungestört. Es regnete, und sie verbrachten die Zeit mit Auspacken der letzten Umzugskisten. Pedro strich Petzold um die Beine und versuchte, sich beliebt zu machen. Steffi wirkte abwesend. Vermutlich war sie hoffnungslos überarbeitet. Einmal, nachdem Petzold eine neue Wandlampe im Flur montiert hatte, legte er den Arm um sie, sah in das warme Licht, und sagte: „Haben wir's nicht schön hier?"

„Ja", sagte sie langsam, „doch ..."

Dann reckte sie sich und küsste ihn auf die Wange.

Am Montag war der Bankräuber aus der Douglasstraße wieder soweit bei Sinnen, dass er ins Präsidium überstellt werden konnte. Petzold ließ ihn in ein Vernehmungszimmer bringen, Schilling kam aus Neugierde mit. Der Mann sah grau und krank aus. Blutunterlaufene, starre Augen, ein Schnurrbärtchen wie eine alte Zahnbürste, aufgesprungene Lippen und eine wirre Frisur. Er war klein, mager, und ständig zuckte ein Muskel in seinem Gesicht. Jemand hatte ihm etwas zum Anziehen besorgt, die Sachen waren ihm jedoch zu groß, was den hoffnungslosen Eindruck noch verstärkte.

Schilling hatte sich auf einen Stuhl in der Nähe des Fensters gesetzt, Petzold nahm am Tisch Platz, knallte seine Akten hin, schaltete das Tonbandgerät ein, zog einen Kugelschreiber aus der Hemdtasche und eröffnete das Verhör mit der üblichen Einleitung.

„So, dann wolln wir mal. Zunächst ein paar Fragen zu Ihrer Person. Ihr Name ist Erdrich?"

Der Mann nickte.

„Bitte antworten Sie laut, Nicken nimmt das Bandgerät nicht auf."

„Ja", brachte der andere heraus und hielt den Blick hartnäckig auf Petzolds Füße gerichtet.

„Vorname?"

Petzold verstand etwas wie „Fip".

„Wie bitte? Sprechen Sie lauter!"

„Philip."

Petzold erfuhr, dass sich Erdrich nach einer abgebrochenen Malerlehre jahrelang mit Jobs als Kurierfahrer, Packer oder in Putzkolonnen über Wasser gehalten hatte. Er war arbeitslos, nicht vorbestraft und lebte von Sozialhilfe.

„Herr Erdrich. Sie sitzen hier, weil Sie beschuldigt werden, am letzten Mittwochvormittag, am zehnten Januar, die Sparkasse am Marktplatz überfallen und unter Androhung von Waffengewalt Geld geraubt zu haben. Sie haben das Recht, einen Anwalt hinzu zu ziehen. Wollen Sie einen Anwalt?"

Der Mann schüttelte abwesend den Kopf und machte erfreulicherweise keinen Versuch, die Tat abzustreiten.

„Nun gut. Warum haben Sie die Bank überfallen?"

„Na was ... wegen dem Geld halt!" Er sah verwundert auf und schien die Frage ziemlich dämlich zu finden.

„Sie geben also zu, dass Sie die Bank überfallen haben?", hakte Petzold nach, um das Geständnis auf Band zu haben.

„Wieso?", fragte Erdrich verwirrt.

„Sie geben es zu?"

„Ja ... Geb ich zu."

„Dann erzählen Sie mir bitte mal, wie der Bankraub abgelaufen ist."

„Habt ihr mal 'ne Zigarette?"

„Hier wird nicht geraucht", fuhr Petzold ihn an. „Und außerdem werden wir gesiezt!" Erdrich zuckte zusammen, sah wieder zu Boden und beantwortete artig die Frage.

„Na, also ... ich hab mir die Knarre besorgt, dann bin ich mit dem Fahrrad hin, bin rein und hab gebrüllt: 'Überfall, Geld her!' oder so. Hab in die Decke geschossen, dass die nicht glauben, es wär nur ein Spielzeug oder so. Sie haben die Kohle dann auch gleich rausgerückt. Die Tussi an der Kasse hat alles in meine Tüte gepackt, und ich bin weg. War eigentlich ganz einfach. Aber dann bin ich mit dem Fahrrad hingeflogen, und dann ist diese blöde Alte gekommen. Und da bin ich durchgedreht. Hab alles liegenlassen und bin abgehauen."

Erdrich schien erschöpft von der ungewohnten geistigen Anstrengung, und Petzold stellte ihm wieder einfachere Fragen. „Wozu brauchten Sie das Geld?"

„Zu was wohl! Zum Leben! Essen, Miete und so." Wieder guckte er verwundert.

„Sagten Sie nicht, Sie kriegen Sozialhilfe?"

„Ja, Mann! Davon kannst du dir grad mal Aldi-Brot und Katzenfutter leisten!"

„Sie brauchen auch einiges an Trinkgeld, was?", meinte Petzold mitfühlend. Die Vorstellung von Graubrot mit Katzenfutter hatte ihn erschüttert.

Mehr aus persönlichem Interesse fragte Petzold ihn noch ein wenig über seine Vorgeschichte aus. Es war die übliche Leier. Der Bankraub war im wahrsten Sinn des Wortes eine Schnapsidee gewesen, das Fahrrad war geklaut, die Pistole hatte ihm ein Bekannter besorgt, an dessen Namen er sich beim besten Willen nicht erinnern konnte.

„Das ist aber gar nicht günstig für Sie. Wir müssen natürlich davon ausgehen, dass Sie die Waffe gestohlen haben. Und das kann ziemlich übel werden für Sie. Da war doch letztens der Einbruch in dieser Villa in Durlach. Oder vielleicht gehört er sogar zu dieser Waffenschieberbande, die wir im November hochgenommen haben?" Petzold sah zu Schilling hinüber und log das Blaue vom Himmel herunter. Dann blickte er wieder auf die inzwischen reichlich nervöse Karikatur eines Kapitalverbrechers.

„Nein, bestimmt nicht, Mann! Hab nur den Namen vergessen! Ehrlich! Man kann doch mal was vergessen, das ist doch wohl nicht verboten oder?"

„Ist ja eigentlich auch egal." Petzold sprach schon wieder mit Schilling. „Wir werden uns diese Waffenschieber noch mal vorknöpfen, die werden sich schon an ihn erinnern."

Schilling nickte. „Die sind froh, wenn sie uns was bieten können, um ein paar mildernde Umstände rauszuschlagen."

„Dann können wir ja hier Schluss machen." Petzold steckte seinen Kugelschreiber weg. „Sie hören von mir."

Er machte Anstalten, das Bandgerät abzustellen und sich zu erheben. Erwartungsgemäß geriet Erdrich jetzt in Panik.

„Nein, wartet, halt! Ich glaub ... Ach, Scheißdreck! Ich sag euch, ich mein, ich sag Ihnen den Namen. Pfitzer. Peter Pfitzer. Scheiße! Gottverdammte Scheiße!"

Er konnte zwar nicht die Adresse seines geschäftstüchtigen Bekannten nennen, dafür aber dessen Stammkneipe in der Zähringerstraße, wo er ihn regelmäßig getroffen hatte. Herrn Pfitzer standen nun ein paar ungemütliche Tage ins Haus.

Petzold gab das Band zum Tippen, schrieb seinen Bericht, schloss die Akte und schickte sie an die Staatsanwaltschaft.

„Irgendwas Neues in der Bombensache?", fragte er Gerlach beim Mittagessen. Der schüttelte den Kopf.

„Die Berichte aus der KT sind noch nicht da. Die Stadt weigert sich, auf die Forderungen einzugehen. Hast du am Samstag in die Zeitung gesehen?"

„Keine Zeit. Der Umzug."

Gerlach schluckte ein Stück lauwarmes Putenschnitzel hinunter.

„Sie haben so gut wie nichts gemeldet. Im Radio ist auch nichts gekommen. Der wird ganz schön getobt haben."

„Hoffentlich lernt er was draus."

Gerlach nickte ernst.

„Hoffentlich."

Den restlichen Tag über hatte Petzold schlechte Laune. Abends trank er zu viel, stritt sich aus einem Grund, an den er sich am nächsten Morgen nicht erinnern konnte, mit Steffi, und später gingen sie wütend und ohne Kuss ins Bett.

Am Mittwoch trafen die Ergebnisse der kriminaltechnischen Untersuchung der Bombe und des Bekennerschreibens ein. Förster fasste zusammen: „An dem Brief gibt es keine Fingerabdrücke, außer von der Dame bei der Zeitung, die ihn geöffnet hat. Papier und Umschlag gibt es in jedem Kaufhaus, Massenware. Auch am Umschlag keine brauchbaren Abdrücke. Die Briefmarke hat er mit klarem Wasser angefeuchtet, mit einem Schwämmchen vielleicht, jedenfalls keine Speichelspuren."

„Der denkt wirklich an alles", murmelte Gerlach, und es klang fast anerkennend.

„Der Brief wurde am Abend vor dem Anschlag bei der Hauptpost eingeworfen."

„Am Abend vorher?", staunte Schilling. „Das ist aber ziemlich ungewöhnlich."

„Er scheint Wert auf exaktes Timing zu legen. Wahrscheinlich damit die Zeitung auch wirklich mit den ersten Meldungen sein Geschreibsel abdrucken kann", spekulierte Gerlach.

Förster fuhr fort: „Der Brief ist mit einem so genannten Tintenstrahldrucker gedruckt. Sie wissen vermutlich, was das ist?"

Alle außer Hirlinger nickten.

„Gut. Ich nicht. Dass es so ein ... Tintendingsbums ist, bedeutet offenbar, dass man den Brief unmöglich einem bestimmten Gerät zuordnen kann."

„Klar", unterbrach Schilling eifrig. „Bei diesen Dingern kommt die Schrift aus einer Tintenpatrone, die kostet vielleicht fünfzig Mark. Und wenn sie leer ist, wirft man sie weg und setzt eine neue ein. Danach hat man praktisch einen neuen Drucker."

Hirlinger musterte ihn böse, Förster nickte dankend.

„Die Analyse des Textes bestätigt im Wesentlichen unsere Vermutungen. Sie haben den Brief auch einem Psychologen vorgelegt, und der kommt zu dem Ergebnis, dass es sich sehr wahrscheinlich um einen Mann handelt. Er glaubt sogar, auf Grund der Wortwahl das Alter des Täters eingrenzen zu können: zwischen dreißig und vierzig, maximal fünfundvierzig Jahren. Deutsch ist seine Muttersprache, und er beherrscht es überdurchschnittlich gut. Dann kommt noch etwas, was der Herr Professor ausdrücklich als Vermutung gewertet wissen will. Der Täter ist mit großer Wahrscheinlichkeit allein stehend, unverheiratet oder geschieden. Offenbar passen solche Tatmuster bevorzugt zu einem einsamen, verbitterten Tätertypus. Mir scheint das ein bisschen verwegen, Sie kennen meine Einstellung zu solchen ... nun ja ... Spekulationen."

„Schilling war's", brummte Hirlinger. Als sie ihn verblüfft anstarrten, fuhr er mürrisch fort: „Na, stimmt doch alles. Er ist zwischen dreißig und vierzig, super intelligent, lebt allein, wohnt in der Weststadt. Oder etwa nicht?"

„Nordstadt! Nordstadt, nicht Weststadt! Da, wo ich wohne, da hörst du nachts kein Auto, sondern höchstens mal ein Karnickel niesen. Und außerdem lebe ich nicht allein!"

„Ach, nicht?"

Schillings Ohren wurden rot. „Ich wohne mit meiner Mutter zusammen."

Förster hustete vernehmlich. „Interessanter ist der Bericht über die Bombe. Sie befand sich in einer Sporttasche, die der Täter einfach an den Mast gestellt hat. Wieder billige Massenware und keine Fingerabdrücke. Darin Plastiksprengstoff, Semtex, mit größter Wahrscheinlichkeit aus sowjetischen Armeebeständen. Wie er das Ding gezündet hat, habe ich nicht verstanden. Hier ist ein Schaltplan. Da gibt es einen Batteriewecker, den er irgendwie umgebaut hat, eine Taschenlampenbatterie, und noch irgendwelche geheimnisvollen

Sachen. Den Technikern ist übrigens aufgefallen, dass er in den Stromkreis einen Sicherheitsschalter eingebaut hat, den er vermutlich erst im letzten Moment einschaltet, nachdem er die Tasche deponiert hat, und unmittelbar bevor er verschwindet. Damit ihm seine Bombe bei einer Fehlfunktion nicht vorzeitig um die Ohren fliegt. Er scheint ziemlich am Leben zu hängen. Den Schaltplan bekommen anschließend Sie, Gerlach. Sehen Sie sich das Ganze mal an. Und ... ach ja, in der Tasche waren noch zwei kleine Sandsäcke zur Verdämmung. Um die Wirkung der Explosion zu erhöhen."

„Der ist echt nicht auf den Kopf gefallen", meinte Petzold.

„Wahrscheinlich war er beim Bund." Ausnahmsweise hörte man einmal etwas Konstruktives von Hirlinger.

Förster nickte. „Stimmt. Bei der Bundeswehr lernt man so etwas. Das könnte ein Hinweis sein. Vielleicht war er bei den Pionieren. Aber nun weiter im Text. Die gesamte Ausführung der Tat macht, wie hier steht, einen gut überlegten Eindruck. Andererseits scheint er nicht über geeignetes Werkzeug zu verfügen. Die Elektrodrähte sind handelsübliche Klingeldrähte, mit einer untauglichen, viel zu groben und stumpfen Zange geschnitten und mit einem Messer abisoliert. Die elektrischen Verbindungen sind, und der Techniker meint, das sei auffällig, mit Schraubklemmen hergestellt, Lüsterklemmen steht hier, keine Lötungen. Aus all dem schließen sie, dass der Täter zwar über die physikalischen Kenntnisse verfügt, wie so ein Ding im Prinzip funktioniert, aber keine sonderlich guten handwerklichen Fähigkeiten hat. Auf diesem Gebiet scheint er eher Amateur zu sein. Unprofessionell steht hier."

Förster klappte die Mappe zu und blickte in die Runde. „Das war's. Noch Fragen?"

„Also, wenn ihr mich fragt, das ist doch wieder alles nur Blödsinn. Akademikergeschwätz. So kriegen wir den Kerl im Leben nicht", sagte Hirlinger.

„Und du hast bestimmt schon eine gute Idee?", fragte Schilling giftig.

„Das ist einer von diesen Grünen. Ist doch klar. Die sollten wir uns als Erste vorknöpfen. Da ist der todsicher zu finden."

Schilling schnappte nach Luft, besann sich dann aber und winkte ab.

„Außerdem hat Gerlach Recht, das ist ganz klar eine Sache für den Staatsschutz", fuhr Hirlinger fort.

Förster erhob sich, um sich in sein Büro zurückzuziehen.

„Der Schaltplan", erinnerte Gerlach müde. Förster übergab ihm mit einer feierlichen Bewegung die ganze Mappe.

„Gehört ohnehin alles Ihnen."

„Wie konnt ich's vergessen."

„Woher hat er den Sprengstoff?", fragte Schilling.

„Da braucht er nur nach Berlin zu fahren, hundert Mark mitzunehmen und in der richtigen Kneipe zu fragen. Da kriegst du zurzeit alles, bis hin zur schweren Artillerie", klärte Gerlach ihn auf.

„Das Problem bei der Sache ist, dass der Mann keine Geldforderungen stellt." Petzold spielte mit seinem Kugelschreiber. „Die meisten Erpresser werden doch letzten Endes bei der Geldübergabe oder bei den Vorbereitungen dazu gefasst. Da müssen sie aus der Deckung, müssen Kontakt aufnehmen, man kann sie hinhalten und so weiter. Aber das geht hier alles nicht. Wenn er nicht vollkommen dämlich ist, und so sieht's ja leider aus, oder ganz großes Pech hat, dann kann er hundert Bomben legen, und wir gucken in die Röhre und fegen die Trümmer zusammen."

„So ist es." Förster drehte sich in der Tür um. „Genau das denke ich auch. Und das ist das einzige, was mir dabei momentan Sorgen macht. Dass dieser Autofahrer ums Leben gekommen ist, hat er ja wohl nicht eingeplant. Solange er nicht direkt Menschen angreift, sollten wir die Sache nicht überbewerten. Vielleicht hat er seinen Spaß gehabt, und wir hören nie wieder etwas von ihm."

„Schön wär's ja", sagte Petzold zweifelnd. „Aber wer ein Bekennerschreiben schickt, meint es vermutlich ernst."

„Vorläufig können wir nur abwarten." Gerlach warf die Akte auf den Tisch. „Bei dem bisschen, was wir an Spuren haben."

Gerlachs Betrachtungen des Schaltplans blieben ergebnislos, schon, weil er wenig Ahnung von technischen Dingen hatte. Weitere Anhaltspunkte fanden sich nicht. Es kamen ein paar Hinweise aus der Bevölkerung, die allesamt nichts hergaben. Bald waren neue Fälle zu bearbeiten, schon nach einer Woche hatten sie die Angelegenheit vergessen, und die Akte lag irgendwo in den unteren Bereichen des großen Stapels auf Gerlachs Schreibtisch.

In der folgenden Woche erschien Hellmann, der Dezernatsleiter, wieder zum Dienst. Von seiner Abwesenheit hatten sie ohnehin wenig bemerkt. Wenn er auf der Polizeiführungsakademie einmal richtig aufgepasst hatte, dann war es an dem Tag gewesen, als das Thema „Führen durch Delegieren" dran war. Er schob alles Förster auf den Tisch und widmete sich höheren Dingen. Jeder wusste, dass er den derzeitigen Posten nicht als das Ende seiner Karriere ansah. Ständig war er auf irgendwelchen Konferenzen, Fortbildungskursen, Taktikseminaren oder Rhetoriklehrgängen. Außerdem ging das Gerücht, er schreibe an einem Buch. Hin und wieder ließ er sich blicken und hielt, vielleicht zur weiteren Vervollkommnung neu erworbener Fähigkeiten, eine seiner gefürchteten Ansprachen, die sich ohne Ausnahme durch zermürbende Länge und niederschmetternde Langeweile auszeichneten. Zumindest von dieser Seite stand also einer Karriere bis in die höchsten Ebenen der Polizeiführung oder gar in die Politik nichts im Wege.

Die Grippewelle ebbte ab. Die Sonderkommission Goldani wurde nach und nach aufgelöst, und die Kollegen kehrten an ihre Arbeitsplätze zurück. Den Täter hatten sie nicht gefunden. In der Nacht von Donnerstag auf Freitag klingelte Petzolds Telefon um halb zwei Uhr morgens. Ein Mord in Rüppurr, der sie für einige Tage beschäftigen sollte. Das Opfer war eine sechsundvierzigjährige Frau. Ein heimkehrender erwachsener Sohn hatte sie gefunden, mit einem Jagdgewehr erschossen. Noch in der Nacht wurde klar, dass nur der Ehemann als Täter in Frage kam. Der aber war verschwunden. Es gab eine groß aufgezogene Fahndung, auch über Interpol, und allerhand Wirbel in der Presse. Nach fünf Tagen fanden Spaziergänger den Mann – erhängt an einem Baum im Oberwald, einige hundert Meter vom Tatort entfernt. Das Motiv war offenbar eine Mischung aus Eifersucht und Geldsorgen gewesen.

Steffi stellte die letzten Teller in den neu montierten Wandschrank, faltete den leeren Karton zusammen und trug ihn in den Flur.

„Süßer, was hältst du davon, wenn wir die nächsten Tage den ganzen Krempel einfach mal stehen lassen und uns einen schönen Abend gönnen? Die Küche kannst du doch auch sonst wann fertig machen, und ich mag langsam keine Umzugskisten mehr sehen!"

„Und was meinst du mit 'schöner Abend'?", fragte Petzold misstrauisch.

„Na, zum Beispiel Theater? Oder was ähnliches?"

„Wir waren doch erst im Dezember im Theater! Mir tut immer noch die Backe weh vom Gähnen!"

„Dann halt nicht Theater, mein Gott. Es wird doch noch irgendwas geben außer Auto fahren, Möbel schrauben und Lampen aufhängen, was dir Spaß macht!"

Petzold wusste, dass es an der Zeit war nachzugeben.

„Ich hab ja nichts dagegen", er machte ein paar linkische Handbewegungen, „ich mein doch nur ... Was käme denn außer Theater noch in Frage? Wie wär's mit Kino? Dieser neue ..."

„Sag nicht Schwarzenegger! Sag's nicht, ich bitte dich!"

Petzold schwieg verdutzt. Dann gab er sich geschlagen.

„Komm schon, lass es raus. Egal was es ist, ich werd's überleben."

„Puccini!", sagte sie mit leuchtenden Augen. „Turandot!"

„Neue Pizzeria?"

„Holzkopf", erwiderte sie kühl.

Am nächsten Samstagabend ging es also in die Oper. Petzold musste eine Krawatte und seine besten Jeans anziehen und ging nach dem ersten Akt in einer nahen Kneipe in der Südstadt ein Bier trinken. Steffi machte ihm später in dem vollen Lokal zum unverhohlenen Vergnügen aller Anwesenden eine lautstarke Szene, die in dem Satz gipfelte: „Du bist nicht nur ein Fettsack, du bist auch noch dumm wie Bohnenstroh! Mit dir ist doch einfach gar nichts anzufangen!"

„Komm schon! Reg dich ab!" Petzold versuchte, sie auf den Stuhl zu ziehen, den er für sie freigehalten hatte. „Was ist denn an so einer blöden Oper so wichtig?"

Endlich ließ sie sich erweichen, setzte sich und nahm ein paar große Schlucke aus Petzolds Glas.

„Es geht doch nicht nur um diese Oper. Begreifst du das denn nicht?"

Petzold zog sie an sich. Nur zögernd gab sie nach.

„Was hab ich mir mit dir bloß eingefangen", sagte sie, an seine Schulter gelehnt, schüttelte resigniert den Kopf und nahm noch einen Schluck. Petzold winkte dem Studenten, der hier bediente, und bestellte zwei neue Gläser.

5

Wie jeden Morgen verfluchte Erna König ihr Alter. Aufgeregt winselnd sah ihr der Hund beim mühseligen Aufstehen zu. Er musste raus, es war seine Zeit. Sie hielt sich noch einen Moment am Bett fest, dann schlurfte sie schwer atmend zum Bad hinüber.

Früher, viel früher, war sie eine schöne Frau gewesen, eine der schönsten unter den Mädchen. Jetzt war sie sechsundsiebzig, aber sie dachte immer noch ohne Reue an die vergangene Zeit zurück. Kurt war im Großen und Ganzen ein anständiger Kerl gewesen, hatte sie selten geschlagen und ihr immer genug Geld gelassen. Und sie hatte ja auch weiß Gott gut verdient damals. Nach dem Krieg war sie eine der ersten im Viertel, die ein eigenes Auto hatte, einen Ford, keinen VW, und wenig später schon einen Fernseher. Als es dann auf die Vierzig zuging, war es mit dem großen Geld natürlich vorbei. Die Freier wurden immer älter, ekliger und geiziger, und irgendwann musste sie aufhören. Das war in der Zeit, als sie anfingen, das ganze Viertel platt zu machen und neu aufzubauen. Sanieren nannten sie das. Dann fuhr sich auch noch Kurt mit seinem blöden Rennauto tot, und danach war nichts mehr wie vorher. Viele der alten Kneipen gab es nicht mehr, die meisten Bekannten waren irgendwohin verschwunden, und sie arbeitete als Bedienung in verschiedenen Bars. Anfangs in denen, wo nackte Mädchen bei Rotlicht Kunststückchen machten, und die Kerle meinten, an jedem Weiberhintern, der in ihre Reichweite kam, ihre dreckigen Finger abwischen zu müssen. Aber sie war mit den Burschen schon klargekommen. Sie war ja nicht auf den Kopf und schon gar nicht auf den Mund gefallen. Damals gab es wenigstens noch ordentliche Trinkgelder. Später wurden es dann immer billigere Spelunken mit immer traurigerer Kundschaft und schlechterer Bezahlung. Immerhin hatte sie damals Sozialversicherung bezahlt, so dass sie jetzt eine kleine Rente bekam. Nicht viel, aber es ging. Die Miete spendierte das Sozialamt, und zum Leben brauchte sie wenig.

Der Hund fiepte und fegte herum wie ein Verrückter, sie musste sich beeilen. Die Hüftgelenke taten heute nicht so weh wie in den letzten Wochen. Vielleicht weil das Wetter besser geworden war. Es war ein wenig wärmer, und es regnete nicht mehr jeden Tag.

Eine Viertelstunde später stand Erna König angezogen vor dem Spiegel und setzte die Perücke auf, die sie im Herbst gekauft hatte, weil ihr Haar so dünn und unansehnlich geworden war. Das Ding war gar nicht billig gewesen und sah ein bisschen gewagt aus. Lange hatte sie sich beraten lassen, und zum Schluss war das junge Fräulein sogar ein wenig ungeduldig geworden. Auch im Alter müsse man ja nicht als graue Maus herumlaufen, hatte sie gemeint, und jetzt, im Nachhinein, gab sie ihr Recht. Erna König lächelte. Sie war alt, ja, aber jeder konnte sehen, dass sie sich nicht gehen ließ. Sie tupfte ein wenig von dem Parfum an den Hals, das ihr Frau Hildebrand zu Weihnachten geschenkt hatte, und zog den Pelzmantel über. Auch der war nicht mehr der jüngste, aber noch ganz gut in Schuss und eigentlich zu schade für alle Tage. Aber sie fror diesen

Winter so schrecklich, und für wen sollte sie ihn schonen? Außer der netten Frau Hildebrand kannte sie niemanden mehr, und die würde ihn bestimmt nicht haben wollen. Die trug ja immer solche verrückten Sachen.

Endlich konnte es losgehen. Der Hund kratzte schon an der Wohnungstür. Die drei Stufen im Hausflur schaffte sie überraschend leicht. Sie öffnete die Haustür, es begann eben hell zu werden. Zwei Meter vor ihr tobte mit Höllenlärm auf vier Spuren der Berufsverkehr durch die Kapellenstraße. Schon wieder regnete es. Sie öffnete den widerspenstigen Schirm, dessen Mechanik seit neustem klemmte, während der Hund weiter vorne an ein Regenrohr pinkelte. Dann rannte er los, er kannte den Weg. Sie gingen ja immer die gleiche Runde: An der Universität entlang zum Fasanengarten, von dort über die Parkstraße und die Karl-Wilhelm-Straße zurück nach Hause. Eine ziemliche Strecke, aber die Bewegung tat ihr gut, und hinterher war sie immer froh, dass sie den Hund hatte. Der hielt sie ein bisschen auf Trab.

Einige Schritte vor ihr ging ein Mann. Er schob sein Fahrrad und trug in der freien Hand eine große, offenbar schwere Tasche. Er drehte den Kopf, als er die Tür zufallen hörte, und sah sie fast erschrocken an. Sie nickte ihm freundlich zu, aber da hatte er sich schon wieder abgewendet. Erna König kannte ihn nicht, fand es aber nett, dass er sein Fahrrad schob und nicht, wie manche von den jungen Kerlen, mit einem Affentempo an ihr vorbeizischte, sie zu Tode erschreckte und fast den Pudel überfuhr. Der Mann war schneller als sie, war schon auf der Verkehrsinsel, als sie die Ampel erreichte, hatte jetzt aber Rot und musste ebenfalls warten. Sie beobachtete, wie er die Tasche abstellte und an den hohen Mast lehnte, an dessen oberem Ende die starken Lampen befestigt waren, die den westlichen Teil der brodelnden Kreuzung beleuchteten.

Die Ampel wurde grün, sie trabte los, beeilte sich, um nicht auf der Verkehrsinsel stehen bleiben und nochmals warten zu müssen. Der Hund hatte die ganze Zeit aufgeregt herumgeschnüffelt, jetzt folgte er sofort. Auf der Verkehrsinsel stand die Tasche, der Mann hatte sie vergessen. Drüben stieg er eben auf sein Fahrrad.

„Hallo!", rief Erna König, winkte, aber er hörte sie nicht. Kein Wunder bei dem Krach. Er wird's schon merken, dachte sie, die wird ja nicht gleich wegkommen. Als sie die andere Straßenseite erreichte, hatten die Autos schon wieder Grün und schossen drohend auf sie zu. Sie atmete auf, jetzt wurde es gemütlicher. Vor allem am Fasanengarten und in der Parkstraße war kaum

Verkehr. Oft traf sie dort Bekannte, andere Hundebesitzer, mit denen sie ein paar Worte wechselte. So ein Hund hatte wirklich seine Vorteile.

Als Erna König zwanzig Minuten später zur Kreuzung zurückkam, stand die Tasche immer noch da, unverändert an den Lichtmast gelehnt. Wieder musste sie an der Ampel warten. Der Hund saß jetzt brav neben ihr, hatte sich ausgetobt und war froh, nach Hause zu kommen. Plötzlich gab es einen Blitz, einen dumpfen Knall, gar nicht so laut, eine große, graue Wolke, und dann begann der Mast umzufallen. Langsam, ganz langsam. Das Licht erlosch, der Mast fiel und fiel, knackte ein paar Mal und krachte mitten in die Autos. Der Hund sprang zurück und bellte wütend.

Ort und Zeitpunkt des Anschlags waren perfekt gewählt. Das Durlacher Tor war eine der meistbefahrenen Kreuzungen der Stadt. Hier trafen mehrere Straßenbahnlinien, der Autobahnzubringer zur A5, die Kapellenstraße, die Kaiserstraße, die Karl-Wilhelm-Straße und der Adenauerring aufeinander. Vor allem morgens, wenn die Berufspendler aus dem Pfinztal und von der Autobahn in die Stadt einfielen, war hier der Teufel los. Dann fuhren die knüppelvollen Straßenbahnen im Abstand von weniger als einer Minute, die Autos stauten sich bis weit nach Osten, und die Kreuzung war mehr oder weniger ständig verstopft.

Der Lichtmast war so gefallen, dass der Verkehr sofort und vollständig zusammenbrach. Er hatte die Oberleitung der Straßenbahn heruntergerissen und dabei einen Kurzschluss verursacht, so dass alle Züge auf den betroffenen Strecken stehen geblieben waren. Einer davon einige hundert Meter weiter auf der Kreuzung am Gottesauer Platz, damit ging auch dort nichts mehr. Der Mast war auf einem spanischen Kühllastzug aufgeschlagen, hatte ihn schwer beschädigt, dabei aber einiges an Wucht verloren. Er war abgeknickt und mit seiner Spitze und den Lampen auf einen BMW geknallt. Das Auto sah schlimm aus, die Lenksäule war heruntergedrückt worden und hatte die Fahrerin eingeklemmt. Wie durch ein Wunder war sie nicht ernstlich verletzt.

Als Gerlach am Tatort eintraf, waren die Feuerwehr, ein Notarzt und ein ganzer Schwarm von Streifenwagen der Verkehrspolizei schon da. Überall blitzte es blau, alle möglichen Leute rannten herum, die Straßenbahnen standen unbeleuchtet soweit das Auge reichte, und die Autos stauten sich schon bis auf die Autobahn hinaus. Dort hatte es einen Auffahrunfall gegeben, und

damit war auch auf der A5 der Verkehr in Richtung Frankfurt zusammenge-
brochen. Im Norden staute sich alles bis in die Waldstadt. Nichts ging mehr.
Die Feuerwehrleute hatten begonnen, die eingeklemmte Frau aus dem BMW
zu befreien und den Mast in transportable Stücke zu zerteilen. Das Ding bestand aus Beton, war von unzähligen Armierungseisen durchzogen und schien
fast unzerstörbar zu sein. Sie mussten den Betonmantel mit Vorschlaghäm-
mern zertrümmern, dann erst konnten sie die Stahlarmierung nach und nach
mit hydraulischen Trennscheren zerschneiden, und am Ende benötigten sie
immer noch einen Kranwagen, um die schweren Brocken wegzuschaffen.

Die Feuerwehrleute arbeiteten mit Hochdruck, die Verkehrspolizisten
versuchten, irgendwie den Verkehr zu regeln, der Kranwagen war unterwegs,
kam aber wegen des Staus nicht vorwärts, auch ein Reparaturtrupp der
Stadtwerke wurde erwartet, der die Oberleitung wieder zusammenflicken sollte, und immer wieder kamen große Gruppen von Fußgängern aus den ge-
strandeten Straßenbahnen, die ihren Arbeitsweg notgedrungen zu Fuß fortsetz-
ten und natürlich alle einige Augenblicke stehen bleiben mussten, um sich das
Ereignis anzusehen, das ihnen zu ihrem unerwarteten Morgenspaziergang
im Regen verholfen hatte.

Gerlach hatte die Spurensicherung und einen Sprengstoffexperten angefordert, das untere Ende des Mastes war abgesperrt und würde vorläufig auf
der Verkehrsinsel liegen bleiben, wie es lag. Mehr gab es nicht zu tun.

Jemand tippte auf seine Schulter. Er drehte sich um und verlor vorüberge-
hend die Fassung. Vor ihm stand eine krumme alte Frau von atemberaubender
Hässlichkeit. Als Erstes fiel ihm die abenteuerliche, feuerrote Perücke ins
Auge, die schief auf ihrem Kopf hing. Sie trug einen ausgefransten Pelzmantel
und Filzpantoffeln. Zu ihren Füßen saß ein dreckfarbener Pudel und knurrte
Gerlach an.

Die Alte strahlte. „Bist du hier der Oberbulle, der Kommissar oder wie das
bei euch heißt?"

Hinter ihr stand ein Verkehrspolizist, zog eine Grimasse und hob die
Schultern.

„Ja, bin ich", japste Gerlach.

„Ich hab ihn gesehen!"

„Wen?"

„Na den Kerl, den mit der Bombe!"

Zwei Minuten später saß Erna König stolz aufgerichtet im Licht ihres kommenden Ruhmes in einem Streifenwagen. Den hysterisch kläffenden Pudel hatte sie auf dem Schoß, und man verfrachtete sie mit Blaulicht und Trara ins Präsidium. Als sie auf Gerlachs Besucherstuhl Platz nahm, fiel ihm auf, dass sie nicht gut roch. Irgendwie nach Toilette und preiswertem Kölnischwasser. Er öffnete möglichst beiläufig ein Fenster und setzte sich ein wenig weg von ihr. Der Pudel war völlig durchgedreht, versuchte mehrfach, ihn zu beißen, und wollte nicht aufhören zu bellen.

„Möchten Sie Kaffee oder vielleicht einen Tee?", fragte Gerlach freundlich.

„Nein, ich frühstücke nie, ich esse immer erst Mittags, Essen auf Rädern, weißt du. So hab ich keine Arbeit, und es schmeckt gar nicht mal zum Kotzen", erklärte sie eifrig. „Und jetzt will ich dir doch endlich von diesem Kerl mit der Bombe erzählen."

Sie berichtete von dem Mann, dem Fahrrad, der Tasche. Sie konnte eine ungefähre Beschreibung des Täters geben: größer als Hirlinger, aber kleiner als Gerlach, also circa eins achtzig, Alter eher dreißig als vierzig, Statur normal, auf jeden Fall nicht dick. Die Haarfarbe wusste sie nicht, er hatte eine Kapuze aufgehabt.

„Es hat ja ziemlich geschüttet, weißt du."

„Was war das für ein Fahrrad?"

„Ähm ... ja ...""

„Mit dicken Reifen, mit dünnen, ein Damenrad, ein Herrenrad, was für eine Farbe und so weiter?", setzte er geduldig nach.

„Ich glaub, es war so eins ohne Schutzblech und mit so einem komischen Lenker, wie's die jungen Leute alle haben."

„Ein Mountainbike", sagte Gerlach mehr zu sich selbst.

„Ja ... ach so, nein. Nein, es war eher ein Trekkingbike. Es hatte nämlich große Räder, weißt du."

Gerlach starrte sie zum zweiten Mal fassungslos an. „Woher wissen Sie denn so was?", fragte er und hätte sich im nächsten Augenblick am liebsten auf die Lippen gebissen. Aber sie nahm die Bemerkung nicht übel.

„Es gibt da ein Fahrradgeschäft bei uns an der Ecke. Da guck ich manchmal ins Schaufenster, weißt du."

Gerlach schämte sich. Er hatte die Alte unterschätzt. Sie gab eine genaue Beschreibung der Tasche, die, wie sich bald herausstellte, voll und ganz zutraf. Gerlach fragte weiter. Der Täter hatte eine gefütterte, wahrscheinlich dunkelblaue Jacke „mit ganz vielen Taschen und Knöpfen" getragen, dazu vermutlich Bluejeans und, da war sie wieder sicher, Sportschuhe. Keine Brille und wahrscheinlich auch kein Bart. Die Farbe des Fahrrads hatte sie nicht erkennen können. Mehr als „so komisch bunt" wusste sie nicht zu sagen.

Dann erlitt der Pudel einen Nervenzusammenbruch und pinkelte an Hirlingers Schreibtisch. Als sich der anschließende Tumult gelegt hatte, die Pfütze aufgewischt und nichts weiter aus der Alten herauszubringen war, versuchte ein junger Kollege vom Erkennungsdienst, mit ihrer Hilfe ein Phantombild des Täters anzufertigen. Sie staunte sehr über den Computer und die hübschen Sachen, die man damit machen konnte, aber es kam nicht viel dabei heraus. Sie hatte das Gesicht kaum mehr als eine halbe Sekunde gesehen, es war dunkel gewesen und hatte geregnet. Nach einer Dreiviertelstunde gaben sie auf, mussten ihr versichern, dass sie ganz bestimmt etwas von der zu erwartenden Belohnung bekommen würde, und ließen sie nach Hause fahren.

Anschließend lüfteten sie gründlich, tranken Kaffee und fassten zusammen, was es an neuen Erkenntnissen gab. Erstmals hatten sie eine ungefähre Personenbeschreibung. Sie kannten in etwa sein Alter, die Größe, die Statur, und sie wussten, dass er Fahrrad fuhr. Besser als nichts, wie alle fanden.

Förster steckte den Stift in die Innentasche des Jacketts, schob seine Papiere zusammen und erhob sich.

„Ich werde Hellmann berichten. Wir werden sehen, wie es weitergeht."

In der Tür blieb er stehen. „Soviel ist jetzt immerhin klar", sagte er nachdenklich und rückte seine Brille zurecht. „Wir haben es mit einem Serientäter und nicht mit einer Eintagsfliege zu tun. Der Mann meint es ernst. Vermutlich ist es nur eine Frage der Zeit, wann der nächste Anschlag kommt, und niemand kann garantieren, dass es dann nicht wieder schlimmer ausgeht. Heute haben wir noch einmal Glück gehabt."

Damit verließ er das Zimmer. Erst kurz vor zwölf kam er zurück.

„Meine Herren, es gibt Neuigkeiten. Die Stadtverwaltung weigert sich nach wie vor, auf die Forderungen des Täters einzugehen. Vernünftigerweise, wenn Sie meine Meinung hören wollen. Aber geheim halten lässt sich die Geschichte nun nicht mehr. Die Presse ist inzwischen ausführlich informiert. Und wir haben Anweisung, uns ein wenig intensiver um den Fall zu kümmern. Es gibt noch keine Sonderkommission, aber die Sache wird ernst. Als Erstes werden wir das Phantombild und die Täterbeschreibung veröffentlichen. Vielleicht hat ihn noch jemand gesehen."

„Ich glaub ja nicht, dass da viel Ähnlichkeit ist, aber vielleicht macht es ihn wenigstens nervös", meinte Gerlach zweifelnd.

„Wenn er sich erkennt, ist das auch schon was", sagte Petzold. „Und er wird sich auf dem Bild erkennen, ganz egal wie wenig es ihm ähnlich sieht."

„Das glaube ich auch." Förster legte Gerlach die Akte auf den Tisch. „Organisieren Sie das. Bild und Beschreibung an die Pressestelle und das BKA. Außerdem natürlich Abgleich mit unseren Täterdateien, INPOL und so weiter. Das Übliche. Schilling, Sie legen bitte eine SPUDOC-Datei zu dem Fall an."

Petzold beobachtete Hirlinger. Der schien betrunken zu sein. Am helllichten Tag, im Dienst. Er saß mit hängenden Mundwinkeln am Schreibtisch, starrte vor sich hin und schien fast zu schlafen.

„Ob er wieder einen Brief schickt?", fragte Gerlach. Petzold wandte sich wieder den anderen zu.

„Mit Sicherheit", meinte Schilling. „Der Typ legt Wert auf Öffentlichkeit, das hat er schon beim ersten Anschlag bewiesen. Ohne Publicity macht das, was er tut, keinen Sinn."

„Ein richtiger Stratege. Aber ich begreif das nicht. Was will der bloß erreichen?" Petzold kratzte sich am Kopf. „Er kann doch nicht im Ernst glauben, dass sich die Stadt erpressen lässt. Dann würde doch jeden Tag einer kommen mit einem kleinen Anschlag und ein paar Verbesserungsvorschlägen. Ist doch sonnenklar, dass die auf so was nicht eingehen."

„Vielleicht glaubt er, dass es keine andere Möglichkeit gibt." Förster putzte sorgfältig seine Brille. „Dass er so auf Öffentlichkeit Wert legt, zeigt doch, dass er nicht nur die paar Dinge durchsetzen will, die er fordert, sondern dass es ihm mehr um allgemeines geht. Hat er nicht in seinem Brief etwas von einem Denkanstoß geschrieben? Ich denke, er will vor allem ein Zeichen setzen."

„Oh je, ein Fanatiker!"

„Sagen wir lieber, ein Überzeugungstäter."

„Also, wenn ihr mich fragt", ließ Hirlinger sich mit schwerer Zunge vernehmen, „das ist doch ein Spinner. Der fordert ja gar nichts für sich selbst, der hat ja gar nichts von dem ganzen Krawall. Bestimmt so 'n Grüner, irgend so 'n bescheuerter Weltverbesserer. Da können wir nur hoffen, dass er irgendwann vom Fahrrad fällt und von einem Lastwagen überfahren wird oder an Müsli-Vergiftung verreckt."

Diesmal konnte Schilling sich nicht beherrschen, er ging sofort hoch.

„Du meinst also, jeder, der etwas tut, von dem er nicht unmittelbar einen persönlichen Vorteil hat, ist ein Spinner, ja? Ist es das, was du sagen willst?"

„Was? Ach, leck mich doch ... Du weißt ganz genau, was ich meine, du ... Student."

Bevor er aus unbekannten Gründen zur Polizei gestoßen war, hatte Schilling ein paar Semester studiert, weshalb er von Hirlinger gerne „der Student" genannt wurde, was keineswegs als Kompliment gemeint war. Förster hielt Schilling am Ärmel fest.

„Schluss jetzt mit dem Unsinn. Sie reißen sich bitte beide ein bisschen zusammen. Streiten können Sie nach Feierabend, wenn Sie unbedingt wollen." Er sah Hirlinger forschend an, und es entstand eine längere Pause.

„Vielleicht gibt es einen bestimmten Grund dafür, dass er so gegen Autoverkehr ist", grübelte Gerlach.

„Das ist wirklich ein überaus genialer Einwand! Darauf wär ich im Leben nicht gekommen", fuhr Schilling ihn an.

Aber Gerlach ließ sich nicht aus der Ruhe bringen. „Ich will damit sagen, vielleicht hat er einen Unfall gehabt oder ein naher Angehöriger, und das hat dann den Anstoß gegeben."

„So was wäre doch denkbar. Wir könnten uns ja mal alle Radfahrer vornehmen, die in der letzten Zeit verunglückt sind", schlug Petzold vor.

„Das kannst du rundweg vergessen." Schilling schüttelte energisch den Kopf. „Guck doch mal in die Zeitung. Da verunglückt mindestens einer pro Tag. Und dazu musst du noch die Fußgänger zählen und all die Fälle, von denen wir gar nichts erfahren, die nicht angezeigt werden und nicht in der Zeitung stehen. In Summe sind das wahrscheinlich ein paar Tausend pro Jahr, und die müsstest du alle abklappern. Und es muss ja nicht im letzten Jahr gewesen sein."

Petzold nickte. Aber er hatte schon eine neue Idee. „Mir fällt dieser Satz in seinem Brief ein: 'Mit Reden erreicht man ja nichts', oder so ähnlich. Vielleicht ist er ja schon mal als Leserbriefschreiber aufgetreten oder als Verfasser von Beschwerden oder in irgendwelchen öffentlichen Sitzungen, im Gemeinderat ..."

„Das wäre ein Ansatz." Förster machte sich eine Notiz. „Ein Querulant, das klingt nicht unwahrscheinlich. Von denen gibt es mit Sicherheit nicht so viele, das könnte man immerhin versuchen."

„Ich hab auch einen Vorschlag." Alle außer Hirlinger sahen auf Gerlach. „Dieses Gutachten über die Zündelektronik fand ich ein bisschen mager. Ich kenn da jemanden an der Uni, einen Oberingenieur, über den Schachverein. Dem könnte ich das Zeug mal zeigen, vielleicht fällt ihm was dazu ein."

„Das kann auf keinen Fall schaden", stimmte Förster zu. „Wir scheinen jetzt doch ein paar Ansätze zu haben und stehen nicht mehr so vollkommen nackt und bloß da. Wer verfolgt die Sache mit dem Querulanten, Leserbriefe, Gemeinderatssitzungen? Es war Ihre Idee, machen Sie das, Petzold? Gut. Dann dieser Oberingenieur mit der Elektronik, das macht natürlich Gerlach. Weitere Vorschläge?"

„Ich könnte mal die Grünen direkt ansprechen und den BUND. Bund für Umwelt und Naturschutz", fügte Schilling, an Hirlinger gewandt, erklärend hinzu. „Bestimmt kennen die solche Typen, Querulanten und, wie unser Kollege zu sagen beliebt, Weltverbesserer. Solche Leute tauchen sicher hin und wieder bei denen auf."

„In Ordnung, tun Sie das. Heute ist Freitag. Vielleicht bis Mittwoch?" Alles nickte. „Wir müssen ja nichts überstürzen. Er hat sich dieses Mal auch ein paar Wochen Zeit gelassen, und wir haben schließlich noch etwas anderes zu tun."

„Genau vier Wochen", murmelte Petzold.

„Wie bitte?"

Petzold richtete sich auf und wiederholte: „Es waren auf den Tag genau vier Wochen vom ersten bis zum zweiten Anschlag."

„Stimmt." Schilling zog die Stirn kraus. „Kann natürlich Zufall sein."

Damit war die Sitzung geschlossen. Ein Bekennerschreiben kam an diesem Tag nicht.

„Hör mal, musst du heut Abend wieder in deiner Küche zimmern?" Petzold war gerade dabei, sein Jackett anzuziehen. Er strahlte. „Küche ist fertig! Dieses Wochenende wird zum ersten Mal richtig gekocht!"

„Hättest du dann vielleicht Lust, zur Erholung mal ein Bier mit einem jungen, aufstrebenden Kollegen zu trinken?" Schilling wurde ernst. „Ich würde gern mal mit dir über was reden."

Petzold überlegte kurz. Eigentlich war er müde und hatte kein Verlangen nach Gesprächen, aber da mit Steffi nicht vor zehn, halb elf zu rechnen war und ihm auf die Schnelle keine Ausrede einfallen wollte, stimmte er zu. Sie gingen in eine kleine Kneipe in der Karlstraße, die er von früher kannte. Das Lokal war leer, es war noch vor sechs Uhr. Nach einigen Albernheiten und einem halben Bier kam Schilling zum Thema.

„Dieser Hirlinger ist doch ein Rindvieh. Was meinst du?"

„Ein Riesenrindvieh ist der, und es wird immer schlimmer. Ich hab schon überlegt, was man machen kann, aber es fällt mir nichts Gescheites ein. Vielleicht sollten wir mal mit Förster reden?"

„Der weiß doch längst Bescheid." Schilling winkte ab. „Der ist doch nicht blind. Alle wissen Bescheid, auch Hellmann. Er säuft, tut nichts und pöbelt nur noch rum."

Er trank einen Schluck und fuhr fort: „Unsere Chefs kneifen, weil sie keinen Ärger haben wollen, und Hirlinger wird irgendwie mitgeschleppt. Er kriegt keine wichtigen Arbeiten mehr, ach was, er kriegt ja überhaupt keine Arbeiten mehr, und die Dummen sind wir ... Wenn wir mal mit dem Personalrat reden, was meinst du?"

Petzold leerte sein Glas und bestellte mit einem Handzeichen zwei neue. Die große, hübsche Bedienung mit blonder Löwenmähne quittierte die Bestellung mit einem viel versprechenden Lächeln.

„Das wäre 'ne Möglichkeit. Aber man möchte ihm ja nicht noch zusätzliche Probleme machen. Andererseits, so kann's auch nicht weitergehen, da hast du schon Recht. Auf die Dauer säuft er sich um Kopf und Kragen. Und wir haben noch mehr Arbeit."

Schilling stellte sein Glas mit Nachdruck auf den Tisch.

„Am Montag rede ich mit dem Personalrat. Die müssen so was doch schon gehabt haben, die müssen doch wissen, was man da macht."

„Hoffen wir, dass es was nützt."

Eine Weile sahen sie dem aufgeregten Geblinke eines unterbeschäftigten Spielautomaten zu und tranken schweigend. Sie bestellten die dritte Runde.

„Dieser Bombenleger geht mir nicht aus dem Kopf", fing Petzold wieder an. „Weißt du, ich versteh so was einfach nicht. Einen Bankräuber kann ich begreifen, der will Geld. Aber so einen nicht. Ist das ein Spinner oder ein Idealist?"

„Wo ist der Unterschied?"

„Wieso ist da kein Unterschied?"

Schilling grinste. „Vergiss es. Wahrscheinlich hat Hirlinger ausnahmsweise Recht. Ein Weltverbesserer. Handelt in höherem Auftrag, zum Wohle der Menschheit."

„Also doch ein Idealist. Das sind die Schlimmsten."

„Das ist wie bei religiösen Fanatikern. Das eigene Leben spielt keine Rolle mehr, es geht nur noch um die höhere Sache."

„Der hängt aber sehr am Leben! Das siehst du schon an seinem komischen Sicherheitsschalter. Aber es nützt uns nichts. Im Grunde können wir doch nur auf einen Zufall hoffen. Wenn wir Glück haben, dann reißt ihn eine seiner blöden Bomben beim Basteln in Stücke."

„Oder er verunglückt wirklich mit dem Fahrrad, wie unser geschätzter Kollege Hirlinger meint", lachte Schilling. „Na, jetzt wollen wir erst mal abwarten, was die neuen Spuren bringen."

„Aber es ist schon alles verdammt dünn."

Das Gespräch versandete wieder, und sie beschlossen, etwas zu essen zu bestellen. Da Steffis Überwachung hier nicht griff, entschied sich Petzold für Schinkennudeln mit Rührei und Salat. Das Lokal hatte sich inzwischen gefüllt, es herrschte reger Betrieb und ein ziemlicher Lärm. Die Bedienung war auch nicht mehr so aufmerksam, und sie mussten sich mehrfach bemerkbar machen, bis sie ihre Bestellung loswurden. Und dieses Mal lächelte sie nicht.

Schilling nahm nach einigen Minuten den Faden wieder auf: „So eine Großstadt ist ja im Grunde unglaublich verwundbar."

„Stimmt. Man braucht nur ein bisschen Fantasie, um sich die schlimmsten Sachen auszumalen. Denk bloß mal an die Stromversorgung."

„Oder wenn einer ins Trinkwasser pinkelt."

Sie lachten laut. Das Bier begann, Wirkung zu zeigen.

„Aber man sieht, der Verkehr ist auch verdammt störanfällig", sagte Schilling.

„Und es läuft schon ohne Bombenanschläge schlecht genug. Überall Staus, nirgends Parkplätze, und es wird immer schlimmer. Früher hast du in unserem Viertel problemlos zu jeder Tages- und Nachtzeit einen Parkplatz gekriegt, jetzt fahre ich manchmal eine Viertelstunde durch die Gegend und parke dann weiß der Teufel wo." Petzold trank einen Schluck. „Du hast gar kein Auto?"

„Nie gehabt. Früher mal einen Motorroller, als Student. Ich schlag mich mit der Straßenbahn durch. Oder mit dem Fahrrad. Geht auch, wenn man will."

„Aus Überzeugung?"

„Ein bisschen. Ich mach mir natürlich meine Gedanken. Waldsterben, Ozonloch und so. Du weißt schon, macht ja jeder."

„Dann hast du sicher keine gute Meinung von meinem Auto?"

„Dein Porsche?" Schilling lachte. „Irgendeinen Tick hat ja jeder. Weißt du, ich gehör ja nicht zu den Fanatikern. Ich leg ja zum Beispiel auch keine Bomben. Und ich bin noch nicht mal politisch aktiv, obwohl ich immer denke, dass ich es sein sollte. Aber irgendwie hab ich dann nie die Zeit dazu, und wahrscheinlich bin ich auch einfach zu faul."

„Was ist deiner?"

„Was?"

„Dein Tick?"

Schilling lachte schon wieder. „Musik. Ich sammle Platten. So alte Analogplatten. Ich hab einen Super-Plattenspieler, und meine Anlage war vermutlich so teuer wie dein Auto."

„Du machst Witze?"

Schilling schüttelte den Kopf und grinste in sein Bier.

„Was für Musik?"

„Jazz, ein bisschen Klassik. Opern."

„Opern?" Petzold war entsetzt.

„Warum nicht? Da gibt's sehr schöne Sachen. Vielleicht kommst du mich mal besuchen, dann spiel ich dir was vor ... Ja, vielen Dank. Nein, die Gulaschsuppe ist für mich."

Das Essen war gekommen. Petzold antwortete kauend: „Na, ich weiß nicht ... Müssen es denn unbedingt Opern sein? Hast du nicht auch was Normales? Sonst komm ich doch lieber nicht."

Sie tranken noch ein viertes und fünftes Bier, lachten auch über die allerdümmsten Witze und verließen das Lokal reichlich angeheitert. Vor allem Schilling, der offenbar nichts vertrug, hatte mit dem heimtückisch Wellen schlagenden Gehweg zu kämpfen. Bis zur Straßenbahnhaltestelle gingen sie zusammen, waren glänzender Laune und beschlossen, dass dies ein ganz wunderbar schöner Abend sei, dass man sich zukünftig mit Vornamen anreden sollte, und dass man sich überhaupt viel öfter nach Dienst zu einem Bier treffen müsste. Petzold fragte nach Schillings Vornamen, den er tatsächlich vergessen hatte, und wollte sich über dessen Antwort, „Berthold", fast totlachen. Dann ließ er sich überreden, den Wagen stehen zu lassen und zu Fuß nach Hause zu gehen. Den Porsche würde er irgendwann im Laufe des

Wochenendes holen. Auf dem Hof des Polizeipräsidiums stand er, da waren sie wieder völlig einer Meinung, so sicher wie nirgendwo sonst in der Stadt. Wer sollte ausgerechnet vom strengstens bewachten Parkplatz der Polizei ein Auto stehlen? Über diese Vorstellung mussten sie furchtbar lachen und konnten sich lange nicht beruhigen.

Als Petzold kurz vor elf nach Hause kam, war Steffi nicht da. Er setzte sich mit einem Glas Orangensaft ins Wohnzimmer und suchte etwas zu lesen. Auf dem Couchtisch lag ein Taschenbuch: „Tantra für das Abendland". Er kannte es nicht, Steffi musste es gekauft oder ausgeliehen haben. Eine umgeknickte Ecke im letzten Drittel des Buches zeigte, dass sie darin gelesen hatte. Ohne großes Interesse schlug er es auf und blätterte darin herum. Es schien um Buddhismus und irgendwelche Meditationstechniken zu gehen. Auch Sex spielte eine Rolle. Er wurde nicht schlau daraus, klappte das Buch bald wieder zu und war ein wenig verwundert. Noch letztes Jahr hatten sie gemeinsam über einen Bekannten gelacht, der auf einmal mit fernöstlicher Mystik und Yoga gekommen war, nach Räucherstäbchen gerochen und nur noch seltsames Zeug geredet hatte. Damals hätte Steffi ein solches Buch nicht einmal mit der Kneifzange angefasst. Aber vielleicht war Tantra ganz was anderes, und er hatte es nur nicht richtig verstanden. Er beschloss, sie gelegentlich danach zu fragen. Der Kopf schwirrte ihm ein wenig, und er war jetzt sehr müde. Bald darauf kam Steffi, erschöpft und wortkarg. Ein Gespräch wollte nicht in Gang kommen, so gingen sie bald ins Bett.

6

Über den zweiten Bombenanschlag wurde in den Radionachrichten und sogar in der Tagesschau berichtet. Auch die Boulevardpresse hatte sich über die Sache hergemacht, und am Samstag erschien die erste große Schlagzeile:

DER AUTOHASSER VON KARLSRUHE
Wann gibt es die nächsten Toten?

Dazu einige Zeilen mit Spekulationen und ein frei erfundenes Zitat der Polizeipräsidentin: „Wir verfolgen mehrere heiße Spuren, es liegen bereits zahlreiche Hinweise aus der Bevölkerung vor ..."

In der Lokalpresse fiel erstmals das Stichwort „Öko-Terrorismus". Damit war die Katze aus dem Sack. Die Staatsanwaltschaft lobte noch am Wochenende eine Belohnung von fünftausend Mark aus für Hinweise, die zur Ergreifung des Täters führen würden.

Am Samstagnachmittag hörte Petzold beim Streichen der Küchentür ein Interview mit dem Oberbürgermeister im Radio.

„Nein. Wir werden und können nicht auf seine Forderungen eingehen. Nach allen Erfahrungen wäre das der falsche Weg. Denken Sie zurück an die siebziger Jahre. Der Terror der RAF hat nicht aufgehört, als man ihren Erpressungen nachgegeben hat. Er hat aufgehört, als man begann, sich zu weigern."

„Heißt das, Sie wären im schlimmsten Fall bereit, weitere Opfer in Kauf zu nehmen?"

„Wir wollen nicht hoffen, dass es soweit kommt. Sehen Sie, die Stadt gibt zurzeit jedes Jahr über eine Million Mark allein für den Ausbau und die Pflege des Radwegenetzes aus. Was also will der Mann? Wir bezuschussen die Verkehrsbetriebe, das heißt die Straßenbahnen und das Stadtbahnnetz, Jahr für Jahr mit über vierzig Millionen Mark! Das ist doch was. Und wir werden das selbstverständlich weiterhin tun. Aber wir werden es auf die Weise tun, die wir für richtig halten. Auf keinen Fall wird die Stadt irgendwelchen Chaoten Einfluss auf ihre Verkehrspolitik einräumen. Der Bürger hat mannigfaltige Möglichkeiten, seine Wünsche, Vorschläge oder auch Beschwerden vorzubringen. Aber so geht es nicht. Nicht mit uns."

„Was werden Sie tun, wenn es einen dritten Anschlag gibt?"

„Diese Frage wird sich uns mit Sicherheit nicht stellen. Ich weiß, dass die Polizei mit allem Nachdruck an dem Fall arbeitet und bin vollkommen überzeugt ..."

Petzold legte den Pinsel weg und suchte einen anderen Sender.

Am Montagmorgen lag der Brief des Attentäters auf Gerlachs Schreibtisch. Wieder war er in der Nacht vor dem Anschlag eingeworfen worden, diesmal jedoch an eine große, überregionale Zeitung adressiert gewesen, dort liegen geblieben und erst am Samstag geöffnet worden. Das Schreiben war kurz. Förster las vor.

„Sehr geehrte Damen und Herren,
Sie haben auf mein erstes Schreiben in keiner Weise reagiert, deshalb nun heute die zweite Aktion am Durlacher Tor. Sie kennen meine Forderungen.

Ich verlange noch einmal, dass sie im vollen Wortlaut in Ihrer Zeitung abgedruckt werden.

Bedenken Sie, dass es noch sehr viel schlimmer werden könnte!

Kampf dem Individualverkehr."

Nach dem Mittagessen packte Gerlach ein kleines Päckchen mit den Resten der Zündelektronik der ersten Bombe und machte sich auf den Weg zu seinem Bekannten an der Uni. Er fuhr mit der Straßenbahn bis zur Universität, musste an der Fußgängerampel länger warten und hatte einige Mühe, das Gebäude zu finden, in dem sich das Institut für Nachrichtensysteme befand. Im Erdgeschoss traf er einen Mann in grauem Kittel, der wie ein Hausmeister aussah und ihm eine Tafel zeigte, wo die Namen der Institutsangehörigen in der Reihenfolge ihres akademischen Gewichts aufgelistet waren. Dr.-Ing. Ernst Schlösser stand ziemlich weit oben: Zimmer einhundertsechs.

Schlösser war ein leutseliger Riese, Anfang fünfzig, mit einer markerschütternden Stimme. Er erhob sich, als Gerlach eintrat, begrüßte ihn brüllend, schlug ihm auf die Schulter, dass er um ein Haar das Gleichgewicht verlor, quetschte freudestrahlend seine Hand, schob ihm einen Stuhl in die Kniekehlen und drückte ihn hinein. Dann ließ er sich wieder in seinen Schreibtischsessel fallen und lachte erwartungsvoll. Gerlach kramte sein Päckchen heraus, nachdem Schlösser Platz auf seinem Schreibtisch geschaffen hatte, indem er alles, was darauf herumlag, auf einen Haufen schob. Als Gerlach mit seinen Erklärungen beginnen wollte, brüllte Schlösser: „Herein!"

Gerlach zuckte zusammen. Offenbar hatte es geklopft. Die Tür wurde zaghaft geöffnet, ein schmaler junger Mann trat ein.

„Entschuldigung, ich hätte da eine Frage wegen der Prüfung nächste Woche. Könnte ich mich noch ..."Weiter kam er nicht. Schlösser blitzte ihn über den Rand seiner Brille hinweg an und röhrte: „Sie sind Student?"

„Ja", antwortete der andere zögernd.

„Dann haben Sie vermutlich Abitur?"

„Ja." Der Student fühlte deutlich, dass er in Ungnade war.

„Und wahrscheinlich haben Sie sogar Lesen gelernt?"

„Ja, natürlich."

„Und, können Sie es noch?"

Jetzt nickte er nur noch.

„Dann treten Sie doch, bitte sehr, einen Schritt zurück, und lesen Sie mir vor, was auf dem schönen großen Schild mit den riesigen Buchstaben steht!"

Der Student schob die Tür etwas weiter auf, betrachtete das Schild an der Außenseite und las gehorsam: „Sprechstunde Dienstag und Donnerstag, neun bis elf."

„Was haben wir heute für einen Tag?"

„Montag", kam es kleinlaut.

„Und tschüs!", brüllte Schlösser. Die Tür schloss sich leise. Gerlach grinste. Schlösser lehnte sich stöhnend zurück, wobei sein Stuhl bedenklich knackte, und schien die Sache nicht lustig zu finden.

„Da machst du meterhohe Anschläge, dass die Prüfung am soundsovielten stattfindet, dass man sich bis zum soundsovielten anmelden kann, dass danach absolut nichts mehr geht. Und in der Woche nach Anmeldeschluss kommen todsicher mindestens zwei Dutzend von diesen Hornochsen, deren Oma unglücklicherweise gerade in der letzten Woche gestorben ist, weshalb sie sich leider, leider nicht haben pünktlich anmelden können. Manchmal klopft es hier alle fünf Minuten, und du kommst zu rein gar nichts. Irgendwann erschlag ich einen von diesen Knallköpfen."

„Gut zu wissen. Wenn wir in der Gegend mal erschlagene Studenten finden, weiß ich gleich, wo ich suchen muss."

Schlösser sah sein Gegenüber verblüfft an, dann fiel ihm ein, dass der ja Kriminalbeamter war, und er lachte begeistert. „Das ist gut, ja ... Mensch, das ist gut. Kaffee?"

„Nein danke, ich hab schon nach dem Mittagessen."

„Aber ich nehm mir einen, wenn du erlaubst. Ich trink den ganzen Tag Kaffee. Ich brauch das, sonst denkt es einfach nicht." Schlösser tippte sich im Aufstehen an die Stirn. Nachdem er ein seiner Körpergröße angemessenes Gefäß aus einer Kaffeemaschine gefüllt hatte, die nach Gerlachs Schätzung achtzehn Tassen fasste, kamen sie endlich zur Sache. Gerlach breitete die Überreste der Zündelektronik auf dem Schreibtisch aus. Er platzierte die Teile so, wie sie nach seiner Meinung zusammengehörten, legte den Schaltplan daneben und erklärte das Funktionsprinzip, soweit er es verstanden hatte. Schlösser nickte mehrfach, putzte sich lautstark die Nase und nahm, nachdem er gefragt hatte, ob es erlaubt sei, das eine oder andere Teil in die Hand. Gerlach schwieg und sah zu.

Schlösser brummelte vor sich hin, vor allem die Reste des Weckers schienen nach einiger Zeit sein Interesse auf sich zu ziehen.

„Er hat kein gescheites Werkzeug, nicht wahr?"

Gerlach nickte.

„Und löten kann er auch nicht, was?"

Gerlach zuckte die Schultern. Es war wieder still. Später zündete Schlösser sich eine Pfeife an und begann zu qualmen. Es klopfte erneut, und sofort verfinsterte sich seine Miene. Dieses Mal war es jedoch zum Glück nur ein jüngerer Kollege, der irgendwelche Papiere ablieferte und, ohne mehr als „Hallo" gesagt zu haben, wieder verschwand. Schlössers Gesicht hellte sich auf.

„Diese Uni könnte so was von gemütlich sein, wenn die Studenten nicht immerzu den Betrieb durcheinander bringen würden", bemerkte er ernsthaft. Gerlach wusste nicht recht, ob das ein Spaß sein sollte, und lachte vorsichtig.

„Da hat er aber doch gelötet!" Schlösser deutete auf eine kleine grüne Elektronikplatine, die aus dem Inneren des Weckers stammte. „Da ging es nicht mit klemmen, da konnte er nur löten. Ihr könntet das Lötzinn untersuchen ... Moment!" Er kramte in den Tiefen einer Schublade und förderte eine Lupe zutage, betrachtete die Platine von allen Seiten, dann wieder die Drahtenden und den Sicherheitsschalter. Schließlich lehnte er sich zurück, paffte ein paar Züge aus seiner Pfeife und sagte nachdenklich: „Ich kann mich natürlich täuschen, aber ich würde behaupten, der Mann ist vom Fach. Der tut nur so, als verstünde er nichts von der Sache. Die Lötstellen in dem Wecker da sind absolut professionell. Das sieht man, wenn einer das zum ersten Mal macht. Das Zinn ist sauber verlaufen, und er hat auch die Drahtenden verzinnt. Wie es ein anständiger Elektroniker tut. Der Zirkus mit den Lüsterklemmen ist Maskerade, ein Bluff, meine ich."

Gerlach saß senkrecht auf seinem Stuhl. Nach kurzer Pause fuhr Schlösser fort: „Und noch was. Der Wecker war mit drei kleinen Schrauben zusammengehalten. Das sind ganz kleine Schrauben. Um die ordentlich aufzumachen, brauchst du einen ziemlich feinen Kreuzschlitzschraubenzieher, wie ihn ein Uhrmacher hat oder eben ein Elektroniker. Wenn du den nicht hast, dann kriegst du das Ding zwar trotzdem auseinander, aber das siehst du den Schrauben hinterher an. Die hier sind in Ordnung. Der Mann hat schon richtiges Werkzeug. Er will es nur nicht zugeben."

Gerlach war hellwach.

„Das ist ein völlig neuer Aspekt. Wenn das stimmt ... Das wäre ein Ding!"

„Hilft euch das weiter?"

„Aber auf jeden Fall! Jede Information, die es möglich macht, den Täter enger einzukreisen, hilft uns. Irgendwann sind wir soweit, dass nur noch ein paar wenige übrig bleiben, auf die alle Kriterien zutreffen. Die können wir einzeln überprüfen, und wahrscheinlich ist er dabei."

„Na, dann viel Glück!"

Sie unterhielten sich noch eine Weile über die Ergebnisse der letzten Schachturniere und die Qualitäten des einen oder anderen Vereinsmitglieds. Schlösser zählte zu den Spitzenspielern des Vereins, er spielte in der ersten Bundesligamannschaft. Gerlach hatte es bisher nur zur Bezirksliga gebracht. Zwischendurch kam noch ein weiterer Student, der im Gegensatz zum ersten anmaßend und frech auftrat, und den Schlösser achtkantig und unter Gebrüll hinauswarf. Schließlich verabschiedeten sie sich freundlich.

Petzold war weniger erfolgreich. Er verbrachte den ganzen Tag in der Lokal-Redaktion der Badischen Rundschau.

„Leserbriefe, die gedruckt werden, heften wir ab, falls es später Ärger gibt. Die paar, die nicht gedruckt werden, das sind aber nur die ganz üblen Sachen, die werfen wir nach ein paar Wochen weg", erklärte seine Ansprechpartnerin. Sie war Anfang dreißig, hatte wallende kastanienbraune Haare und sah müde aus. Diesen Eindruck konnten auch das reichlich aufgetragene Make-up und der grellrote Lippenstift nicht übertünchen. Sie trug einen engen Pullover, einen knappen Lederrock, seidige Strümpfe an den langen Beinen und Schuhe, für die Petzold kein anderes Wort als „scharf" einfallen wollte. Er musste sich sehr beherrschen, sie nicht allzu aufdringlich zu mustern. Sein Interesse wurde nicht erwidert, er schien ihr auf die Nerven zu gehen, aber sie gab sich immerhin Mühe, es ihn nicht merken zu lassen. An Leserbriefe mit dem genannten Inhalt konnte sie sich nicht erinnern.

„Solche Sachen kommen natürlich immer wieder mal. Meistens betreffen sie aber ganz konkrete Probleme, die Straße, wo der Schreiber wohnt oder, von mir aus, den Schulweg seiner Kinder. Solche allgemeinen Dinge, wie sie dieser Terrorist fordert – ist das denn ein Terrorist? Na, egal – nein, an so etwas kann ich mich nicht erinnern. Aber das muss nichts bedeuten, es ist eine Menge Papier, was da zusammenkommt. Man kann sich natürlich nicht alles merken. Außerdem mache ich den Job hier erst seit einem halben Jahr."

Das Gespräch fand in einem Großraumbüro statt. Der Schreibtisch der Redakteurin stand an der fensterlosen Stirnwand. Sie räumte Petzold ein kleines Tischchen frei, stellte einen Stuhl davor und wuchtete fünf prall gefüllte Ordner darauf. „Das ist alles aus den letzten fünf Jahren, was wir gedruckt haben. Lassen Sie sich Zeit. Sie stören mich nicht."

Petzold erschrak beim Anblick des Papiergebirges. „Um Gottes willen! Wie viele Briefe sind das?"

„So circa tausend pro Jahr dürften es schon sein. Ich glaube, wie gesagt, kaum, dass Sie finden, was Sie suchen. Aber trotzdem, viel Spaß damit."

Petzold hängte sein Jackett über die Stuhllehne, versuchte zu gucken wie Clint Eastwood und begann mit dem Ordner vom letzten Jahr. Zum Glück ging es in den allermeisten Fällen um ganz andere Themen, so dass er zügig vorankam. Zwischendurch beobachtete er, um seinen Augen Erholung zu gönnen, den Betrieb um sich herum. Der Raum war gleichmäßig mit Neonlicht ausgeleuchtet und angenehm klimatisiert. Überall standen ohne erkennbares Ordnungssystem Schreibtische, teilweise in Gruppen, teilweise einzeln, dazwischen Schränke, Regale und die unvermeidlichen Büropflanzen in großen Hydrokulturkübeln. Überall wurde auf Computertastaturen herumgetippt, ständig telefonierte jemand, und ununterbrochen liefen Leute mit Papieren über den schallschluckenden Teppichboden irgendwohin. Alles spielte sich in gedämpfter Lautstärke und ohne die Hektik ab, die er erwartet hatte. Im ganzen Raum herrschte ein gleichmäßiger Geräuschpegel, dessen Grundklang das Rauschen der Klimaanlage war, und aus dem nur selten ein lauter Ton hervorstach. Auch die Telefone klingelten hier zurückhaltend. Da er nicht verstand, was die Leute taten und wozu sie herumrannten, hatte die Szene für Petzold etwas Unwirkliches und Einschläferndes.

Die Frau kümmerte sich nicht weiter um ihn, war zwischendurch längere Zeit verschwunden und hatte wohl noch andere Aufgaben. Zu Mittag aß Petzold zwei belegte Brötchen aus der Kantine, die er fand, indem er sich der allgemeinen Völkerwanderung anschloss, die gegen zwölf plötzlich einsetzte. Später tauchte die wohlgeformte Leserbrieftante wieder auf, setzte sich an ihren Schreibtisch und begann mit mürrischem Gesicht, die Briefe zu öffnen, die jemand zwischenzeitlich dort deponiert hatte. Sie las mit atemberaubender Geschwindigkeit und murmelte häufig wenig schmeichelhafte Kommentare. Dann machte sie sich daran, die Texte mit routinierten Bewegungen auf ein brauchbares Maß zusammenzustreichen und in ihren Computer zu hacken. Nur ein einziges Mal sah sie dabei auf Petzold, betrachtete ihn zwei Sekunden lang wie ein falsch geliefertes Möbelstück, nickte abwesend, und fuhr mit ihrer Arbeit fort. Zwischendurch nahm sie eine Tablette mit einem Schluck Kaffee. Vielleicht hatte sie Kopfschmerzen. Petzold fragte sich, ob die Schreiber wohl am nächsten Tag mit dem Ergebnis ihrer Streichaktion zufrieden sein würden.

Er machte sich wieder an seine trostlose Beschäftigung. Den zweiten Ordner hatte er schon fast durch. Die meisten Briefe brauchte er nur kurz zu überfliegen, dennoch würde es sicher bis zum Abend dauern, auch nur die letzten vier Jahre durchzuarbeiten. Ohne große Hoffnung schrieb er ein paar Namen auf. Sein Kopf brummte, er gähnte, die gleichmäßige Geräuschkulisse und die öde Leserei schläferten ihn ein. Gleichzeitig konnte er immer weniger die Augen von dieser Frau lassen. Er hielt den Kopf gesenkt, als würde er lesen, und betrachtete sie verstohlen. Der enge Pullover zeichnete jede Einzelheit ihres Oberkörpers nach, der Rock war weit nach oben gerutscht und spannte sich um ihr Gesäß. Wenn sie die Beine bewegte, erzeugten die Strümpfe ein Geräusch, das ihm Hitzewallungen verursachte. Immer wieder stiegen Schwaden ihres Parfums in seine Nase. Durch seinen Kopf wischten Fantasien, deren Realisierung ihm ernste und nachhaltige Schwierigkeiten eingebracht hätte. Als er schließlich bemerkte, dass er eine unbekannte Anzahl von Briefen überblättert hatte, ohne auch nur hinzusehen, stand er auf, ging für ein paar Minuten an die frische Luft und besorgte sich einen Kaffee. Später legte er die freie Hand so an die Stirn, dass er die Frau nicht mehr sehen konnte. Er blätterte zurück, bis er auf Schreiben stieß, die ihm bekannt vorkamen, und zwang sich zur Disziplin. Es fiel ihm nach wie vor schwer. Irgendwann erhob sie sich, zog den Rock zurecht und verschwand. Danach kam er wieder besser voran.

Am Ende musste er ihr Recht geben, es war vertane Zeit. Als er das Gebäude lange nach fünf verließ, hatte er mehr als viertausend Leserbriefe überflogen, Kopfschmerzen, brennende Augen und nicht den Hauch einer Spur.

Schilling hatte sich nicht entschließen können, wegen Hirlinger den Personalrat aufzusuchen. Er hatte es erst auf den späten Vormittag, dann, mit immer fadenscheinigeren Ausflüchten, auf den frühen Nachmittag verschoben. Hirlinger schien heute nüchtern zu sein und bearbeitete verschiedene Fahndungsersuchen anderer Dienststellen. Gegen halb drei verließ Schilling das Präsidium und fuhr, wie Gerlach mit der Straßenbahn, zum Büro des BUND in der Kronenstraße. Es befand sich im Erdgeschoss eines ungepflegten Altbaus und schien früher ein Laden gewesen zu sein. An den Wänden standen IKEA-Regale mit allerlei Papier über Müll-, Verkehrs- und sonstige Probleme. An einem wackligen Schreibtischchen am Fenster saß ein Mann, der nicht im Entferntesten so aussah, wie Schilling sich die Leute hier vorgestellt hatte: sportlich, blond und elegant gekleidet in einem offensichtlich teuren Anzug und Seidenhemd. Er hatte die Füße hochgelegt und telefonierte leise. Durch die Tür zu einem Nebenraum trat eine Frau, die eher Schillings Erwartungen entsprach. Sie mochte Ende dreißig sein, trug ein langes Kleid aus buntem Stoff, das nichts von ihrem Körper ahnen ließ, und machte ein Gesicht, als sei sie die Mutter der gequälten Umwelt persönlich. Als sie vor ihm stand, verschwand die Leidensmiene, sie lächelte und fragte mit angenehm dunkler Stimme nach seinen Wünschen. Er zeigte seinen Ausweis.

„Guten Tag, mein Name ist Schilling, Kripo Karlsruhe. Ich hätte ein paar Fragen."

Das Lächeln war verschwunden, und auf ihrer Stirn stand eine senkrechte Kerbe. Sie spielte nervös mit der langen, bunten Holzperlenkette an ihrem Hals und fragte: „Ach ja?"

„Sie haben sicher von den Bombenanschlägen an der Südtangente und am Durlacher Tor gehört?"

„Und?"

„Darum geht es. Wir suchen den Täter."

„Hier?"

Schilling lachte.

„Natürlich glauben wir nicht, dass wir ihn bei Ihnen finden. Aber es könnte dennoch sein, dass man ihn hier kennt. Soweit ich weiß, veranstalten Sie doch regelmäßig Diskussionsrunden und Informationsabende. Ich denke, auch zu Verkehrsproblemen?"

Sie nickte wachsam.

„Darum geht es. Der Täter hat ja offenbar einiges gegen Autoverkehr, und wir vermuten, dass er sich schon eine ganze Weile mit Problemen wie Verkehrsbelastung, Umweltschäden, Unfällen und so weiter beschäftigt. Und es könnte ja immerhin sein, dass er auch mal bei einer ihrer Veranstaltungen war und dort aufgefallen ist. Vielleicht hat er sich durch kuriose Vorschläge hervorgetan."

Die Frau taute langsam wieder auf, aber ihr Lächeln blieb verschwunden.

„Solche Typen treffen Sie hier alle Tage, das ist nichts Besonderes für uns. Sie glauben gar nicht, was für Knallköpfe bei uns auftauchen und die großen Zukunftsprobleme der Menschheit mit Hilfe irgendeiner absolut genialen Idee lösen wollen. Aber ich kann ja mal bei den zuständigen Leuten herumfragen. Können Sie mir etwas über den Mann sagen? Wie er aussieht? Wie alt er ist?"

Schilling unterrichtete sie über das wenige, das sie wussten oder vermuteten, und sie machte sich Notizen. Schließlich gab er ihr seine Karte und bat sie anzurufen, wenn sie etwas in Erfahrung bringen sollte. Sie versprach, sich zu bemühen.

Als er ihr zum Abschied die schmale, kühle Hand drückte, sagte sie ernst:„Sehen Sie zu, dass Sie ihn kriegen. Hier haben schon die ersten Leute angerufen und uns alle möglichen Dinge angedroht, wenn das so weitergeht!"

Schilling nickte und ging. Der gut gekleidete Mann telefonierte immer noch. Er hatte sich kein einziges Mal umgedreht.

Im Büro warf Gerlach Schilling wortlos eine Zeitung auf den Tisch. Der Kommentar auf der ersten Seite des Lokalteils beschäftigte sich mit den Bombenanschlägen. Der Tenor war eindeutig. Die Stadtverwaltung habe gar keine andere Möglichkeit als die, den Forderungen des Erpressers nicht nachzugeben. Der Journalist ging auch kurz auf die Arbeit der Polizei ein, argwöhnte, dass man die Sache dort zu Beginn wohl ein wenig leicht genommen habe, verlieh aber seiner Überzeugung Ausdruck, dass sich dies nun dramatisch ändern werde.

Petzolds Ziel am Dienstag war das Amt für Verkehrsplanung in der Lammstraße, mitten in der Stadt. Dorthin konnte er bequem zu Fuß gehen. Auch hier legte man ihm einige Ordner mit Beschwerdebriefen, Eingaben und Verbesserungsvorschlägen vor. Er wurde in ein kleines Büro gesetzt, dessen Inhaber wohl in Urlaub oder krank war. Alles hier erinnerte ihn sehr an seinen eigenen Arbeitsplatz. Die gleichen alten Aktenschränke mit Rollladenverschluss, die gleichen Holzschreibtische, wie man sie im Präsidium vor zwei Jahren endlich auf den Müll geworfen hatte. Ein zu heißer und zigfach überlackierter Heizkörper aus der Kaiserzeit, dessen Ventil klemmte, so dass man ihn nicht abstellen konnte. Ein kleines Aktenschränkchen mit einem bunten Deckchen und einer Kaffeemaschine darauf. In einer Nische ein Waschbecken und darüber ein halb blinder Spiegel. Hier fühlte er sich fast wie zu Hause, und hier gab es nichts und niemanden, der ihn ablenken würde. Er öffnete ein Fenster und setzte sich an den Schreibtisch. An diesem Tag kam er gut voran, auch hier waren wieder einige tausend Briefe durchzusehen. Aber das Ergebnis seiner Arbeit entsprach exakt dem des Vortags – nichts von Bedeutung.

Am späten Nachmittag ging er bei dem Trödler in der Adlerstraße vorbei, um das silbergraue 1:18 Modell des alten Mercedes SLK zu kaufen, das er dort vor Wochen gesehen hatte. Zu seinem Ärger war es verkauft. Im Präsidium warf er seine spärlichen Aufzeichnungen auf den Schreibtisch und plauderte einige Minuten mit Schilling und Gerlach. Schilling war beim Ortsverband der Grünen gewesen, sehr zuvorkommend behandelt worden, und hatte ebenfalls nichts herausgefunden.

7

An diesem Abend war Verschiedenes ungewöhnlich. Es regnete nicht, die Sonne brach sogar ein wenig durch und ließ ein angeberisches Abendrot sehen, Steffi war schon zu Hause und hatte, wie Petzold sofort bemerkte, gute Laune. Sie beschlossen, diese Umstände mit einem Abendessen im Rosa Bianca zu feiern. Petzold schlug vor, zu Fuß zu gehen, und sie willigte ein. Er duschte schnell, zog ein frisches Hemd und ein anderes Jackett an – das rote durfte er im Privatleben nicht tragen.

Minuten später verließen sie zusammen das Haus. Sie hakte sich bei ihm unter, hüpfte ein wenig herum, um in Gleichschritt zu kommen, Petzold machte kleine Schritte, dann klappte es, und sie gingen in der Abenddämmerung die Sophienstraße entlang. Steffi versuchte munter, ihn nach den Fortschritten seiner Ermittlungen auszufragen, aber er hatte keine Lust, darüber zu reden, und gab wortkarge Auskünfte. Sie bemerkte seinen Unwillen, wechselte das Thema und erzählte von ihrer Arbeit.

In ihrem Büro planten sie den Neubau einer Autobahnbrücke bei Appenweier, wo die vierspurige B28 die A5 kreuzt. Beide Straßen waren stark befahren, deshalb sollte der Umbau nach irgendeinem neuen Verfahren vor sich gehen, dessen technische Hintergründe Petzold nur zum Teil verstand. Jedenfalls gab es unglaublich viel zu rechnen, zu planen, man musste sich mit zahllosen am Bau beteiligten Firmen abstimmen, kurz, es war ein großes Abenteuer. Aus diesem Grund arbeiteten sie zurzeit fast rund um die Uhr.

Er hörte mit Interesse zu und war froh, sich von diesem verdammten Bombenleger ablenken zu können, dem er inzwischen den Tod wünschte. Immer wieder wunderte er sich, wie viele Details bei solch einem Bauprojekt berücksichtigt werden mussten, an die später kein Mensch jemals einen Gedanken verschwenden würde. Und nichts durfte dabei vergessen, auch nicht die kleinste Kleinigkeit übersehen werden. Wenn er daran dachte, was bei der Polizei so alles schief ging, wie viel sinnlose Arbeit erzeugt wurde, nur weil irgendein Idiot vergessen hatte, irgend jemandem irgend etwas auszurichten, oder weil eine Akte tagelang auf einem Schreibtisch lag, auf den sie nicht gehörte, oder wegen tausend anderer lächerlicher Kleinigkeiten, dann fand er es immer wieder unfassbar, dass Projekte wie Steffis Brücke in aller Regel erfolgreich zu Ende gebracht wurden. Wenn die Polizei Brücken bauen würde, hätten die Autofahrer einigen Grund zur Beunruhigung. Manchmal beneidete er Steffi um ihren Beruf, bei dem man planen konnte, bei dem nicht so unendlich viel vom Zufall abhing wie bei seinem Job. Es machte ihn rasend, wenn sie, wie jetzt, im Nebel herumstocherten, neunundneunzig Prozent ihrer Zeit sinnlos vergeudeten, in der Hoffnung, dass sie irgendwann auf das eine, das Erfolg bringende Prozent stoßen würden. Und am Ende blieb meist das unschöne Gefühl, dass man zwar irrsinnig viel gearbeitet hatte, dass aber letztlich ein dummer Zufall den Ausschlag gegeben und den Fall gelöst hatte. Natürlich wusste er, dass dieser letzte, entscheidende Zufall durch ihre geduldige Arbeit erst möglich gemacht wurde, was er aber immer wieder vermisste, war ein richtiges Erfolgserlebnis.

„Und was ist, wenn's schief geht?", fragte er, um auch etwas zur Unterhaltung beizutragen.

Sie sah ihm erschüttert in die Augen. „Dann mein Lieber, dann geht's deiner lieben kleinen Stefanie ganz, ganz traurig. Dann kommen große böse Männer, die deine liebe kleine Stefanie in dünne Scheiben schneiden, vierteilen und so weiter!!!" Sie bebte vor Schrecken, klammerte sich an ihn, wurde kleiner und kleiner und starrte ihn mit herzzerreißendem Kulleraugenblick an.

Lachend legte er den Arm um sie. „Na, ganz so schlimm wird's ja wohl nicht werden."

Da wurde sie wieder größer, sah nach vorn und meinte trocken: „Dann machen sie uns alle. Dann gehn wir pleite an den Konventionalstrafen. Was meinst du, was das für ein Verkehrschaos gibt."

„Ich kann's mir lebhaft vorstellen."

Einige Minuten gingen sie schweigend, überquerten die wie üblich verstopfte Reinhold-Frank-Straße und bogen in die Waldstraße ein. Dort blieb Steffi, wie er schon befürchtet hatte, vor einer der teuren Boutiquen stehen und betrachtete aufgeregt die Auslagen. Sie zeigte ihm ein hellgrünes enges Kostüm, das sie auf jeden Fall für den kommenden Frühling haben müsse. Er grunzte ohne Begeisterung, weil ihm das dezent versteckte Preisschild Gänsehaut verursachte. Andererseits würde das Grün zu ihrem kupferroten Haar schon gut aussehen. Sie zeigte ihm noch einen breitkrempigen orangefarbenen Hut, den sie unbedingt brauchte, weil er doch ganz toll dazu passte. Petzold hatte seine Zweifel, traute sich aber nicht zu widersprechen. Als sie ihm schließlich auch noch von wunderbaren lila Stöckelschuhen erzählte, die sie in der Stadt gesehen habe, merkte er endlich, dass sie ihn auf den Arm nahm, und zog sie lachend weiter.

Steffi griff ihr Gesprächsthema wieder auf. „Da fällt mir eine Geschichte ein, von wegen Verkehrschaos und so. Vor drei Jahren haben sie bei Baden-Baden eine alte Brücke abgerissen. Die Autobahn musste einen ganzen Tag gesperrt werden, in beide Richtungen. Damit es nicht zum völligen Kollaps kommt, haben sie den Abbruch auf einen Sonntag gelegt, viel Tamtam gemacht, die Leute per Radio gebeten, woanders hinzufahren oder am besten zu Hause zu bleiben. Sie haben jede Menge Polizei aufgeboten, Umleitungen organisiert und Tod und Teufel in Bewegung gesetzt. Normalerweise ist die A5 am Wochenende ja immer rappelvoll. Und weißt du, was passiert ist?"

„Keine Ahnung."

„Nichts."

„Wie, nichts?"

„Nichts ist passiert! Es ist keiner gekommen. Der Verkehr hat nicht stattgefunden. Die Staus waren auch nicht woanders. Es ist schlicht und einfach keiner gekommen. Deine Kollegen haben rumgestanden und ihre Umleitungsschilder bewacht."

„Was ist das Besondere daran? Ist das nicht gut?"

„Ja, aber überleg mal: Jeden Sonntag sind da zigtausend Autos unterwegs. Abends ist die A5 in Richtung Norden regelmäßig zu, Stau bis kurz hinter Mailand. Aber wenn du den Leuten sagst, heute geht's nicht, bleibt bitte zu Hause, dann kommt keiner. Das heißt doch, zigtausend Autos fahren nur aus Jux und Tollerei durch die Gegend!"

Petzold zuckte die Schultern.

„Am Wochenende ist Ausflugsverkehr. Jeder will ins Grüne oder seine Oma besuchen. So ist das eben."

„Ja, ja. In den Schwarzwald fahren und von oben herab mit Abscheu die Dunstglocke im Rheintal betrachten, die man gerade selbst verursacht hat. Weiß ich auch. Aber trotzdem ..."

Zum Glück hatten sie das Rosa Bianca erreicht und Petzold musste nicht antworten. Der Wirt kannte sie, begrüßte sie fröhlich und führte sie zu ihrem gewohnten Zwei-Personen-Tisch an der Wand. Sie waren fast die einzigen Gäste.

Bei Essen und Frascati hellte sich Petzolds Laune weiter auf. Sie unterhielten sich über die Möbel, die sie kaufen wollten und zu deren Auswahl sie nie die Zeit fanden. Beim Nachtisch – unter Missachtung aller Diätvorschriften gab es Tiramisu – lästerten sie mit Inbrunst über ein unsympathisches Paar aus der Nachbarschaft mit zwei kleinen, ständig kläffenden Hunden. Steffi überlegte mit verträumtem Blick, ob man auch kleine, ständig kläffende Köter in dünne Scheiben schneiden, vierteilen und so weiter könne, grübelte, ob die Hundchen bei dieser Behandlung wohl stillhalten würden, und fragte ihn, was er davon halte. Er müsse so was schließlich wissen bei seinem grässlichen Beruf. Er meinte, anfangs würden sie wohl zappeln, später dann vermutlich nicht mehr, gab aber zu bedenken, dass bei der Polizei das Vierteilen und In-Scheiben-Schneiden heutzutage kaum noch praktiziert würde, und das Und-so-weiter sei schon vor Jahren völlig aus der Mode gekommen. Da himmelte sie ihn an wie in ihren besten Zeiten, nannte ihn ihren großen tapferen Polizisten und beschloss, gleich morgen in das Haushaltswarengeschäft am Gutenbergplatz zu gehen und die beiden freundlichen alten Damen zu fragen, ob sie Hundehobel führten oder wenigstens kurzfristig besorgen könnten. Dann bekam sie einen Lachkrampf, Petzold bezahlte hastig, und immer noch prustend verließen sie das Lokal.

Sie gingen Arm in Arm wie frisch Verliebte über einen weiten Umweg nach Hause. Ein erster Hauch von Frühling lag in der Luft, Amseln sangen, gegen Ende hatten sie es ziemlich eilig, und, zu Hause angekommen, blieb ein großer Teil dessen, was sie am Leib trugen, zu Pedros Entzücken im Flur liegen.

Steffis schwarzer Spitzen-BH mit den Strass-Steinchen litt erheblich unter der Zuwendung des Katers, und Petzold schlief in dieser Nacht schlecht. Das Essen lag ihm im Magen.

Am Mittwochmorgen wurde Schilling am Telefon verlangt.

„Riedmüller ist mein Name. Ich bin Mitarbeiter vom BUND. Die Theresa, ich meine Frau Berger, sagte mir, Sie suchen einen Mann wegen dieser Bombenanschläge?"

Schilling bejahte.

„Ja, also, ich bin regelmäßig bei unseren Informationsveranstaltungen dabei, zur Verkehrsplanung, Nahverkehr, Stadtbahntunnel, Sie wissen schon. Ich bin Architekt, Stadtplanung, Sie verstehen. Wir arbeiten da eng mit den Verkehrsplanern der Stadtverwaltung zusammen, meistens ist auch jemand von denen dabei. Und mir ist tatsächlich ein-, zweimal einer aufgefallen. Der hat immer irgendwelche Vorschläge gemacht, so ähnlich wie es von diesem Bombenleger in der Zeitung stand. Straßen sperren, drastische Geschwindigkeitsbeschränkungen und solchen Unsinn. Der Mann war irgendwie komisch, so kompromisslos und völlig verbohrt. Spinner gibt's da öfter mal, aber mit dem konnte man überhaupt nicht reden, Sie verstehen. Wir haben ihn dann bald abgewürgt oder gar nicht mehr zu Wort kommen lassen, wenn er sich gemeldet hat. Später ist er auch nicht mehr aufgetaucht."

Schilling saß hoch aufgerichtet auf seinem Stuhl und guckte, als wollte er ein Loch in die Wand starren. „Und der war von der Stadtverwaltung?"

„Ähm ... Was?"

„Sie sagten doch, Sie arbeiten mit der Stadtverwaltung zusammen, und da sei Ihnen jemand aufgefallen!"

Riedmüller lachte. „Quatsch. Ich meinte natürlich im Publikum."

„Ach so. Ja. Und wann war das?"

„Vielleicht bis vor einem halben Jahr. Ich weiß nicht genau. Nach Oktober hab ich ihn sicher nicht mehr gesehen."

„Können Sie den Mann beschreiben?"

„Ach Gott, ja und nein. Ein Mann eben. Vielleicht dreißig, fünfunddreißig. Totaler Durchschnitt, Sie verstehen. Sie würden wahrscheinlich sagen, keine besonderen Kennzeichen."

„Haarfarbe, Größe?"

„Irgendwie dunkel. Aber nicht schwarz. Auch nicht so ganz dunkelbraun, vielleicht dunkelblond. Die Größe? Eins siebzig bis eins achtzig. Auf jeden Fall nicht übertrieben groß. Wissen Sie, diese Veranstaltungen finden immer in irgendwelchen Sälen statt, da sind dutzende, manchmal hunderte von Men-

68

schen, es wird geraucht, und er saß jedes Mal ziemlich weit hinten. Man achtet auch nicht auf so was, Sie verstehen."

„Trotzdem, Brille, Bart?"

„Nein, würde ich sagen ... Nein. Beides mit Sicherheit nicht."

„Halten Sie es für möglich, dass jemand anders ihn beschreiben kann oder vielleicht sogar kennt?"

„Das kann ich im Moment nicht sagen, aber ich werde gern mal rumfragen. Zu uns gehört er mit Sicherheit nicht. Solche Leute würden wir mit Nachdruck hinaus komplimentieren. Die schaden uns tausendmal mehr als sie nützen."

„Das kann ich mir denken." Plötzlich fiel Schilling noch etwas Wichtiges ein.

„Wie hat er gesprochen? Ich meine, Dialekt oder hochdeutsch?"

„Ach Gott, Sie können einem Fragen stellen. Ich würde sagen, hochdeutsch. Vielleicht mit leichtem badischem Akzent. Aber das ist jetzt wirklich schon Spekulation. Ich bin mir nicht sicher."

„Denken Sie bitte noch mal darüber nach. Wenn Ihnen noch etwas einfällt, und sei es noch so nebensächlich, dann rufen Sie mich bitte sofort an."

„Ja, das habe ich schon hin und wieder im Fernsehen gehört", lachte Riedmüller, „ich werde mir ganz viel Mühe geben."

Schilling schrieb sich Namen und Telefonnummer des Anrufers auf. Wieder ein Teilchen zu ihrem großen Puzzle.

Um zehn war Besprechung, und jeder berichtete, was er herausgefunden hatte. Die Stimmung war gut, sie waren ein ordentliches Stück vorangekommen. Aber die eigentliche Sensation brachte Förster. Er hatte die Laborberichte dabei. Die Techniker hatten in den Resten der Tasche ein angesengtes Haar gefunden. Sie hatten es untersucht. Es war dunkelblond, glatt, und in Kürze würden sie auch die Blutgruppe des Täters kennen.

„Hat er doch tatsächlich vergessen, sein Häubchen zu tragen", frotzelte Schilling.

Die Bauart der Bombe entsprach exakt der ersten, und der Brief war auf demselben Drucker, mit derselben Tintenpatrone auf das gleiche Papier gedruckt. Wieder keine Speichelspuren, keine Fingerabdrücke.

„Irgendwann macht er einen Fehler. Er muss Fehler machen. Irgendwann macht jeder Fehler", murmelte Petzold.

In diesem Augenblick klingelte Gerlachs Telefon. Er nahm ab und legte nach wenigen Sekunden wieder auf.

„Alarm", sagte er ruhig und schob seinen Stuhl zurück. „Eine Bombe an der Kreuzung Kriegsstraße/Brauerstraße. Wer kommt mit?"

Schilling und Petzold erhoben sich wortlos.

Sie brauchten nicht lange, um in die Nähe des Tatorts zu gelangen. Dann mussten sie den Wagen abstellen, weil die Zufahrtstraße verstopft war. Bald sahen sie Streifenwagen mit Blaulicht quer auf den Fahrbahnen stehen, die sonst so lebhafte Kreuzung war totenstill und menschenleer. Die Tasche stand an einem Ampelmast. Dieses Mal war es eine mit grünen Griffbändern. Ein uniformierter Polizist hielt die Ankommenden auf. Gerlach zeigte seinen Ausweis, worauf der sein Gegenüber ungefragt knapp Bericht erstattete.

„Wir hatten den Anruf um zehn Uhr sechzehn. Um zehn Uhr achtzehn war der erste Wagen da. Die Jungs haben die Sache in Augenschein genommen und dann sofort die Kreuzung gesperrt."

„Okay", sagte Gerlach. „Sprengmittelräumdienst?"

„Ist alarmiert. Feuerwehr auch."

Wie zur Bestätigung hörte man aus der Ferne die Martinshörner.

Gerlach, Schilling und Petzold gingen bis auf etwa zehn Meter an die Tasche heran, kratzten sich am Kopf, dann traten sie wieder ein wenig zurück.

„Ich hab angerufen!", erklärte ein athletischer junger Mann in buntem Jogginganzug und fuchtelte wichtig mit seinem Handy. „Ich hab sie gesehen und sofort reagiert!"

Die identisch gekleidete dralle Schwarzhaarige neben ihm nickte aufgeregt. „Er hat ja so gute Augen! Er sieht einfach alles! Und er hat sogar versucht, den Verkehr anzuhalten, stellen Sie sich vor!"

„Sehr schön. Danke schön", erwiderte Gerlach müde, ohne die Augen von der Tasche zu nehmen. „Treten Sie lieber ein paar Schritte zurück. Wenn das Ding hochgeht, könnte Ihnen sonst ein Splitter in Ihre guten Augen fliegen."

Die beiden brachten sich beleidigt um eine Hausecke in Sicherheit.

„Du hast Recht", sagte Petzold. „Lass uns auch ein bisschen weggehen. Hab keine Lust, die Ampel an den Kopf zu kriegen."

Inzwischen war auch die Feuerwehr angekommen, sie war auf der leeren Spur der Kriegsstraße entgegen der Fahrtrichtung angerückt. Die Feuerwehrmänner standen ratlos da, und einer fragte: „Und jetzt? Sollen wir sie nass spritzen?"

„Ich hab Sie nicht bestellt", versetzte Gerlach. „Vielleicht gibt's ja später was zu fegen."

„Hoffentlich nicht", antwortete der andere und schickte seine Männer zurück zu den Fahrzeugen.

Die kleine Gruppe Menschen, die zu Beginn an der Ecke gestanden und die Ereignisse beobachtet hatten, war inzwischen zu einem stattlichen Auflauf angewachsen. Die Zuschauer wurden zunehmend neugierig und wagemutig.

„Lynchen sollte man den!", hörte Petzold einen vielleicht Fünfzigjährigen mit Vollbart sagen.

„Aber vorher die Eier abschneiden!", ergänzte ein Jüngerer.

Es gab einen Knall, und die Leute stoben auseinander. Auch Petzold war unwillkürlich ein paar Schritte zurück gesprungen. Erst nach einer Weile erkannte er, dass jemand von der Feuerwehr eine große Klappe an einem Gerätewagen zugeworfen hatte. Das Publikum kam zögernd wieder näher.

„Wenn ich den erwischen würd, ich tät ihn drei Tage lang sterben lassen!", sagte der mit dem Bart, und man konnte ihm ansehen, dass er es ernst meinte.

„Drei Tage reicht nicht!", rief eine junge Frau. „Der kann froh sein, wenn ihn die Polizei und nicht die Bevölkerung erwischt!"

Gegenüber tauchten zwei Journalisten auf, filmten die Szene mit einer Handkamera und interviewten das Publikum. Bald wurde es ihnen zu langweilig, sie stellten die Kamera auf ein Stativ, richteten sie auf die Bombe und steckten die Hände in die Taschen.

Es dauerte über eine Stunde, bis vier Männer vom Sprengmittelräumdienst in einem grauen Gerätewagen mit Stuttgarter Kennzeichen eintrafen. Sie betrachteten die Tasche aus der Ferne mit Feldstechern, berieten sich halblaut, dann ließen sie den Platz in weitem Umfang räumen. Die Anwohner wurden per Lautsprecher aufgefordert, Fenster und Rollläden zu schließen. Mit Hilfe eines kleinen ferngesteuerten Roboters bugsierten sie die Tasche vorsichtig mitten auf den Platz. Eine halbe Stunde später wurde sie gesprengt.

Als die schwache Explosion verhallt war, spähte Petzold um die Ecke. Die Tasche war auf den ersten Blick unversehrt und lag fast an derselben Stelle wie zuvor. Einer der Spezialisten ging, hinter einen Schild gebückt, langsam an sie heran. Nachdem er sie ein paar Mal mit einer langen Stange herumgeschubst hatte, legte er den Schild weg, hob sie vorsichtig hoch und schüttelte einen Packen alter Zeitungen heraus.

„April, April!", rief er.

„Falsch", sagte Schilling, „April ist erst in acht Wochen." Er warf den Schlüsselbund, an dem er die ganze Zeit herumgespielt hatte, hoch in die Luft, fing ihn wieder auf, steckte ihn ein und wandte sich zum Gehen. Petzold fluchte und trat mit Wucht gegen einen Reifen des Gerätewagens. Auf dem Weg zum Auto humpelte er.

„Wenn das jetzt Schule macht, dann gute Nacht!"

Förster hatte inzwischen auf einem DIN-A4-Blatt alles notiert, was sie bis jetzt an Informationen über den Bombenleger zusammengetragen hatten.

1. *Geschlecht: männlich*
2. *Alter: 30 bis 40*
3. *Größe: 1,75 bis 1,85; Statur: nicht dick*
4. *Dunkelblond, kein Bart, keine Brille*
5. *Allein lebend (?)*
6. *Wohnort: Vermutlich Weststadt. Irgendwo, wo man die Südtangente hört*
7. *Beruf: Elektroniker o.ä., kennt sich mit Computern aus*
8. *Schulbildung: mindestens mittlere Reife, vielleicht Abitur*
9. *Nationalität: Deutscher oder seit der frühen Kindheit hier aufgewachsen. Spricht fast reines Hochdeutsch*
10. *Ist Gegner von Autoverkehr, fährt zumindest zeitweise Fahrrad*

Alle lasen die Liste durch und befanden sie für vollständig. Förster verließ den Raum mit der Bemerkung: „Das ist doch schon eine ganze Menge. Das Material müsste für eine Rasterfahndung reichen. Mit Hellmann habe ich bereits gesprochen. Wir werden es versuchen."

Am Nachmittag rief noch ein zweiter Mitarbeiter des BUND an und bestätigte in allen Punkten Riedmüllers Angaben. Die Personenbeschreibung wurde immer glaubwürdiger, nur traf sie auf zu viele Einwohner der Stadt zu. Inzwischen lagen auch etwa einhundert Hinweise aus der Bevölkerung auf dem Tisch, und ein knappes Dutzend davon schien es wert zu sein, dass man sich ernsthaft mit ihnen befasste. Einige so genannte Zeugen kannte man schon, sie waren immer dabei, wenn die Öffentlichkeit um Mithilfe gebeten wurde. Manche wollten einen Nachbarn anschwärzen, einer hatte zur fraglichen Zeit über der Oststadt ein UFO beobachtet und war überzeugt, dass die Bombenanschläge nur der Anfang der Machtübernahme durch Außerirdische war. Für die nächsten Tage hatten sie zu tun.

Am späten Nachmittag gab Förster die Daten des Gesuchten an das Einwohnermeldeamt durch. Trotz seiner Bedenken beschränkte man sich, um den Personenkreis einzugrenzen, zunächst auf allein stehende Männer mit passendem Alter und Beruf. Wenn die erste Fahndung zu keinem Ergebnis führte, würde man in den folgenden Wellen den Kreis immer weiter ziehen. Erst würden alle in Frage kommenden verheirateten Männer hinzugenommen, dann würde man die Berufsgruppe ausweiten und so weiter. Irgendwann mussten sie ihn auf diese Weise unweigerlich erwischen. Es war nur eine Frage der Zeit und des Aufwandes.

Das Einwohnermeldeamt fütterte die Daten in seine Computer, aber wegen irgendwelcher technischen Probleme lag das Ergebnis erst am Freitag in Form eines mehrseitigen Computerausdrucks auf dem Tisch. Es waren einhundertsiebenundfünfzig Namen. Inzwischen kannten sie auch die Blutgruppe des Täters: A, Rhesus positiv. Leider eine Allerweltsblutgruppe.

Was nun kam, war Knochenarbeit. Da die personelle Ausstattung des Dezernats zur Überprüfung aller Adressen in vertretbarer Zeit nicht ausreichte, hatte Hellmann Unterstützung von anderen Dezernaten angefordert und erhalten. Man bildete eine kleine Sonderkommission von zehn Mann, die Förster leitete. Auch Gerlach, Hirlinger, Petzold und Schilling gehörten natürlich dazu. Am Montag wollten sie mit der Arbeit beginnen.

Am Sonntagnachmittag fuhr Petzold mit Steffi in die Nordstadt, und sie besuchten Schilling. Sie hörten tatsächlich Opernmusik. Steffi war hingerissen, aber Petzold machte ein derart leidendes Gesicht dabei, dass sie bald auf Rockmusik umstiegen. Dazu gab es Kaffee und von Schilling selbst gebackenen Kuchen. Er wohnte wirklich mit seiner alten Mutter, die sie nur kurz zu sehen bekamen, in einem allein stehenden Haus mit großem Garten am Stadtrand.

Sie bestaunten pflichtschuldig Schillings Hifi-Anlage, und dabei stellte sich heraus, dass er nicht nur kein Auto, sondern, was Petzold schier nicht fassen konnte, auch keinen Fernseher besaß. Dafür gab es eine Menge Bücher und ganze Stapel von Zeitungen und Zeitschriften, die Petzold zum Teil nicht einmal dem Namen nach kannte.

Sie unterhielten sich lange, gingen später eine Runde über die angrenzenden Wiesen spazieren und beobachteten Kaninchen. Steffi war gut gelaunt und mochte Schilling, was bei Petzolds sonstigen Kollegen nicht immer so gewesen war.

Abends, sie lagen schon im Bett, sagte sie gähnend: „Dieser – wie heißt er noch mal? Bertram?"

„Berthold."

Sie kicherte. „Berthold? Wie kann ein Mensch bloß Berthold heißen! Auf jeden Fall liest dieser Berthold eine Menge. Hast du gesehen, wie viele Bücher der hat?"

Petzold brummte, sie drehte sich auf die andere Seite, seufzte: „Erstaunlich" und war nach zwei Sekunden eingeschlafen.

Petzold beschloss, sobald dieser Bombenleger in der Kiste war Überstunden abzubummeln, vielleicht ein paar Tage Urlaub zu nehmen und wieder einmal ein Buch zu lesen.

8

Petzold fühlte sich erkältet. Sein Hals kratzte, und in der Nase juckte es. Aber er beschloss, aus dienstlichen Gründen nicht krank zu werden und die Symptome zu ignorieren. Manchmal half das. Förster teilte fünf Gruppen von jeweils zwei Mann ein, und in den folgenden Tagen suchten sie jede der aufgelisteten Personen auf. Das für Mittwoch anberaumte Schießtraining fiel aus, worüber niemand traurig war.

„Was für ein Glück! Eine Gelegenheit weniger, von Schilling erschossen zu werden!", sagte Hirlinger.

„Na, jetzt hör aber auf. Letztens hat er dreimal die Scheibe getroffen!", widersprach Petzold.

„Viermal", verbesserte Schilling.

„Von zwanzig", sagte Hirlinger.

Etwa drei Viertel der Männer, die sie überprüften, schieden bereits nach dem ersten Augenschein aus. Sie passten auch beim besten Willen nicht zur Personenbeschreibung. Die anderen mussten verschiedene Fragen beantworten: Wo sie zu den fraglichen Zeitpunkten gewesen waren, ob sie ein Fahrrad besaßen, einen PC und einen Drucker, welche Blutgruppe sie hatten, ob sie Brillenträger waren.

Die Frage nach dem Alibi stellte die meisten der Überprüften vor Probleme. Entweder konnten sie sich nicht erinnern, was niemanden wunderte, oder sie waren allein zu Hause, beim Frühstück oder noch im Bett gewesen. Das war, da es sich ausschließlich um allein lebende Männer handelte, ebenfalls nicht weiter erstaunlich. Alle wurden sicherheitshalber um ihre Fingerabdrücke gebeten. Drei Männer, die dazu nicht bereit waren, wurden, ohne dass sie zunächst etwas davon bemerkten, ein wenig genauer durchleuchtet.

Einer war, wie sie rasch herausfanden, überzeugter Anarchist und verweigerte jegliche Zusammenarbeit mit staatlichen Organen aus grundsätzlichen Erwägungen. Außer gelegentlichem Haschischkonsum, vielleicht auch einem bisschen Dealerei, war nichts Auffälliges über ihn herauszufinden. Das Rauschgiftdezernat kannte ihn schon, sie ließen ihn in Ruhe. Der Zweite schien aus reiner Bockigkeit und um die Beamten zu ärgern die Zusammenarbeit zu verweigern und ein zwar querköpfiger, aber ansonsten harmloser Kerl zu sein. Der Dritte, ein Kundendiensttechniker namens Fiedler, war ein Volltreffer.

„Jetzt dreh nicht durch. Die meisten Leute werden nervös, wenn die Polizei vor der Tür steht", sagte Petzold.

Schilling nahm den Blick nicht vom Bildschirm seines PC und tippte wie wild. „Aber nicht so. Hast du seine Augen gesehen? Ich hab gedacht, der streckt mir gleich die Arme hin, damit ich ihm Handschellen anlegen kann."

„Vielleicht hat er schwache Nerven."

„Gib mir noch 'ne Viertelstunde."

Fünf Minuten später rief Schilling: „Bingo! Hier ist was beim BKA. Hamburg sucht einen dunkelblauen Opel Omega mit unbekanntem Kennzeichen! Fahrerflucht nach Unfall mit Todesfolge, letzten November."

„Hast du 'ne Ahnung, wie viele dunkelblaue Opel Omega es gibt?"

„Wart's ab."

Minuten später kannte Schilling das Kennzeichen von Herrn Fiedlers Opel, und nach drei Telefonaten mit verschiedenen Karosseriewerkstätten wusste er, dass Fiedlers Wagen Ende November teilweise neu lackiert worden war. Der Chef der Werkstatt konnte sich gut an das Fahrzeug erinnern, weil er es unnötig gefunden hatte, die gesamte Frontpartie wegen ein paar Kratzern neu zu spritzen. Noch am selben Abend hatte Fiedler Besuch von der Spurensicherung. Unter der Stoßstange des Wagens wurden einige mikroskopisch kleine Fasern gefunden. Die Analyse der Lackspuren, die man an der Kleidung des überfahrenen Fußgängers sichergestellt hatte, brachte schließlich den Beweis. Bereits bei der ersten Vernehmung am folgenden Nachmittag gestand der Mann.

Viele Adressen waren innerhalb von ein oder zwei Stunden abgehakt, für andere benötigten sie einen ganzen Tag oder mehr. Die schwierigsten Fälle waren die Personen, die unbekannt verzogen waren oder sich nicht abgemeldet hatten. Nach eineinhalb Wochen waren vier Männer übrig geblieben, die sie nicht finden konnten, und die Fahndung hatte zu keinem Ergebnis geführt. Die zusätzlichen Beamten wurden an ihre Schreibtische zurückgeschickt, um die restlichen Adressen sollte sich Försters Gruppe kümmern. Sie verteilten die Namen willkürlich, jeder der vier Polizisten sollte einer Person nachspüren. Inzwischen war Mittwoch, der siebenundzwanzigste Februar. Fast drei Wochen waren seit dem zweiten Anschlag vergangen.

Die Presse hatte den Fall inzwischen offenbar vergessen. In den ersten zwei Wochen nach dem letzten Anschlag hatte es noch regelmäßig Meldungen und Kommentare gegeben, und es waren ein paar Leserbriefe gedruckt worden, die nach Lynchjustiz klangen. Dann war man zur Tagesordnung übergegangen.

„Hör mal, Berthold", sagte Petzold, als sie einmal für kurze Zeit allein im Raum waren. „Kannst du mir mal eines von deinen vielen Büchern leihen?"

Schilling sah erstaunt auf, dann begann er zu grinsen. „Was darf's denn sein? Was mit grünem Einband oder eher mit rotem? Ich hab sogar ganz bunte Bücher!"

„Wie wär's mit ´nem blauen Auge?", fragte Petzold wütend und wurde ein wenig rot.

Schilling sagte milde: „Geht okay. Ich bring dir mal was mit." Dann griff er nach dem Telefon.

Petzold suchte einen Bernhard Knopf, vierunddreißig Jahre alt, zuletzt wohnhaft in einem Hochhaus in der Liebigstraße, von Beruf Informationselektroniker, früher bei Siemens beschäftigt. Als Erstes versuchte er, über das Einwohnermeldeamt des Geburtsortes etwas herauszufinden. Aber dort wohnten keine Verwandten mehr, man wusste nichts. Dann rief er die Personalabteilung bei Siemens an. Man gab sich äußerst zugeknöpft, deshalb entschloss er sich, hinzufahren und mit den Leuten zu reden.

Er brauchte zwanzig Minuten, um nach Knielingen in die Siemensallee zu fahren, und eine weitere Viertelstunde, um sich in dem riesigen Gebäude zur Personalabteilung durchzufragen. Eine zickige Sekretärin musterte ihn ungnädig, ließ sich aber überreden, ihn bei ihrer Chefin anzumelden. Die war eine agile ältere Dame mit schmalem Gesicht, sympathischem Lächeln und, im Gegensatz zu ihrer Vorzimmerziege, sonnigem Gemüt. Sie nötigte Petzold, sich an ihren Besprechungstisch zu setzten, ließ Kaffee und Kekse auffahren, versuchte, ihn auszufragen und war sehr kooperativ. Sie ließ die Personalakte des Herrn Knopf kommen.

„Ja, das ist er, Bernhard Knopf. Bis Ende Juni letzten Jahres hat er bei uns gearbeitet. Ist auf eigenen Wunsch ausgeschieden. Sein Zeugnis ist nicht so überragend ausgefallen. Man war wohl nicht ganz traurig, dass er gegangen ist. Wissen Sie, wir bauen in den letzten Jahren, wie alle, mehr oder weniger ständig Personal ab. Da sind wir oft froh, wenn einer von sich aus geht, dann müssen wir schon einen anderen nicht entlassen. Und vor allem sind wir froh, wenn es mal der Richtige ist. Meistens sind es nämlich gerade die guten Leute, die sich beizeiten etwas anderes suchen, wenn sie merken, woher der Wind weht."

Petzold interessierte sich nur am Rande für die personalpolitischen Probleme des Konzerns. Er hatte festgestellt, dass die Kekse mit Schokoladenüberzug am besten schmeckten, weil sie offenbar Kokosraspel enthielten. Er lutschte die Finger ab und fragte: „Wäre es möglich, mit seinen ehemaligen Kollegen zu sprechen?"

„Ja, das lässt sich einrichten. Augenblick ... Das war zuletzt Abteilung F3, Gebäude C12. Ich lasse Sie hinführen. Sein Vorgesetzter war unser Herr Weinschenk, der wird Ihnen weiterhelfen können."

Sie telefonierte zweimal, meldete Petzold bei Herrn Weinschenk an, und zitierte jemanden aus ihrer eigenen Abteilung herbei, der ihn führen sollte. Nach einer Minute erschien ein Yuppie-Typ, schlank und sportlich, in Anzug und Krawatte. Er wurde kurz instruiert, und bald waren sie unterwegs zur Abteilung F3. Petzold hatte sich noch eine Handvoll Kekse mitgenommen. Der Mann erklärte ihm, dass das „F" für Fertigung stand. Während er Petzold einige hundert Meter über das weitläufige Gelände führte, erzählte er in geschäftsmäßigem Ton von den Dingen, die man hier herstellte. Komponenten für Prozessrechner.

Petzold aß Kekse und hatte keine Vorstellung davon, was ein Prozessrechner sein könnte. Er grübelte, ob man jetzt allen Ernstes daranging, Richter durch Computer zu ersetzen, oder ob es sich nur um Spezialrechner für Gerichte handelte, eine Art elektronische Gesetzbücher vielleicht. Aber er war zu faul zu fragen und ließ den anderen reden.

Sie betraten einen großen, lang gestreckten Flachbau, der im Wesentlichen aus einer riesigen Halle bestand, in der nebeneinander zwei lange Reihen von Maschinen und Fließbändern standen und ein ziemlicher Lärm herrschte. An einigen Maschinen steckten kleine Roboterarme in aberwitzigem Tempo und mit unbegreiflicher Präzision winzige Elektronikbauteile auf große grüne Platinen. Nur wenige Arbeiten wurden hier noch von Menschen erledigt. Die zehn oder zwölf Personen, die sich in der Halle verloren, waren fast ausnahmslos Frauen. Petzold sah kurz zu, dann wurde er am Ärmel gezupft. An den Längswänden befanden sich verglaste Büros und Werkstätten. Zu einem dieser Räume wurde er geführt. Als sich die Tür schloss, war es plötzlich ruhig.

„Bitte sehr, dies hier ist Herr Weinschenk. Ich denke, ich warte solange, ja?"

Weinschenk erhob sich und begrüßte Petzold freundlich. Er war ein etwa fünfzigjähriger, schon vollständig ergrauter Mann in weißem Kittel, mit gepflegten Händen und blassem Gesicht und erinnerte Petzold ein wenig an Förster.

„Sie suchen unseren Herrn Knopf, habe ich gehört? Hat er denn etwas angestellt?"

„Es handelt sich um eine Routinesache, bei der wir Hunderte von Personen überprüfen."

„So etwas wie eine Rasterfahndung?"

„Das ist es. Herrn Knopf konnten wir bisher nicht finden, und ich dachte, dass vielleicht einer seiner ehemaligen Kollegen noch Kontakt zu ihm hat."

„Interessant", lächelte Weinschenk, „wirklich. Sonst kennt man so etwas ja nur aus dem Kino." Jetzt wurde sein Gesichtsausdruck ernst. „Geht es etwa um diese Bombenanschläge?"

Petzold nickte.

„Ich hoffe sehr, dass Sie ihn bald erwischen. Man traut sich ja fast nicht mehr aus dem Haus!"

Weinschenk wandte sich zur Tür.

„Ich werde Sie herumführen und Ihnen alle Personen vorstellen, mit denen Herr Knopf zu tun hatte. Das sind aber nur vier oder fünf. Er hat in der Reparaturabteilung gearbeitet. Da werden die Platinen, die bei der Qualitätssicherung ..."Er bemerkte, dass Petzold nicht zuhörte, sondern ein Poster betrachtete, auf dem ein italienischer Sportwagen in weiblicher Begleitung abgebildet war, und sagte knapp: „Ich darf vorgehen."

Auch der Yuppie aus der Personalabteilung schloss sich mit vor Neugier geweiteten Augen an. Weinschenk führte sie in eine neben seinem Büro gelegene Werkstatt, wo sich lange Tische mit Stapeln von elektronischen Messgeräten befanden. In dem Raum hielten sich drei Männer auf, die anscheinend nicht viel zu tun hatten. Petzold beobachtete, wie sie schnell Werkzeuge griffen und sich über ihren Arbeitsplatz beugten, als sie ihren Chef kommen sahen. Keiner der drei wusste etwas über den Verbleib ihres früheren Kollegen. Einer war erst seit Jahresanfang hier und kannte ihn gar nicht.

„Wir geben noch nicht auf. Kommen Sie bitte."

Wieder ging es nur ein paar Schritte weiter zu einem anderen Raum mit elektronischen Geräten, hier waren es allerdings deutlich weniger. Große Kisten mit unzähligen Knöpfen und kleinen Bildschirmen, über die grüne, eckige Kurvenzüge liefen. Zwei Männer hielten sich hier auf, wie Weinschenk in weißen Kitteln.

„Tag die Herren. Dies hier ist Herr Petzold von der Kriminalpolizei ... Was sind sie eigentlich, Inspektor, Kommissar?"

„Oberkommissar." Petzold reckte sich.

„Er sucht Herrn Knopf, der früher bei uns war. Kann jemand von Ihnen sagen, wo er jetzt steckt? Sie haben doch mit ihm zusammengearbeitet, Herr Wolff?"

Der Angesprochene drehte sich auf seinem Stuhl um und antwortete zögernd: „Ja, stimmt. Warum wird er gesucht?"

„Nichts Schlimmes. Offenbar eine Routinesache, hat mir der Herr Oberkommissar erklärt."

Petzold nickte wichtig.

„Ja dann." Wolff lachte verlegen. „Der Benno hat sich meines Wissens selbstständig gemacht, in Landau. Hatte er zumindest vor. Er kannte da jemanden, bei dem er einsteigen wollte. Ich weiß aber nicht, ob es geklappt hat. Hab später nichts mehr ihm gehört."

„Eine Adresse haben Sie vermutlich nicht?", fragte Petzold und ärgerte sich sofort darüber, dass er die Frage falsch gestellt hatte. Wie oft hatte man ihm erklärt, dass Positivfragen das A und O eines erfolgreichen Verhörs sind.

Die Antwort war entsprechend. „Nein."

Petzold versuchte, seinen Fehler wieder gutzumachen. „Kennen Sie andere Personen, vielleicht eine Freundin oder Verwandte, die uns eventuell weiterhelfen könnten?"

„Der Benno hatte nie eine Freundin. Zum Schluss haben wir sogar vermutet ..." Wolff sah zur Seite auf sein Werkzeug. „Dass er ... na eben, wie soll ich sagen ... verstehen Sie?"

„Verstehe. Und mit Verwandten ist auch nichts?"

„Nicht dass ich wüsste. Aber das will nicht viel heißen. Ich hab ein paar Mal ein Viertel Wein mit ihm getrunken, mal waren wir zusammen kegeln. Mehr nicht."

Hier war offensichtlich nichts weiter zu holen. Petzold bedankte sich, wurde zur Pforte begleitet und fuhr ins Präsidium zurück. Anschließend versuchte er, telefonisch das Landauer Einwohnermeldeamt zu erreichen, aber dort war schon Feierabend. Hirlinger hatte seinen Kandidaten inzwischen gefunden, über ehemalige Vereinskameraden eines Kleintierzüchtervereins. Er wohnte jetzt in Hamburg, was bereits überprüft war. Wieder einer weniger. Hirlinger war in den letzten Wochen nicht ein Mal betrunken gewesen.

Herr Knopf war in Landau nicht gemeldet, auch in keiner der Nachbargemeinden. Schließlich begann Petzold, mit Hilfe des Branchentelefonbuchs und einer Liste der Industrie und Handelskammer alle in Frage kommenden Firmen und Büros in der Südpfalz anzurufen. Am Freitag endlich hatte er ihn. Bernhard Knopf war ins Elsass gezogen, in die Nähe von Weissenburg, hatte dort für wenig Geld ein altes Bauernhäuschen gekauft und arbeitete in Bad Bergzabern, nicht in Landau. Sich in Karlsruhe abzumelden, hatte er vergessen. Fluchend schmiss Petzold den Kugelschreiber in die Ecke und die Akte hinterher.

„Drei Tage Arbeit für nichts", brüllte er.

Inzwischen hatte auch Gerlach seinen Mann aufgespürt. Der arbeitete zurzeit in Saudi-Arabien und verdiente ein Schweinegeld auf einer Großbaustelle. Fehlte nur noch einer, Schillings Mann.

Schilling suchte einen Ingenieur, Wilhelm Andreas Kolbing, dreiundvierzig Jahre alt, und es war nicht einmal herauszufinden, was und wo er gearbeitet hatte. Vor wenigen Wochen war er reichlich überstürzt und ohne zu kündigen aus seinem Penthouse in der Bannwaldallee ausgezogen und hatte einen großen Teil seiner Möbel zurückgelassen. Die Nachbarn hatten ihn selten gesehen, erzählten, dass er oft für längere Zeit verschwunden war. Einer konnte sich dunkel erinnern, dass er irgendwelchen Geschäften im Ausland nachging, möglicherweise in Osteuropa. Eine Firma hatte er nicht angemeldet, aber offensichtlich über Geld verfügt. Das Penthouse mit sieben

Zimmern hatte dreitausendvierhundert Mark Miete gekostet, und sein Auto war ein Mercedes 500 gewesen. Nachfragen beim Betrugs- und Rauschgiftdezernat sowie beim BKA ergaben nichts. Nie war er durch unsaubere Geschäfte aufgefallen. Zugezogen war er aus Algerien, und in Flensburg hatte er sieben Punkte wegen überhöhter Geschwindigkeit.

Sie fanden ihn nicht. Am Dienstag gaben sie auf, und in den nächsten Tagen brachten sie die zu Bergen gestapelten Akten auf den neusten Stand.

Am Donnerstagabend zog Schilling vorsichtig ein Buch aus der Manteltasche und legte es Petzold auf den Tisch.

„Das hier trag ich schon seit Tagen mit mir rum. Du wolltest doch was zu lesen haben. Versuch's mal hiermit."

Petzold nahm das dicke Taschenbuch und studierte den Titel. „Fürsorgliche Belagerung. Aha. Wie heißt der Kerl? Böll? Hab ich sogar schon mal gehört. Ich glaub, wir haben in der Schule was von ihm gelesen."

„Das wird dir gefallen. Und es ist was Gutes." Schilling grinste kurz. „Wenn's dir nicht gefällt, sag Bescheid. Ich hab auch jede Menge gute Krimis. Sag nur Bescheid."

„Danke", sagte Petzold. Dann sah er auf seinen Kalender. „Morgen ist der Tag X."

„Wie?"

„Die vier Wochen sind rum."

„Vielleicht hat er ja Urlaub."

„Oder die Grippe."

„Ich hoffe, er hat einundvierzig Fieber, Schüttelfrost, rasende Kopfschmerzen und ... es wird eine eitrige Rippfellentzündung draus."

„Brechdurchfall hast du vergessen. An einer ordentlichen Grippe ist sogar schon manch einer gestorben." Petzold erhob sich. „Bis jetzt ist es ja nur eine Vermutung, dass er es alle vier Wochen macht."

Er zog sein Jackett an und steckte das Buch ein. „Wie wär's zur Abwechslung mal wieder mit einem Feierabendbier?"

„Geht nicht. Heute nicht"

„Hast du endlich 'ne Freundin?"

Schilling druckste herum, schließlich sagte er verlegen: „Donnerstags kommt die ZEIT, und da muss ich abends das Kreuzworträtsel machen. Tut mir Leid, aber das ist Pflicht."

„Du nimmst mich auf den Arm? Ein Kreuzworträtsel? Und das soll wichtig sein?"

Aber Schilling schien es ernst zu meinen. „Ich werd todsicher krank, wenn ich es nicht gleich mache."

Petzold schüttelte den Kopf. In der Tür drehte er sich noch einmal um und meinte grinsend: „Wenn du 'ne Freundin hättest, dann wüsstest du, warum Frauen so schlanke Hände haben."

Schilling winkte ab. „Lass mich bloß in Ruhe damit!"

Zu Hause begann Petzold sofort, in Schillings Buch zu lesen. Steffi kam früher als sonst, war aber wortkarg und unzufrieden. Er fand, dass sie in der letzten Zeit verändert war, und gab ihrer Brücke die Schuld. Sie darauf anzusprechen, hatte er keine Lust. Wenn es etwas zu reden gab, würde sie sich melden. Er hielt das Buch so, dass sie den Titel lesen konnte, aber sie reagierte nicht.

Am nächsten Morgen war alles ruhig. Es hatte keinen dritten Anschlag gegeben. Petzold stellte seinen Wandkalender auf Freitag, präparierte die Kaffeemaschine und begann mit der Arbeit – Papierkram. Bald kamen auch Schilling und Gerlach. Hirlinger erschien nicht. Vielleicht hatte ihn jetzt auch noch die Grippe erwischt. Gegen neun trat Förster ins Zimmer und wedelte mit einem seiner gefürchteten Papiere.

„Eine Meldung von der Feuerwehr. Ein Gartenhäuschen ist abgebrannt, und da stimmt etwas nicht. Im Beiertheimer Feld."

„Haben die den Verstand verloren? Ich glaube bald, ich spinne. Demnächst sollen wir noch anrücken, wenn sie eine Katze vom Baum holen, und ein Protokoll schreiben", schimpfte Schilling. Auch er litt offenbar zunehmend unter ihrem Misserfolg. Sie hatten in den letzten Wochen eine Menge Überstunden gemacht.

„Ich weiß auch nicht, was das soll, aber jemand muss hin. Wie wär's denn zur Abwechslung mit unserem jungen Kollegen hier? Frische Luft soll bekanntlich sehr gut für die Nerven sein."

Stöhnend verdrehte Schilling die Augen, erhob sich aber ohne weiteren Widerspruch und zog seinen Dufflecoat über. Förster drückte ihm das Formular in die Hand.

„Fahren Sie hin, damit die zufrieden sind, und kommen Sie so schnell wie möglich zurück."

Zehn Minuten später war Schilling in der Nähe der Brandstelle. Das Beiertheimer Feld war ein großes, uraltes und unübersichtliches Kleingartengelände, wild bewachsen mit hohen Bäumen, Büschen und Brombeerhecken. Die Gärten waren hier viel größer als in den später von der Stadt geplanten Anlagen. Die Häuschen standen weit verstreut, oft von den Wegen aus nicht sichtbar, und manche waren, zumindest über die Sommermonate, bewohnt. Eigentlich sollte hier längst alles planiert und mit Einfamilienhäusern bebaut werden, aber das war bisher am hartnäckigen Widerstand der Gartenbesitzer gescheitert. Schilling fuhr auf einer asphaltierten Straße in das Gelände hinein, musste zweimal abbiegen, die Straße wurde zum Sträßchen und dann zum Fahrweg. Er glaubte schon, sich verfahren zu haben, als er zwei Löschfahrzeuge und einen Streifenwagen stehen sah. Ein Feuerwehrmann, ein Hüne in Helm und Stiefeln, und ein junger Schutzpolizist erwarteten ihn.

„Schilling, Kripo. Sie haben jemanden angefordert?"

Der Feuerwehrmann sagte nur: „Kommen Sie bitte mit", und führte ihn auf einen schmalen, von hohen Büschen begrenzten Weg. Schilling nahm beißenden Brandgeruch wahr. Sie begegneten zwei Männern mit Feuerlöschern, ebenfalls in schwerer Montur, die ihnen wortlos zunickten. Durch ein verrostetes Tor betraten sie ein großes, von undurchsichtigen Hecken umstandenes Grundstück. Am hinteren Rand der Wiese stand unter hohen Bäumen die qualmende Ruine des Gartenhäuschens. Mit den Händen in den Taschen standen Feuerwehrleute und ein zweiter Polizist herum und sahen ihnen entgegen.

„Und? Was soll ich nun hier?"

„Sieht nach Brandstiftung aus. Kommen Sie mit. Vorsicht, hier ist es überall sumpfig."

Bis zum frühen Morgen hatte es geregnet. Sorgfältig die einigermaßen begehbaren Wegstellen wählend, führte der Mann Schilling zur rechten Giebelwand des Häuschens, in der einmal ein Fenster gewesen war.

„Sehen Sie, hier. Die Glassplitter liegen weit verstreut, bis zu den Büschen. Vermutlich hat es eine Explosion gegeben."

„Eine Gasexplosion?"

„Möglich. So was passiert immer wieder mal in diesen Bruchbuden."

„Irgendwelche Zeugen?"

Der Feuerwehrmann, offensichtlich der Einsatzleiter, schüttelte den Kopf. „Es ist heute Morgen passiert, vor sieben. Da ist hier weit und breit niemand.

Der Alarm kam erst gegen halb acht, zu diesem Zeitpunkt war hier schon fast alles abgebrannt."

Schilling wollte näher an das Häuschen herantreten, um hineinzusehen, aber der andere hielt ihn am Arm fest und deutete nach oben.

„Vorsicht! Der Giebel kann jeden Moment herunterstürzen. Wir müssen erst einen Teil der Wand abreißen, dann können wir näher heran."

Sie gingen zurück zur Vorderfront des Hauses. An dieser Seite war die Mauer kaum zwei Meter hoch, und es bestand keine Gefahr, dass sie einstürzte. Vor wenigen Stunden hatte sich hier noch eine Tür befunden und ein zweites Fenster. Der Feuerwehrmann trat zur Türöffnung und winkte Schilling herbei. Es gab nichts zu sehen als verkohlte Balken und eine Menge rußiger Dachziegel, die fast den ganzen Boden des Innenraumes bedeckten. Über allem lag eine dicke weiße Pulverschicht aus den Feuerlöschern.

„Sehen Sie, da." Der Feuerwehrmann deutete in eine Ecke. „Deshalb haben wir Sie gerufen."

Schilling brauchte einige Sekunden, bevor er in dem verrauchten, dämmrigen Raum etwas erkennen konnte. Dann entdeckte er, was der Mann ihm zeigen wollte. Ein Schuh lag am Boden, ein geschnürter Herrenschuh. Die Spitze zeigte nach oben, und offenbar steckte ein Fuß darin. Der dazugehörige Körper war vollständig von Dachziegeln verdeckt. Schilling zuckte zurück und erblasste.

„Scheiße!"

„Ich habe Brandsachverständige angefordert. Der Arzt ist auch unterwegs."

Inzwischen waren zwei Feuerwehrmänner mit langen Stangen gekommen, die Schilling an Enterhaken erinnerten, und hatten begonnen, den Giebel nach außen herunterzureißen. Sie brauchten sich dabei nicht sonderlich anzustrengen. Nachdem auch der Giebel auf der anderen Seite entfernt war, fragte der Einsatzleiter: „Können wir rein?"

Schilling überlegte.

„Nein, warten Sie. Ich fordere einen Tatortwagen an, Spurensicherung. Man kann nie wissen."

Während sie auf die Kollegen von der Kripo warteten, hatte Schilling Gelegenheit, sich das Gelände näher anzusehen. Neben dem Haus lehnte ein altes schwarzes Fahrrad mit Anhänger an einem Baum. Weiter hinten lag ein großer Haufen rostiger Eisenteile, daneben zwei, drei alte Herde, ein halb verwester Kühlschrank, eine Emaillebadewanne voller Regenwasser. Anscheinend ein kleiner Privatschrottplatz. Links gab es einen riesigen Holzstapel unter moosigen Eternitplatten. Brennmaterial, hauptsächlich Bauholzreste. Gegenüber ein kleiner Geräteschuppen, vielleicht auch ein Toilettenhäuschen. Vor dem Haus auf der Wiese einige Obstbäume. Kirschen, wie Schilling vermutete.

Bald kamen die Spurensicherung und der Notarztwagen. Und dann begann es wieder zu regnen.

Um halb elf trat Förster in Gerlachs Büro. Er sah ratlos aus.

„Jemand von der Badischen Rundschau hat angerufen. Es ist wieder ein Brief von unserem Bombenleger gekommen. Er schreibt von einem Anschlag heute Morgen. Aber es war doch nichts!"

Als sie zwanzig Minuten später den Brief in Händen hielten und mit Lesen beginnen wollten, kam Schilling zurück. Er war völlig verdreckt, hatte Rußflecken im Gesicht, an den Händen und überall an der Kleidung, und seine Schuhe waren offensichtlich hinüber. Aber er schien mit sich und der Welt äußerst zufrieden zu sein und strahlte bis über die Ohren.

„Was gibt's?", wollte er wissen, als er den Gesichtsausdruck seiner Kollegen bemerkte.

„Ein Bekennerschreiben von dem Verrückten, aber weit und breit keine Bombe."

„Oh doch, die gibt es. Eben hab ich die Reste besichtigt. Und den Bombenleger hab ich auch gesehen. Zumindest das, was von ihm übrig ist."

Sekundenlang sonnte er sich in ihrer Überraschung.

„Die Gartenlaube?", fragte Gerlach schließlich.

Schilling nickte. Nun strahlten auch die anderen. Gerlach lehnte sich zurück, Petzold ließ sich in Hirlingers freien Schreibtischstuhl fallen. Förster setzte sich langsam, stützte die Ellenbogen auf die Knie, legte das Gesicht in die Hände. Dann lehnte er sich ebenfalls zurück. Schilling hatte seinen Mantel abgelegt und saß auf der Kante von Gerlachs Schreibtisch. Sein Gesicht leuchtete.

„Gott sei Dank", sagte Förster endlich. „Erzählen Sie."

„Seine letzte Bombe ist ihm heute Morgen um die Ohren geflogen. Er ist tot, verbrannt. Mehr kann ich noch nicht sagen. Spurensicherung läuft."

„Das will ich mir ansehen", sagte Gerlach sofort. Petzold nickte, und auch Förster erhob sich. Minuten später fuhren sie zu viert zum Beiertheimer

Feld hinaus. Die Spurensicherer arbeiteten noch, unterstützt von zwei Brandsachverständigen der Feuerwehr. Das Gelände war inzwischen völlig zertrampelt und glich an vielen Stellen mehr einer sumpfigen Lehmgrube als einer Wiese. Deshalb blieben sie am Gartentor stehen, und Schilling wurde, als der Jüngste und weil seine Schuhe ohnehin nicht zu retten waren, vorgeschickt, um einen der Männer zu holen.

Der kam in dunkelgrauem Overall, mit Gummistiefeln und Helm, und berichtete: „Es sieht im Moment so aus: Die Tasche mit dem Sprengsatz stand auf einem Tisch am Fenster an der Giebelwand. Die Explosion hat den Mann voll erwischt, er war vermutlich sofort tot. Es hat dann sofort angefangen zu brennen. Da drin gab es jede Menge Gerümpel, Holzmöbel, stapelweise alte Zeitungen, haben gebrannt wie Zunder. Inzwischen hat sich auch ein Nachbar gemeldet, der den Mann flüchtig kennt. Ein Rentner, der mal hier, mal in seiner Wohnung irgendwo in Bulach gewohnt hat. Hat sich mit einem kleinen Schrotthandel ein bisschen was dazu verdient. Vielleicht hatte er auch nur einen Sammeltick. Es gibt einen Kleingartenverein, über den werden wir die Adresse bald haben."

Da es hier nichts weiter zu tun gab und immer noch regnete, beschlossen sie, ins Präsidium zurückzufahren. Schon auf dem Weg zum Auto kam Gerlach ins Grübeln.

„Dreißig bis vierzig Jahre und Rentner?"

„Die Personenbeschreibung kann ja auch falsch sein."

„Na ja. Aber wo zum Teufel hat so ein Rentner einen Computer und einen Drucker, mit dem er seine Briefe schreibt?"

„In seiner Wohnung in Bulach?", schlug Schilling vor.

„Kommt mir sehr komisch vor. Aber wir werden ja sehen. Auf jeden Fall bin ich heilfroh, dass wir ihn haben." Gerlach klang nicht überzeugt.

„Das mit dem Fahrrad passt auch nicht. Was da stand, war ein altes Damenrad und kein Trekkingbike", fing nun Petzold an.

„Genau genommen passt überhaupt nichts", meinte Förster.

Als sie das Präsidium erreichten, hatte sich ihre Euphorie in Luft aufgelöst. Nur kurz studierten sie den Brief, der inzwischen eingetroffen war.

Sehr geehrte Damen und Herren,

Sie haben auch auf den Anschlag vor vier Wochen am Durlacher Tor in keiner Weise reagiert. Sie scheinen immer noch nicht zu verstehen.

Sie kennen meine Forderungen. In Ihrem eigenen Interesse rate ich Ihnen,
sie jetzt endlich zu erfüllen! Beim nächsten Mal wird es wirklich ernst!
Kampf dem Individualverkehr.

„Blödmann", sagte Gerlach müde. Beim Mittagessen war Schilling sehr
schweigsam.

Später kam Frau Benndorf, Hellmanns Sekretärin herein, blass und verstört.
Hartmann war tot, ein Kollege aus dem Rauschgiftdezernat. Vor eineinhalb
Stunden bei einer Personenkontrolle in der Amalienstraße erschossen. Der Täter
war flüchtig. Das bedeutete Großalarm. Jetzt war ihre Laune endgültig am
Boden.

Im Laufe des Nachmittags schwand der letzte Zweifel, dass sie sich zu früh
gefreut hatten. Kein Detail der Täterbeschreibung passte auf den alten Mann.
Weder Größe noch Alter, nicht das Fahrrad, keine Spuren von Materialien, die
sich zum Bau von Bomben geeignet hätten, kein Computer, kein Drucker,
nicht einmal die Haarfarbe stimmte. Nur eines war unklar: wie er in den
Besitz der Tasche gekommen war, die ihn das Leben gekostet hatte. Der erste
Bericht der Spurensicherung sagte, dass der Sicherheitsschalter eingeschaltet
gewesen war, und der Zündmechanismus die Bombe sozusagen ganz offiziell
und zur vorgesehenen Zeit zur Explosion gebracht hatte.

Inzwischen flogen alle paar Sekunden die Türen auf, und die Telefone
klingelten ständig. Der Mord an Hartmann hatte das Präsidium in einen
Hexenkessel verwandelt. Eine Kommission von fast vierzig Mann unter
Hellmanns persönlicher Leitung wurde zusammengestellt, und die Fahndung
nach dem Täter lief bereits auf Hochtouren. Von Förster hörten sie
zwischendurch, dass sie an der Aufklärung des Mordes nicht mitarbeiten
würden, sondern sich weiterhin um die Bombenanschläge kümmern sollten.
So gut es eben ging.

Immer noch grübelten sie darüber nach, wie die Tasche in das Gartenhäuschen des Rentners gekommen sein könnte. Gerlach hatte schließlich die
entscheidende Idee.

„Vielleicht hat er sie geklaut."

„Was soll das heißen? Wie geklaut?" fragte Schilling ablehnend.

„Vielleicht war er mit seinem Fahrrad unterwegs zu seinem Garten, hat sie
irgendwo gefunden, so neu, ganz allein und ohne Aufsicht. Und da hat er sie

auf seinen Anhänger geladen, in der Hütte ausgepackt, um die Beute zu besichtigen, und rums."

Das war's. So musste es gewesen sein.

„Bockmist verfluchter", brummte Petzold.

„Du sollst nicht stehlen, fünftes Gebot", murmelte Schilling.

„Nein, siebtes. Das fünfte ist: Du sollst nicht töten", korrigierte ihn Gerlach.

„Na, ihr habt vielleicht Probleme! Was für ein gottverdammter Scheißtag." Petzold schlug mit der Faust auf den Tisch, dass der Löffel in seinem Kaffeebecher klingelte.

9

Die Polizeipräsidentin drückte jedem der Besucher kräftig die Hand. „Ich freue mich, Sie einmal hier im Präsidium begrüßen zu dürfen, auch wenn der Anlass nicht gerade erfreulich ist. Aber wann führt uns schon einmal ein erfreulicher Anlass zusammen, nicht wahr, Herr Oberbürgermeister? Vielleicht möchten Sie hier neben mir sitzen, und Herr Volmer von der Staatsanwaltschaft – Sie kennen sich? – dort drüben, dann müssen wir nicht so schreien. Ich darf übrigens vorstellen, das hier ist unser Hauptkommissar Förster vom Dezernat Eins. Er leitet zurzeit die Ermittlungen und wird ein bisschen Protokoll führen."

Alle nahmen Platz. Der Oberbürgermeister, ein großer, athletischer Mann, dem man ansah, dass er auch kurz vor Erreichen des Pensionsalters noch regelmäßig Sport trieb, faltete die Hände auf dem Tisch, starrte zwei Sekunden auf seine knochigen Finger, dann blickt er auf.

„Frau Präsidentin. Jetzt wird es wohl ernst. Der Druck aus der Bevölkerung nimmt zu, und ich weiß nicht, wie lange ich die harte Linie noch fahren kann. Es sind bereits vor dem heutigen Anschlag Stimmen laut geworden, warum man dem Mann nicht wenigstens hie und da ein wenig nachgibt. Natürlich sind wir prinzipiell dagegen, aber wenn es so weitergeht, dann ..." Er verstummte.

„Wir arbeiten an dem Fall mit allen Kräften, die wir momentan aufbieten können, Herr Oberbürgermeister. Unglücklicherweise haben wir jetzt auch noch diesen Polizistenmord. Aber ich hoffe, dass der in ein, zwei Tagen geklärt sein wird, und dann werden wir mit allem, was wir haben, an diese Attentate gehen. Der Polizistenmord hat Vorrang, da muss ich um Ihr Verständnis bitten. Das bin ich meinen Leuten schuldig."

Der Oberbürgermeister nickte nachdenklich.

„Warum können wir nicht in Kleinigkeiten nachgeben? Uns tut es nicht weh, und Ihnen verschafft es Zeit für Ihre Arbeit."

Die Präsidentin zündete sich eine Zigarette an und schüttelte energisch den Kopf.

„Vorläufig sollten wir an so etwas nicht denken. Was ist denn schon Großes passiert? Ein älterer Mann ist einem Herzinfarkt erlegen, der ihn vermutlich in den nächsten Tagen ohnehin getroffen hätte, und ein noch älterer Mann ist Opfer seiner Sammelleidenschaft geworden. Natürlich ist das im Einzelfall schrecklich. Aber glauben Sie mir, wenn Sie anfangen nachzugeben, dann haben Sie vielleicht, ich wiederhole: vielleicht, vor dem einen Täter Ruhe, dafür kommen an seiner Stelle drei andere. Alle Erfahrung sagt: von Anfang an hart bleiben. Sehen Sie nach Italien. Dort wird inzwischen das Vermögen der Familien von Entführungsopfern beschlagnahmt, um eine Lösegeldzahlung zu verhindern. Denken Sie an die RAF. Ich habe übrigens neulich Ihr Interview gehört. Damals waren Sie noch meiner Meinung. Warum heute nicht mehr?"

Der Oberbürgermeister betrachtete wieder seine Hände. „Ich habe meine Meinung nicht geändert, Frau Doktor Kaufmann. Ich denke nur laut. Wie geht das weiter? Was tun wir, wenn Sie den Mann nicht fassen? Wenn etwas wirklich Schlimmes passiert?"

„Noch haben wir Zeit. Die Anschläge kommen in großen Abständen, offenbar immer nach vier Wochen. Der Täter ist ein Pedant, er liebt die Ordnung. Und in vier Wochen kann vieles geschehen. Lassen Sie mich diesen Polizistenmord klären, und dann werde ich alles aufbieten, was ich habe."

Der Oberbürgermeister lehnte sich zurück, nahm die Brille ab und massierte seine Nasenwurzel. „Dann sollten wir versuchen, es wie beim ersten Mal zu machen. Die hiesigen Zeitungen werden stillhalten, ich werde persönlich mit den entsprechenden Herren telefonieren. Und die überregionale Presse hat bis jetzt noch nicht Lunte gerochen – die Metapher passt übrigens sehr hübsch in diesem Zusammenhang, finden Sie nicht?" Er lächelte gequält und setzte seine Brille wieder auf. „Wenn wir Glück haben, wird es noch ein wenig dauern, bis die Bevölkerung richtig unruhig wird. Aber spätestens dann wird uns allen ein sehr kräftiger Wind ins Gesicht wehen. Die Grünen im Stadtrat erzählen hinter vorgehaltener Hand, sie hätten es schon immer gewusst, und da könne man mal sehen, wohin wir mit unserer Sturheit kommen. Und von den entsprechenden Leuten in meiner Fraktion muss ich mir anhören, dass man von Anfang an hätte hart durchgreifen sollen."

„Erklärt man Ihnen auch, wie man sich das harte Durchgreifen vorstellt?" Der Oberbürgermeister blieb die Antwort schuldig. Nachdrücklich sagte er: „Tun Sie, was in Ihrer Macht steht, Frau Präsidentin. Bis jetzt haben wir immer einvernehmlich zusammengearbeitet, aber wenn es Spitz auf Knopf kommt, dann geht es nicht um meinen Job. Ich gehe bald in den Ruhestand. Aber es könnte um Ihren gehen."

Das Lächeln der Polizeipräsidentin war plötzlich sehr kühl.

Die Pressestelle der Polizei ließ am Freitagabend eine kurze Meldung verbreiten, in der von einer Explosion und einem Toten die Rede war. Die tatsächliche Ursache des Unglücks wurde nicht genannt, man verschanzte sich hinter der üblichen Formulierung, die Untersuchungen seien noch nicht abgeschlossen. Da es in Kleingartenkolonien hin und wieder zu einem Brand kam, meist von Einbrechern oder dort übernachtenden Obdachlosen gelegt, wirkte das glaubwürdig, und niemand interessierte sich weiter für die Angelegenheit. Aber offenbar wussten doch zu viele von der Sache, und irgendjemand konnte den Mund nicht halten. Am Montag lautete die Schlagzeile einer großen Boulevardzeitung:

AUTOTERROR IN KARLSRUHE
Schon wieder ein Toter!

Das allgemeine Interesse war jedoch überraschend gering. Da der Brand schon Tage zurücklag, und die Presse mit dem Polizistenmord beschäftigt war, der wider Erwarten noch nicht aufgeklärt war, blieb der befürchtete Wirbel aus.

An eine zweite Rasterfahndung, die den Bombenleger unter den verheirateten Männern der Weststadt suchen würde, war vorläufig nicht zu denken. Der Erfolg der Ermittlungen war nach wie vor gleich Null. Es gelang nicht einmal herauszufinden, wo der tote Rentner die Bombe gefunden hatte, wo der Anschlag hätte stattfinden sollen.

Schilling sah überrascht auf. „Hier ist eine Meldung vom BKA. Dieser Kolbing scheint sich in Holland aufzuhalten."

„Kolbing?"

„Der Kerl mit dem Penthouse in der Bannwaldallee, den wir nicht gefunden haben. In Rotterdam soll er die letzten Wochen gewesen sein."

„Dann kommt er wohl auch nicht in Frage."

„Weiß man's? Von Rotterdam nach Karlsruhe sind es nur ein paar Stunden mit dem Auto."

Als Schilling das Fax abheftete, fiel Petzold auf, wie fahrig seine Bewegungen waren. Sie alle hassten inzwischen den Fall, den Täter, alles, was damit zu tun hatte. Jeder hatte nur noch den einen Wunsch: dass es zu Ende gehen möge, gleichgültig wie, und dass sie sich wieder normaler, langweiliger Routinearbeit zuwenden könnten. Vielleicht einer netten Wirtshausschießerei oder einer hübschen kleinen Körperverletzung mit Todesfolge.

Am Dienstagvormittag um zehn fand die Beerdigung des Kollegen Hartmann statt. Petzold hatte seinen dunklen Anzug angezogen und wütend feststellen müssen, dass er die Jacke nur noch mit Mühe zuknöpfen konnte. Schilling erschien in einer dunkelgrauen Hose und einem blauen Jackett, das eindeutig Teil seines Konfirmationsanzugs war. Er wirkte steif und atmete auffallend flach. Gerlach und natürlich Förster waren ordentlich gekleidet, trugen sogar Mäntel. Hirlinger fehlte immer noch.

Zu viert fuhren sie über die Rheinbrücke nach Maximiliansau, Hartmanns Wohnort, und fanden schnell den kleinen Friedhof am Ortsrand. Wie es sich für eine ordentliche Beerdigung gehört, regnete es. Ein eiskalter Wind scheuchte vom Rhein her einen feinen, alles durchdringenden Nieselregen über die Felder. Hellmann hielt mit klammen Fingern und deutlichem Vergnügen seine für solche Anlässe vorbereitete Standardrede. Er lobte Hartmanns stete Einsatzbereitschaft, rühmte seine Kollegialität und sein vorbildliches Pflichtbewusstsein, hob hervor, wie beliebt er bei allen Kollegen gewesen war, kam kurz ins Schleudern, als er von den wohlverdienten Ruhejahren des Lebensabends anfangen wollte, bemerkte bald seinen Irrtum und fand mit einer eleganten Wendung ins richtige Gleis zurück. Anschließend sang zu Petzolds Verzweiflung ein Männerchor, sehr schön und außerordentlich lange. Gegen Ende klapperte Petzold hörbar mit den Zähnen. Schilling hatte schon am Morgen Kopfschmerzen gehabt, jetzt fing er an zu niesen und hatte sich wohl endgültig erkältet. Der Regen hatte sich inzwischen zu einem kräftigen Schneetreiben gemausert.

Als sie die Rückfahrt antreten wollten, sprang der Audi nicht an, den sie unter Petzolds Verwünschungen wieder hatten nehmen müssen. Da Petzold der einzige war, der zumindest vorgab, etwas von Autos zu verstehen, stieg er fluchend wieder aus und wackelte unter der Haube an allen Kabeln und Steckern, die so aussahen, als könnten sie etwas mit dem Motor zu tun haben. Schließlich sprang der Wagen tatsächlich an, aber Petzold war nicht davon überzeugt, dass das etwas mit seinen Reparaturmaßnahmen zu tun hatte.

„Nie im Leben fasse ich diese Karre noch mal an!", erklärte er auf der Rückfahrt und maulte noch eine Weile vor sich hin.

Die Laborberichte waren eingetroffen. Da praktisch alle Spuren verbrannt waren, waren sie dürftiger denn je. Nur um eine winzige Kleinigkeit waren sie schlauer: dass sich der Bombenleger offensichtlich, aus welchen Gründen auch immer, an einen Vierwochenrhythmus hielt.

„Ein Ordnungsfanatiker", vermutete Petzold.

„Wenn er dabei bleibt, haben wir jetzt wenigstens eine Weile Ruhe vor ihm", sagte Gerlach aufmunternd.

„Bis zum fünften April. Das ist Karfreitag", stellte Petzold mit einem Blick auf seinen Kalender fest.

„An einem Feiertag? Da wird aber ..."Schilling nieste dreimal, „nicht viel los sein. Da wird er aber nicht zufrieden sein."

Nach einigem Hin und Her beschlossen sie, mangels anderer Anhaltspunkte alle Akten noch einmal durchzugehen und nach einem übersehenen Hinweis, irgendeiner Kleinigkeit, die vielleicht vergessen worden war, zu suchen. Die Akten waren inzwischen auf über zwanzigtausend Seiten angewachsen, sie waren nur noch zu dritt oder dreieinhalb – Förster half nach Kräften – und würden eine ganze Weile damit zu tun haben.

„Was, wenn es derselbe war?", fragte Schilling plötzlich und schniefte.

Petzold verstand nicht.

„Na der Mörder von Hartmann und unser Bombenleger. Stell dir vor, er wird in der Stadt von einem Polizisten in Zivil angesprochen. Wer hätte mehr Anlass als er, sofort zu schießen?"

Sie erhoben sich eilig und gingen in Försters Büro. Aber der schüttelte nur müde den Kopf. „Hartmanns Mörder war höchstens eins siebzig und dunkelhaarig. Es gibt mindestens drei glaubhafte Zeugen, die in diesem Punkt übereinstimmend aussagen. Es wäre sehr praktisch für uns, aber ich glaube nicht daran."

In den folgenden Stunden nieste Schilling immer häufiger. Schließlich schickten sie ihn nach Hause, ins Bett. Für den Rest der Woche war er krank, und sie waren nur noch zu zweit.

Es gab keine neuen Erkenntnisse, es war zum Verzweifeln. Sie verfolgten sämtliche Hinweise aus der Bevölkerung, inzwischen auch die weniger glaubwürdigen. Petzolds Laune wurde immer schlechter. Wieder einmal konnte er Kollegen verstehen, die beim Verhör einen Verdächtigen, den sie nach langer, nervtötender Sucherei endlich geschnappt hatten, beim ersten dreckigen Grinsen, bei der allerkleinsten Frechheit am Kragen packten und krankenhausreif schlugen. Im Moment hätte er nicht die Hand für sich ins Feuer legen können.

„Ja, was haben wir denn da?", rief Gerlach, und nahm ein lose einliegendes Blatt aus einer Akte. „Das gehört hier aber nicht rein!"

Petzold ging hinüber. „Na?"

„Da war ein anonymer Anruf am Freitagnachmittag. An dem Freitag, als der Rentner das Zeitliche gesegnet hat und Hartmann ... Wusstest du davon?"

Petzold zuckte die Schultern. „Ist wahrscheinlich im allgemeinen Tumult untergegangen."

Gerlach schob den Stuhl zurück. „Das will ich hören. Kommst du mit?"

In der Telefonzentrale im Erdgeschoss brauchte der Kollege Ketterer, ein dürrer Riese, der immer brüllte, als sei das Telefon noch nicht erfunden, keine Minute, um die richtige Kassette zu finden.

Die Stimme war stark verzerrt, aber gut verständlich. Der Mann sprach sehr langsam. „Glaubt bloß nicht, dass ich auf eure faulen Tricks reinfalle. Den Anschlag einfach geheim halten, das ist doch lachhaft. Ich werde dafür sorgen, dass alles an die Öffentlichkeit kommt, da könnt ihr sicher sein!"

Gerlach sah Petzold an.

„Dann war er das, der die Zeitungen informiert hat?"

„Möglich." Petzold wandte sich an Ketterer. „Ihr könnt doch feststellen, woher das kam?"

„Wir können's versuchen. Wenn er von einem normalen Telefon angerufen hat, ist es einfach. Wir brauchen natürlich eine richterliche Genehmigung, aber das geht schnell. Doch wenn es aus einem Funknetz kam, wird's schwierig."

Diesmal mussten sie einige Minuten warten, Gerlach spielte das Band mehrmals ab, achtete auf Hintergrundgeräusche. „Da brummt irgendwas."

„Kann aus der Leitung kommen."

„Und einmal, pass auf, jetzt ... Da ist ein Klappern."

„Wir sollten das Band auf jeden Fall zur Auswertung nach Wiesbaden ins BKA-Labor schicken. Vielleicht können sie die Verzerrung rausfiltern."

Gerlach nickte. „Machen wir."

Ketterer kam zurück. „Das wird nichts. Ich hab auf dem kleinen Dienstweg rausgefunden, dass der Anruf aus dem D2-Netz kam. Keine Chance. Nächstes Jahr vielleicht."

Gerlach spielte das Band nochmals ab. „Warum spricht der so langsam?"

„Frag ihn, wenn wir ihn haben."

Am nächsten Tag war Hirlinger wieder da. Auf Petzold Frage, was ihm denn gefehlt habe, antwortete er ausweichend. Erkältet war er offensichtlich nicht gewesen. Aber er hatte wieder einmal eine Fahne.

Am Montag erschien auch Schilling wieder zum Dienst. Er war noch nicht völlig gesund, sprach heiser, hustete viel, und begann sofort, Protokolle zu lesen und Akten durchzusehen. Schon nach zwei Stunden knallte er einen Ordner auf den Tisch und schimpfte: „Was soll der Quark? Warum machen wir nicht eine neue Rasterfahndung? Das hier bringt doch nichts."

„Würden wir alle liebend gern. Aber Förster sagt, er kriegt keine Leute. Die Soko Hartmann ist auf siebenundvierzig Mann aufgestockt worden, da geht im Moment nichts mehr. Aber es kann nur noch Tage dauern, dann geht's los."

„Na hoffentlich." Stirnrunzelnd zog Schilling den nächsten Ordner zu sich heran.

Am späten Vormittag bemerkte Petzold, als er wieder einmal zum Telefon griff, um einen Zeugen anzurufen, dass Schilling ihn erschrocken anblickte und sofort wieder in seine Akte sah. „Ist was?"

„Wieso? Was soll sein?", antwortete Schilling, schüttelte eine Spur zu heftig den Kopf und blätterte hastig um. Petzold wartete noch ein paar Sekunden, aber Schilling sah nicht mehr auf. Schließlich zuckte er die Schultern und wählte. Während er telefonierte, beobachtete er, wohin Schilling den dünnen Ordner legte, und als die anderen zum Essen gingen, erklärte er, er werde nachkommen. Er fand die Akte schnell. Es schien nichts Auffallendes drin zu stehen.

Es handelte sich um ein Protokoll zweier Kollegen, die bei der Rasterfahndung mitgearbeitet hatten. Es ging um einen Volker Blasberg. Der Mann war tagsüber nicht zu Hause gewesen, so waren sie abends ein zweites Mal hingefahren. Diesmal war Blasberg da, wollte aber nicht öffnen. Er musste durch die Tür überredet werden, ließ sich dann, als er hörte, worum es ging, überzeugen, und hatte sie endlich, im Bademantel und immer noch übler Laune, hereingelassen. Sie waren bald fertig mit ihm. Die Blutgruppe stimmte nicht, auch nicht die Haarfarbe, er hatte dunkelbraune Locken. Er konnte es nicht gewesen sein. Nach einigen Minuten kam dann auch heraus, warum er sich so geziert hatte: Aus seinem Schlafzimmer kam eine Frau. Am Ende verabschiedete man sich fast freundlich. Völlig unnötigerweise, wahrscheinlich nur aus Gewohnheit, hatten die Kollegen auch den Namen der Frau notiert: Stefanie Margot Ritter.

Petzolds Steffi.

Er saß am Schreibtisch wie vom Schlag getroffen. Erst wurde ihm heiß, dann kalt. Seine Hände zitterten. Gott sei Dank war er allein im Büro. Mit einem Mal war klar, warum sie in der letzten Zeit so verändert, warum sie immer so spät nach Hause gekommen war. Überhaupt alles war jetzt sonnenklar. Von wegen Überstunden und Brückenbau! Das Tantra-Buch fiel ihm ein. Endlos starrte er auf das Protokoll, las immer wieder diesen Namen, der hier so gar nicht hingehörte. Später legte er die Akte an ihren Platz zurück. Das Mittagessen vergaß er, und am Nachmittag gelang es ihm nur mit Mühe, sich halbwegs auf die Arbeit zu konzentrieren. Jeden Satz musste er dreimal lesen, um ihn zu verstehen. Zum Glück bemerkte niemand etwas von seinem Zustand. Nur Schilling schien ihn manchmal heimlich zu beobachten.

Mit einer verworrenen Begründung machte Petzold so früh wie möglich Feierabend und fuhr lange Zeit planlos durch die Gegend. Wie lange war er mit dieser Frau zusammen? Vier Jahre und ein paar Tage. Davor hatte es außer ein paar kurzlebigen Bekanntschaften keine erwähnenswerten Affären in seinem Leben gegeben. Steffi war die Erleuchtung gewesen, der Blitzschlag, die Frau fürs Leben. Er lachte. Dieses Miststück. Abwechselnd fantasierte er, wie er vor ihr niederknien und in ihren Schoß heulen oder sie anbrüllen und verprügeln würde. Schließlich, es war schon dunkel, übersah er in Rastatt eine rote Ampel und hätte um ein Haar einen Unfall verursacht. Da entschloss er sich, nach Hause zu fahren und mit Steffi zu reden. Er fürchtete sich davor und ärgerte sich maßlos darüber, dass er sich fürchtete.

Als er die Treppe hinaufstieg, klopfte sein Herz, dass es in den Ohren dröhnte, und er hatte keine Vorstellung, was er gleich sagen oder tun würde. Plötzlich war er wieder mörderisch wütend. Er holte tief Luft und riss die Tür auf – Natürlich war sie nicht da. Am liebsten hätte er gebrüllt und etwas Großes zerschlagen, eine Vase, eine Suppenschüssel, irgendwas. Ersatzweise trat er nach Pedro, erwischte ihn auch leicht, worauf der fauchend verschwand und sich vorläufig nicht mehr blicken ließ. Dann warf er sich aufs Bett und verprügelte sein Kopfkissen. Er spürte ein lange nicht gekanntes Gefühl in der Kehle. Aber er würde nicht weinen, nein, soweit würde es nicht kommen.

Später setzte er sich ins Wohnzimmer und wartete im Dunkeln. Sein Kissen war mausetot, und ihm war schlecht. Alle paar Sekunden wechselte er die Stellung. Er nahm Schillings Buch, versuchte zu lesen, legte es weg und schaltete das Licht wieder aus. Er sprang auf, rannte im Zimmer herum, versuchte nachzudenken, aber es fiel ihm nichts ein, was er hätte denken können. Er hatte, was sonst nie vorkam, eiskalte Hände.

Um sieben Minuten nach zehn kam Steffi. Sie machte Licht, sah sein Gesicht und sagte: „Du weißt es also."

Sie schien noch eine Spur blasser zu werden als sonst, sah weg und setzte sich steif auf die vorderste Kante der Couch. Eine Weile studierte sie die Maserung des Parketts, dann begann sie zu sprechen. Sie erzählte leise und stockend, wie sie diesen Volker kennen gelernt hatte, dass es nichts mit ihrer Beziehung zu tun habe, dass sie selbst nie sicher gewesen sei, ob sie das nächste Mal wieder hingehen würde, dass sie selbst nicht wüsste, was über sie gekommen sei, dass sie oft vorgehabt hatte, mit ihm darüber zu reden und so weiter und so weiter. Petzold starrte sie an, hörte kaum zu und stand immer noch am selben Fleck.

„Aber mit dir kann man ja nicht reden. Oder ich kann es nicht ... Oder vielleicht nicht mehr ... Irgendwas stimmt doch bei uns nicht. Aber du merkst ja nichts. Du bist immer so ... Du bist ein Holzklotz. Du hast deine blöde Arbeit im Kopf und sonst nichts. Stimmt es denn nicht? Nie weiß ich, was du denkst. Wenn ich dich was frage, dann brummst du irgendwas, und wenn du abends nach Hause kommst ..."

„Dann bist du nicht da!", platzte Petzold heraus. Seine Stimme klang verrostet.

Sie schwieg erschrocken.

„Ja, ich weiß ...", fuhr sie tonlos fort. „Nein, ich weiß nicht. Vielleicht liegt es ja wirklich an mir. Ich weiß überhaupt nichts mehr. Mir kommt es vor, als ob nichts mehr so ist wie früher, seit wir hier zusammen wohnen, seit wir ... Ach, Mist."

Sie legte das Gesicht in die Hände, ihre Schultern zuckten, vielleicht weinte sie. Er stand da, hätte nicht sagen können, wie lange schon, und glotzte. Dann, mit einemmal, tat sie ihm Leid, wollte er sie in den Arm nehmen, streicheln, trösten. Er wusste nicht, was in dieser Situation richtig sein könnte. In Filmen pflegten die Partner sich jetzt anzubrüllen, zu schlagen oder umzubringen, auf jeden Fall taten sie etwas Bedeutendes. Aber er fühlte sich nur leer, taub und sterbensblöde. Um überhaupt etwas zu tun, ging er schließlich in die Küche und holte ein Bier aus dem Kühlschrank. Er setzte sich in den Sessel, der am weitesten von ihr entfernt stand.

Zögernd kam mit der Zeit ein Gespräch zustande. Petzold beruhigte sich allmählich, dachte daran, dass wahrscheinlich Tausende, Millionen, ach was, Milliarden Paare eine solche Krise durchgemacht hatten, und schöpfte Hoffnung, dass sich alles wieder einrenken würde. Steffi schien nicht weniger durcheinander zu sein als er. Irgendwann, spät in der Nacht, lagen sie sich dann in den Armen, und auch der eiserne Kriminaloberkommissar musste sich unauffällig ein paar Tränen aus den Augen wischen. Steffi versprach, diesen Volker zum Teufel zu schicken, und die Geschichte schien ihr ehrlich Leid zu tun. Petzold war sicher, dass alles gut werden würde.

Am nächsten Morgen stand sie mit ihm zusammen auf, und sie frühstückten mitten in der Woche gemeinsam, was seit Ewigkeiten nicht vorgekommen war. Pedro wurde nicht getreten und guckte misstrauisch. Sie unterhielten sich über belanglose Dinge, dann musste er zum Dienst. In dieser Woche war sie jeden Abend zu Hause, irgendwann gab es nochmals ein abendfüllendes Gespräch. Sie schwor hoch und heilig, den Kerl nie wieder zu sehen, und er versprach, in Zukunft nett zu sein, auf Fragen vernünftige Antworten zu geben und nach Dienstschluss nie mehr an Verbrecher zu denken. Außerdem würde er bei Gelegenheit wieder mit ihr in die Oper gehen und, gleichgültig wie lange es dauern sollte, bis zum Ende bleiben. Dann betranken sie sich zur Feier des Tages und hätten anschließend um ein Haar ihre Verhütungsmaßnahmen vergessen.

An den folgenden Tagen überraschte Petzold seine Kollegen damit, dass er mitten im größten Trubel Liedchen pfiff. Gerne hätte er jetzt ein paar Tage

Urlaub genommen und wäre mit Steffi irgendwo hingefahren. Aber daran war im Moment überhaupt nicht zu denken wegen dieses Mistkerls mit seinen Bomben.

Die Polizeipräsidentin balancierte in der einen Hand eine übervolle Teetasse, in der anderen hielt sie eine frisch angezündete Zigarette. „Behalten Sie bitte Platz, meine Herren! Ich will auch gar nicht lange stören. Ich möchte mir nur kurz anhören, was Sie beschlossen haben. In einer knappen Stunde habe ich einen Termin bei der Landespolizeidirektion wegen unserer unsäglichen Computerausstattung. Sie müssen also nicht fürchten, dass ich lange bleibe."

Sie stellte ihre Tasse auf den Tisch und setzte sich neben Förster. Als alle schwiegen, nickte sie ihm zu, er räusperte sich und begann. „Ich weiß nicht, ob Sie alle Anwesenden kennen. Hauptkommissar Aschmoneit von der Verkehrspolizei. Den Ersten Hauptkommissar Kleinhans von der Schutzpolizei kennen Sie ja wohl."

Die Präsidentin lächelte matt in die Runde. Die beiden uniformierten Hauptkommissare saßen steif auf ihren Stühlen und wussten nicht, wohin mit ihren Händen. Der bullige Vertreter der Verkehrspolizei fing heftig an zu schwitzen. Förster sammelte sich. „In den letzten drei Wochen haben wir gepokert. Wir haben notgedrungen darauf vertraut, dass der Täter seinen Vierwochenturnus einhält, und wir scheinen Glück zu haben. Uns bleiben noch neun Tage, um die zweite Rasterfahndung durchzuziehen, und Hellmann sagte mir heute Morgen, dass wir endlich Personal bekommen?"

Die Präsidentin nahm vorsichtig einen Schluck von dem heißen Tee und nickte. „Die Soko Hartmann wird runtergefahren. Sie haben ohnehin kaum noch Spuren. Würden Sie mir bitte den Aschenbecher ... Danke. Ab morgen können Sie über zehn Mann zusätzlich verfügen. Und nach dem Wochenende bekommen Sie mindestens noch einmal zehn."

„Wir können also gleich morgen früh anfangen. Die Listen sind schon da. Über zweihundertfünfzig sind es diesmal. Aber wenn Sie uns zwanzig Leute geben, haben wir mehr als ausreichend Zeit bis nächsten Freitag. Und für den Fall, dass wir ihn wieder nicht erwischen, haben wir uns Folgendes überlegt: Am Karfreitagmorgen wird es in der Stadt keine einzige unbewachte Kreuzung geben. Wir schlagen vor, dass die Urlaubssperre auf die uniformierte Polizei ausgedehnt wird. Auf jeder nennenswerten Straße muss ein Streifenwagen unterwegs sein. Wegen des Feiertags wird nicht viel Verkehr sein, und wenn wir den Täter nicht auf frischer Tat festnehmen, können wir hoffentlich immerhin das Schlimmste verhüten."

„Wenn er sich an seinen Termin hält." Die Präsidentin leerte ihre Tasse und erhob sich. „Das hört sich sehr gut an, Herr Förster. Die Urlaubssperre wird umgehend bekannt gegeben. Sie wissen, dass Hellmann sich sehr dafür eingesetzt hat, dass Sie diese Sonderkommission leiten. Ich bin damit einverstanden, und Sie haben unsere volle Rückendeckung. Aber halten Sie sich ran, Herr Förster. Sie tragen da eine große Verantwortung, und Sie wissen ebenso gut wie ich, was auf dem Spiel steht. So, und jetzt muss ich mich sputen. Ich wünsche Ihnen viel Erfolg, meine Herren."

„Wenn er sich an seinen Termin hält", echote Förster und vergaß völlig, sich zu erheben.

10

Die Ampel sprang auf grün. Holger Zeidler legte den ersten Gang ein, trat aufs Gas und ließ die Kupplung kommen. Unwillig brummend zog der Lastzug an und beschleunigte vibrierend auf Schrittgeschwindigkeit. Zeidler schaltete hoch und begann, am Lenkrad zu kurbeln, bog nach rechts in die Auffahrt, ließ das Lenkrad zurückschnurren, schaltete in den Dritten. Bald hatte er vierzig km/h erreicht, schneller ging es wegen der Steigung nicht. Im Rückspiegel sah er die lange Lichterkette der Fahrzeuge, die hinter ihm herzottelten und deren Fahrer ihn vermutlich alle zum Teufel wünschten. Schon wieder nieselte es. Es war zehn Tage vor Ostern und eigentlich schon Frühling, aber das Wetter schien sich nicht ändern zu wollen.

Seit wenigen Wochen erst fuhr Zeidler den funkelnagelneuen Tanklastzug mit der tollen Volvo-FH12-Zugmaschine. Ein sagenhaftes Fahrzeug, er genoss den Komfort immer noch jeden Tag aufs Neue. Bis vor einer Viertelstunde hatte er in der Raffinerie im Rheinhafen Kraftstoffe geladen. Er war schneller fertig gewesen als erwartet und lag weit vor seinem Zeitplan. In den Kammern des Sattelaufliegers schwappten sechsundzwanzigtausend Liter Diesel, Super- und Normalbenzin, die er morgen früh in der Umgebung von Hinterzarten an verschiedenen Tankstellen abzuliefern hatte. Und er freute sich auf diese Tour. Noch zwei Stunden würde er fahren, sich dann irgendwo hinter Freiburg aufs Ohr hauen, morgen zeitig aufstehen, bei Sonnenaufgang, vielleicht,

wenn er Glück hatte, bei Morgenrot über die Höllentalstrecke in den Schwarzwald hinauffahren und pünktlich um acht an der ersten Abladestelle stehen.

Es war Donnerstagabend, der achtundzwanzigste März. Wenn es auch nur
halbwegs glatt lief, würde er morgen am frühen Nachmittag zurück sein, den
Laster nicht in die Spedition bringen, sondern direkt nach Hause fahren und
ein gemütliches verlängertes Wochenende mit seiner Frau und seinem Sohn
verbringen. Mit Grausen dachte er an die ätzenden Touren nach Spanien und
Portugal zurück, die mörderisch in die Knochen gingen und nur zu oft länger
als eine Woche gedauert hatten. Und dazu der ewige Stress wegen der immer
überzogenen Fahrzeiten, der ständigen Trickserei mit dem Fahrtenschreiber
und die Angst, irgendwann doch einmal erwischt zu werden.

Wenn er mit dem großen Lkw nach Hause kam, war er für seinen Sohne-
mann der Größte. Der war jedes Mal ganz aus dem Häuschen, und immer
mussten sie eine kleine Tour durchs Dorf machen, der Junge auf dem Beifah-
rersitz, ordentlich angeschnallt und stolz wie ein Pinguin, hoffend, dass ihn
jeder seiner Klassenkameraden und Freunde sah.

Holger Zeidler grinste zufrieden. Jetzt hatte er die Steigung bewältigt. Er
setzte den Blinker, ließ den Diesel hochdrehen, schaltete das Vorgelege heraus
und trat wieder aufs Gas. Unter dem dröhnenden Protest des Zwölfzylinders
beschleunigte die Kiste langsam auf achtzig. Man machte ihm bereitwillig
Platz, und er zog nach links auf die Südtangente. Heute war offenbar sein
Glückstag. Noch zehn Minuten, dann würde er auf der A5 sein. Dort konnte
er es dann gemütlich laufen lassen, und das Wochenende würde schon ein
bisschen anfangen. Wegen der Radarkisten stellte er den Tempomat genau auf
die vorgeschriebenen achtzig, nahm den Fuß vom Gaspedal, rutschte ein
wenig auf seinem bequemen, luftgefederten Sitz herum, begann, durch die
Zähne zu pfeifen, und beschloss, eine CD einzuwerfen. Trotz der späten Uhr-
zeit war der Verkehr dicht. Aber es lief flüssig, so konnte es bleiben. Zeidler
beugte sich hinab, kramte, ein Auge auf die Straße gerichtet, in der CD-Kiste,
fand, was er suchte, und schob Creedence Clearwater Revival 'Greatest
Hits' ein. Das erste Stück auf der Platte war sein Lieblingstitel: 'Susie Q'. Er
griff nochmals nach unten und drehte die Lautstärke auf. Der Wagen hatte
auch eine super Anlage. Überhaupt gab es hier alles, was ein Trucker sich
wünschen konnte: ABS, Doppelturbolader mit Ladeluftkühlung, CB-Funk,
ein Funktelefon, Tempomat und, was er in Spanien so gut hätte gebrauchen
können, sogar einen kleinen Kühlschrank. Der große Diesel brummte freund-

lich und zufrieden, fühlte sich jetzt offenbar genauso wohl wie sein Fahrer. Holger Zeidler drehte die Heizung ein wenig höher.

Als er den Blick wieder auf die Straße richtete, sah er Bremslichter, Warnblinkleuchten, das Stauende war noch knapp sechzig Meter entfernt, und er wusste sofort, dass es nicht reichen würde. Blitzschnell stieg er auf die Bremse, quietschend griffen die Bremsbacken in die Trommeln, eine Erschütterung ging durch den Zug, und das schwere Fahrzeug begann, rapide Fahrt zu verlieren. Aber trotz seiner schnellen Reaktion war mehr als eine Sekunde vergangen, und er hatte ungefähr fünfundzwanzig Meter zurückgelegt, als die Bremsen zu wirken begannen. Er brüllte einen Fluch. Das Stauende kam in die Reichweite seiner Scheinwerfer. Auf der linken Spur ein Lieferwagen, ein VW-Transporter, rechts ein Daimler, ein Zweihunderter oder so was, daneben begann die Abbiegespur auf den Autobahnzubringer Süd. Da war Platz, das konnte klappen, dort wollte er versuchen reinzusteuern. Dank ABS konnte er voll auf der Bremse bleiben und dennoch lenken. Die Zugmaschine hielt auch brav die Spur, passierte den Daimler knapp, aber ohne ihn zu berühren. Gott sei Dank! Schon wollte er aufatmen, da sah er im Rückspiegel, dass der Auflieger die Kurve geschnitten hatte, vielleicht auf der nassen Straße etwas ins Rutschen gekommen war. Er hielt direkt auf das Stauende zu. Um ihn abzufangen, hätte Zeidler jetzt nach rechts, in Richtung Leitplanke lenken und Vollgas geben müssen. Das hätte klappen können, da war mindestens ein Meter Platz, und was ist schon ein verbeulter Kotflügel? Aber für einen winzigen Moment konnte er sich nicht entscheiden, blieb auf der Bremse, hielt das Lenkrad fest und starrte in den Spiegel. Nur Bruchteile von Sekunden zögerte er, dann begann er, am Lenkrad zu kurbeln. Doch da war es zu spät. Er brüllte, fühlte den Ruck, als der Auflieger den Daimler streifte, sah, wie der in die linke Fahrzeugreihe hineinsprang und mit den dort stehenden Wagen kollidierte. Durch den Stoss brach der Anhänger jetzt plötzlich nach rechts aus, krachte Augenblicke später in die Leitplanke, kam, als Zeidler eben begann gegenzusteuern, schon wieder zurück. Der Zug begann einzuknicken, die Zugmaschine stellte sich quer, und der Hänger begann zu überholen. Jetzt wusste Holger Zeidler, dass er verloren hatte. Lenken half nun nichts mehr. Die Bordsteinkante raste auf ihn zu, die Zugmaschine drehte sich, drehte sich, stand quer, der Auflieger überholte immer weiter, schleuderte in die stehende Autokolonne hinein, begann zu kippen und riss mit seiner ungeheuren Masse die Zugmaschine mit. Alles drehte sich, Zeidler brüllte jetzt in Todesangst, bremste, bremste, bremste. Als der Wagen mit der Fahrertür auf der Straße aufschlug, knallte er mit dem Kopf gegen den Türholm und verlor das Bewusstsein. Und noch immer dröhnte John Fogertys Stimme aus den Lautsprechern: „Oh, Susie Q".

Der Sattelauflieger kippte donnernd in die stehenden Fahrzeuge und wischte einen kleinen Renault wie ein lästiges Insekt zur Seite. Vor dem Renault stand ein vollbesetzter Kleinbus mit Anhänger, Angestellte einer Schlosserei, die im Rheinhafen auf einer Industriebaustelle Überstunden geschoben hatten und jetzt auf dem Heimweg waren. Auf ihren Anhänger hatten sie Reste von T- und I-Trägern geladen, die zu kurz waren, als dass man auf der Baustelle noch etwas hätte damit anfangen können. Einer der Träger ragte über die Bordwand hinaus und durchstach die Tankwand, als sei sie aus Aluminiumfolie. Der Kleinbus wurde zur Seite gedrückt, neigte sich stark, dann war der Lastzug zum Stillstand gekommen. Ein mehr als armdicker Strahl schoss aus dem Loch im Tank, rasch bildete sich eine Pfütze am Straßenrand, dann ein kleiner Bach zum nächsten Gully, dort verschwand das Benzin gurgelnd im Untergrund.

Für zwei Sekunden war es totenstill. Dann wurden überall gleichzeitig Motoren abgestellt, Türen aufgerissen, Frauen kreischten, Männer brüllten, Kinder schrien. Jeder ahnte, wusste, was gleich kommen würde und versuchte, sich zu retten. Ein Vertreter riss geistesgegenwärtig sein Handy aus der Halterung, bevor er den Wagen verließ. Sofort bemerkte er den intensiven Benzingeruch. Im Wegrennen wählte er die Hundertzehn.

Die Schlosser in dem Kleinbus hatten Probleme beim Aussteigen, weil die Türen auf der rechten Seite durch den Tank blockiert waren. Alle mussten sich durch die Fahrertür zwängen, und auch die ließ sich nur halb öffnen. Das Fahrzeug davor war ein älterer, aber sehr gepflegter, großer Ford, in dem eine vielköpfige türkische Familie saß. Auch hier drohte für kurze Zeit Panik auszubrechen, aber dem Vater gelang es, mit ein paar herrischen Worten seine Familie unter Kontrolle zu bringen. Alle stiegen aus, was wegen der Kinder einige Zeit dauerte. Endlich liefen alle Hand in Hand nach vorne, die Mutter an der Spitze der aufgeregt schnatternden Karawane. Abdul Asyie, der Familienvater, blieb zurück und ging schnell noch einmal um sein Auto herum, um ordentlich alle Türen zu schließen. Die zufallende Fahrertür drückte einen schwarzen Kunststoffstift in den Holm der Fahrgastzelle und betätigte damit einen Schalter, der den Stromkreis der Innenraumbeleuchtung unterbrach. Der Ford war alt, die Gummikappe, die den Schalter früher vor Schmutz und

Feuchtigkeit geschützt hatte, längst nicht mehr vorhanden, und die Kontakte waren inzwischen reichlich korrodiert. Als der Strom unterbrochen wurde, entstand deshalb ein großer Funke, das Gemisch aus Benzindampf und Luft entzündete sich, und plötzlich war es taghell.

Es war keine Explosion im eigentlichen Sinne, eher eine große Verpuffung. Mit dumpfem Donnern schoss eine Flammensäule in den Himmel, brennendes Benzin wurde durch die Luft geschleudert, und Sekundenbruchteile später brannte es überall. Abdul Asyie hatte keine Chance. Er rannte noch ein paar Schritte, warf sich zu Boden, wälzte sich hin und her, um die Flammen zu ersticken. Bald bewegte er sich nicht mehr.

Zwei Männer hielten gewaltsam eine junge, hysterisch schreiende Frau fest. Wie sie erst viel später erfuhren, war sie Mutter von Zwillingen, zwei Jungen, eineinhalb Jahre alt. Den ersten hatte sie retten können, nun wollte sie zurück, ihren zweiten Sohn holen. Aber das war nicht mehr möglich, ihr Auto war kaum noch zu sehen in der brodelnden Hölle. Die Männer konnten sie kaum halten, sie schien über unermessliche Kräfte zu verfügen. Dann brach sie plötzlich zusammen. Sie setzten die zitternde Frau vorsichtig auf die Bordsteinkante, gaben ihr das weinende Kind in den Arm, und einer legte seinen Mantel um sie.

Der Vertreter mit dem Handy verfluchte die ewigen Sekunden, die es dauerte, bis die Vermittlungsrechner der privaten Telefongesellschaft und der Telekom endlich übereingekommen waren, die Verbindung herzustellen. Überall um ihn herum rannten Menschen und schrien. Im Telefon tutete es zweimal, dreimal, dann, endlich: „Polizeinotruf Karlsruhe."

Er brüllte in konfusen Sätzen ins Telefon, was geschehen war. Der Mann am anderen Ende der Leitung brauchte nicht lange, um zu begreifen, dann ging plötzlich alles sehr schnell. Der Polizist stellte gezielte Fragen nach Ort, Anzahl der beteiligten Fahrzeuge, der Verletzten, während er zwei Tasten drückte und damit bei der Feuerwehr und der Rettungsleitstelle Großalarm auslöste. Augenblicke später schrillten bei der Berufsfeuerwehr gegenüber dem Polizeipräsidium die Alarmglocken, die Ampeln schalteten auf Rot, die großen Tore öffneten sich hydraulisch, und alles was Räder hatte, setzte sich in Bewegung.

Mit den großen Löschfahrzeugen zur Unfallstelle zu gelangen, war schwierig und zum Verzweifeln zeitraubend. Der Stau hatte sich inzwischen weit nach hinten und über die anschließenden Kreuzungen ausgebreitet, und die Fahrer mussten sich zeitweise im Schritttempo ihren Weg frei hupen.

Bis die ersten Löschzüge sich zur Unglücksstelle durchgekämpft hatten, war deshalb mehr als eine Viertelstunde vergangen, und inzwischen hatte das in die Kanalisation gelaufene Benzin zu explodieren begonnen. Hohe Stichflammen schossen aus den Ablaufschächten, die Gullydeckel wurden viele Meter hoch geschleudert und drohten, jeden, der sich zu nahe heranwagte, zu erschlagen. Die größte Gefahr lag jedoch darin, dass weitere Kammern des Tanks Feuer fangen und in die Luft gehen konnten. Drei Trupps wurden beauftragt, ihn aus der Entfernung mit Wasser zu kühlen. Glücklicherweise konnte man aus der Alb, einem nahe gelegenen Flüsschen, Löschwasser in beliebigen Mengen entnehmen. Als nach Minuten die mitgeführten Behälter leer gepumpt waren, lagen bereits die Schlauchleitungen quer über die inzwischen gesperrte Gegenfahrbahn, und man musste nur die Hähne umlegen, um die tobenden Pumpen weiter mit Wasser zu versorgen. Die restlichen Einsatzkräfte hatten begonnen, den Flächenbrand mit einem Schaumteppich abzudecken. Nach einigen Minuten brannte es nur noch in unmittelbarer Nähe des Tanklastzugs, und man konnte darangehen, die Opfer zu bergen. Am schlimmsten sah es im Kleinbus der Schlosserei aus. Nur der Fahrer und zwei seiner Kollegen hatten sich retten können. Drei andere waren tot.

Die Feuerwehr begann nun, den Abfluss des brennenden Benzins mit Sandsäcken einzudämmen. Man hatte sich entschließen müssen, es abbrennen zu lassen. Das Leck abzudichten war unmöglich, das Zeug unverbrannt in die Kanalisation laufen zu lassen, verbot sich von selbst.

Eine halbe Stunde nach dem Unfall waren die ersten Fernsehteams zur Stelle, und im Laufe der nächsten zwanzig Minuten kamen zum Entsetzen des Einsatzleiters noch drei weitere. Alle hielten sich wegen einer für den nächsten Tag angesetzten Urteilsverkündung des Bundesverfassungsgerichts in der Stadt auf. Kein Mensch wusste, wie sie so schnell von der Sache erfahren hatten, aber nun waren sie einmal da und behinderten die Arbeiten nach Kräften. Ein Kameramann, der sich zu nahe an den Tank heranwagte, wurde vom Strahl eines C-Rohrs erwischt und von den Füßen gefegt. Die Kamera flog davon und war hinüber. Die Fernsehleute fluchten, konnten aber in kurzer Zeit Ersatz herbeischaffen, und ein paar Feuerwehrmänner grinsten. Es kam sogar zu Handgreiflichkeiten zwischen Überlebenden und einem Fernsehteam, das Nahaufnahmen von am Boden liegenden Opfern machen wollte. Schließlich drohte der Einsatzleiter mit Festnahme und Anzeige, danach zogen sich die Journalisten etwas zurück.

Gegen halb elf gab es erste Sondermeldungen im Radio und Minuten später über Videotext. In allen Fernsehnachrichten nach halb zwölf wurden Bilder und Live-Aufnahmen vom Unfallort und Interviews mit Geretteten und Rettern ausgestrahlt. Auch der Einsatzleiter hatte sich zu einem kurzen Statement nötigen lassen.

Noch vor der Feuerwehr war, ebenfalls telefonisch, aber durch eine andere Person und aus anderem Grund, die Kriminalpolizei alarmiert worden. Gerlach und Petzold waren kurz nach elf vor Ort, drei Beamte vom Kriminaldauerdienst waren schon eine knappe Stunde früher angekommen. Die Bombe war zweihundert Meter vor der Unglücksstelle im Bulacher Tunnel deponiert gewesen. Wie es aussah, die übliche Bauart. Was sie hatte sprengen sollen, war nicht ganz klar. Sie hatte lediglich bewirkt, dass ein paar Kacheln von der Wand gefallen waren, und eine Rauchwolke den Autofahrern plötzlich die Sicht genommen hatte. Wegen einer zu Ende gegangenen Sportveranstaltung in der Europahalle war der Verkehr verhältnismäßig dicht gewesen, es hatte ein paar harmlose Auffahrunfälle gegeben, dann einen kleinen Stau, und dann war der Tanklastzug gekommen. Im Grunde nichts als ein unglücklicher Zufall.

Das Benzin brannte noch zweieinhalb Stunden, das Explodieren weiterer Kammern des Tanks konnte verhindert werden, und am frühen Morgen zog man eine erste Bilanz: sieben Tote, fünf Schwerverletzte, davon drei in Lebensgefahr, einige Leichtverletzte, darunter zwei Feuerwehrmänner. Ein schrottreifer Tanklastzug, vierzehn ausgebrannte Pkws, zahllose leicht beschädigte Fahrzeuge und einige hundert Quadratmeter zerstörter Straßenbelag. Und, nicht zu vergessen, achttausend Liter Superbenzin und eine zertrümmerte Fernsehkamera.

Als Schilling am nächsten Morgen zur Straßenbahnhaltestelle kam, traute er seinen Augen nicht. Wo sonst um diese Zeit fünf bis zehn Personen standen, wartete jetzt eine Menschenmenge, die der Bahnsteig kaum fassen konnte. Er hatte die Morgennachrichten gehört und wusste sofort, was los war: Viele Berufspendler trauten sich nicht mehr mit dem Auto in die Stadt und wichen auf öffentliche Verkehrsmittel aus. Die Straßenbahn hatte fünf Minuten Verspätung, und als sie endlich kam, war sie übervoll. Zwei Personen gelang es mit Mühe auszusteigen, drei andere zwängten sich mit Gewalt in den Zug, der Rest blieb schimpfend zurück.

„Das hat man jetzt davon. Da zahlt man als Autofahrer jahrelang für die Straßenbahnen und den ganzen Mist, und wenn man sie mal braucht, dann kommt sie zu spät und man kann nicht mal mitfahren!", schimpfte ein älterer Herr in Kamelhaarmantel unter allgemeinem Beifall.

Die nächste Bahn kam zehn Minuten später. Wieder konnten nur wenige einsteigen, und die Kommentare wurden immer gehässiger. Schilling entschloss sich, zurückzugehen und das Fahrrad zu nehmen. Im Präsidium erfuhr er, dass es in der ganzen Stadt ähnlich ausgesehen und neben zahllosen Rempeleien und Wortgefechten auch Verletzte gegeben hatte. Ein Straßenbahnfahrer war angegriffen worden und hatte ein blaues Auge. Die morgendlichen Staus auf den Einfallstraßen der Stadt waren an diesem Freitag ausgeblieben.

Die Presseabteilung der Polizei kam keine Sekunde mehr zur Ruhe. Aber nicht nur die Pressestelle, das gesamte Präsidium war in Aufruhr. Förster und Hellmann wurden zur Polizeipräsidentin gerufen, man versuchte, auf die Schnelle ein Konzept aus dem Hut zu zaubern. Irgendetwas, das man der Presse vorweisen konnte. Die zweite Rasterfahndung lief bereits auf Hochtouren und würde sofort verstärkt werden. Die Mordkommission Hartmann würde nochmals Leute abgeben müssen. Jede Unterstützung wurde ihnen zugesagt: Personal, Autos, Technik, Bereitschaftspolizei, wenn nötig Hubschrauber, alles.

Noch während des Gesprächs wurde die Präsidentin vom Oberbürgermeister angerufen, der ebenfalls nicht mehr weiterwusste und hören wollte, was er den vor seinem Büro lagernden Journalisten sagen sollte. Schließlich ließ die Präsidentin für den frühen Nachmittag eine Pressekonferenz ankündigen, zu der auch Förster erscheinen sollte.

Beim Mittagessen in der Kantine kursierte das Gerücht, dass kurzfristig für Samstagvormittag eine Demonstration in der Innenstadt angemeldet worden war. Gegen wen oder was, wusste niemand. Überall auf den Fluren gab es nur noch ein Gesprächsthema. Ununterbrochen gingen Hinweise aus der Bevölkerung ein, die sie im Augenblick nur entgegennehmen und abheften konnten. Pausenlos klingelten die Telefone und summten die Faxgeräte. Das Bekennerschreiben kam am frühen Nachmittag:

Sehr geehrte Damen und Herren,

die Bombe, die heute im Tunnel an der Südtangente explodiert, ist meine letzte Warnung.

Sie kennen meine Forderungen. Betrachten Sie diesen Brief als letzte Aufforderung, ihnen nachzukommen.

Wie lange, glauben Sie, können Sie das durchhalten? Bedeuten Ihnen Menschenleben nichts?

Reagieren Sie, sonst wird es ernst.

Kampf dem Individualverkehr.

Gerlach schickte den Brief ins Labor. Als der Täter ihn schrieb, hatte er nicht wissen können, was er dieses Mal anrichten würde. Auf die Ergebnisse der Untersuchung brauchten sie keine Hoffnungen zu setzen. Mit einigen Kollegen, die von allen anderen Aufgaben freigestellt waren, begannen sie, den Erfolg versprechendsten Hinweisen aus der Bevölkerung nachzugehen. Das Wochenende würde diesmal ausfallen. Vor allem Gerlach und Petzold fluchten gottlos. Gerlach hatte am Sonntag ein Schachturnier, bei dem er dringend gebraucht wurde, weil die zweite Mannschaft des Vereins vor dem Abstieg stand, und Petzold hatte Karten für ein Heimspiel des KSC besorgt und musste sie nun verfallen lassen.

Am späten Vormittag flog zum hundertsten Mal die Tür auf, und der lange Ketterer aus der Telefonzentrale kam mit großen Schritten herein. Er wedelte mit einer Tonband-Kassette.

„Jungs, hier hab ich was für euch", brüllte er. „Ein anonymer Anruf, heute Nacht. Dürfte euch interessieren." Er drückte Gerlach die Kassette in die Hand – „Damit es nicht wieder verloren geht!" – knallte die Tür zu und war verschwunden.

Gerlach holte kopfschüttelnd seinen kleinen Recorder aus der Schreibtischschublade, legte die Kassette ein und drückte den Startknopf. Nach einigem Rauschen und Knacksen kam eine heisere, tiefe Männerstimme mit starkem französischem Akzent. „Achtung, Achtung, dies ist eine 'wichtig' Mitteilung an Sie. Der Mann, wo Sie suchen wegen Bomben auf Auto war vielleicht ein paar Mal in Jamaica-Bar. Und 'at gesproch' mit Peter Pfitzer!"

Sie sahen sich ratlos an. Plötzlich riss Schilling die Augen auf. „Ich fress 'nen Besen samt Schaufel und Eimer, wenn das nicht Leclerque war!"

„Wer ist Leclerque?"

„Ein Gebrauchwagenhändler aus dem Elsass. Der treibt sich ständig in den Nuttenkneipen im Dörfle rum, und ich glaub, er hat auch ein, zwei Miezen laufen ..."

Petzold unterbrach ihn. „Und woher kennst du den?"

Als Schilling bemerkte, dass alle ihn anstarrten und zu grinsen begannen, hob er entsetzt die Hände und wurde knallrot. „Moment mal! He, was denkt ihr! Wir hatten doch da im Winter diese Schießerei in der Altstadt, und ... Also, hört mal!"

Petzold war auf einmal nachdenklich. „Peter Pfitzer, Peter Pfitzer ... Woher kenn ich diesen Namen?"

„Der Waffenhändler aus der Zähringerstraße. Du erinnerst dich?"

Petzold guckte ratlos.

„Diese Bankraubsache im Januar!"

Petzold nickte. „Ja richtig ... Na, den werden wir uns doch gleich mal aufs Stühlchen setzen."

Das erwies sich jedoch als nicht ganz einfach. Nach ein paar Telefonaten wusste Petzold, dass sich Peter Pfitzer seit Wochen im Gefängnis befand. Schon im letzten Jahr war ein Verfahren gegen ihn gelaufen, und inzwischen saß er auf fünf Jahre wegen wiederholter schwerer Körperverletzung. Das Verfahren wegen illegalen Waffenbesitzes und -handels war noch nicht einmal eröffnet. Sofort nach dem Essen fuhren Petzold und Schilling nach Bruchsal, um ihn zu verhören, aber sie hatten keinen Erfolg. Außer dass er Peter Pfitzer hieß und achtunddreißig Jahre alt war, war nichts aus dem Mann herauszubringen, obwohl sie ihm abwechselnd die allerschönsten Versprechungen machten und ihn mit den wüstesten Drohungen traktierten. Frustriert und voller Mordgelüste mussten sie nach vier Stunden aufgeben.

11

Der Oberbürgermeister strahlte kalte Beherrschtheit aus, als er sich vorbeugte und, jedes Wort betonend, sagte: „Verehrte Frau Doktor Kaufmann. Es war Ihr Rat, nicht nachzugeben. Also ist es Ihre Suppe, die jetzt ausgelöffelt werden muss. Es gibt ein Protokoll von unserem Gespräch vor drei Wochen, und ich werde nicht zögern, mich darauf zu berufen, wenn Sie die Sache jetzt so drehen wollen, als sei die Stadt an allem schuld!"

Der Blick der Präsidentin war völlig ruhig. Sie beugte sich ebenfalls vor. Der Oberbürgermeister wich unwillkürlich zurück und schien sich sofort darüber zu ärgern.

„Ich habe Ihnen einen Rat gegeben, verehrter Herr Oberbürgermeister Doktor Kroll. Mehr nicht. Einen Rat. Sie hätten ihn nicht zu befolgen brauchen. Die Verantwortung liegt bei der Stadt. Nicht die Polizei wurde erpresst, sondern Sie. Nicht die Polizei hat entschieden, sondern Sie. Wenn Sie jetzt versuchen sollten, uns die Schuld in die Schuhe zu schieben, wird es für uns beide, ich wiederhole: für uns beide, sehr, sehr ungemütlich werden."

Kroll legte die Brille auf den Tisch und rieb sich mit seinen großen Händen die Augen. Sekundenlang war es still im kleinen Besprechungszimmer des Polizeipräsidiums. Dann hob Kroll abwehrend die Hand.

„So habe ich es nun auch wieder nicht gemeint!"

„Ach nein?" Die Präsidentin lächelte eisig und lehnte sich zurück.

„Holen wir unsere Leute herein. Überlegen wir gemeinsam, was zu tun ist."

Am Freitagabend saß Petzold mit Steffi im Wohnzimmer, und seine Augen waren klein vor Wut. „Bist du denn jetzt vollkommen übergeschnappt? Der Kerl hat sechs oder acht Menschenleben auf dem Gewissen, ganz genau weiß ich's schon gar nicht mehr, er hat einen Sachschaden in Millionenhöhe angerichtet, es hat Verletzte ohne Ende gegeben, und da sagst du, du könntest ihn irgendwie verstehen?"

Beide waren nervös und abgespannt. Die ausgelassene Stimmung aus den Tagen nach ihrer Versöhnung war längst verflogen. Schon beim Abendessen war sie ihm auf die Nerven gefallen und hatte an dem Brot herumgemeckert, das er in aller Eile zwischendurch gekauft hatte. Den ganzen Nachmittag hatte er mit dem Verhör dieses verstockten Waffenhändlers zu tun gehabt, erst im allerletzten Moment war er in einen Supermarkt gestürzt und hatte nehmen müssen, was es noch gab. Viertel nach acht war er endlich nach Hause gekommen und äußerst kratzbürstig empfangen worden.

Später hatten sie sich eine Weile gereizt angeschwiegen. Schließlich hatte er die Zeitung aufgeschlagen, um ihr verbiestertes Gesicht nicht mehr sehen zu müssen. Der Unfall auf der Südtangente wurde nur kurz gemeldet. Für einen großen Bericht war es bereits zu spät gewesen. Es war die größte Katastrophe, die die Stadt seit dem Zweiten Weltkrieg erlebt hatte.

Steffi lag auf der Couch und starrte die Decke an. „Du brauchst dich gar nicht so aufzuplustern, du weißt ganz genau, was ich meine. Dass der Tanklastzug verunglückt ist, dafür kann der Typ ja nichts. Auf der Südtangente ist doch immerzu Stau, das hätte jeden Tag passieren können. Dass es gerade gestern war, ist reiner Zufall. Aber es ist doch immer und überall Stau, das kann doch so nicht weitergehen. Da hat der Mann Recht. Jawohl, das finde ich", giftete sie.

Niemand sonst konnte ihn mit wenigen Worten so auf die Palme bringen. Sie verstand es, ihre Worte mit der Präzision eines Messerwerfers zu setzen, hatte ein feines Gespür dafür, welche Formulierung ihn besonders reizen würde. Und natürlich wusste er, dass sie ihn ärgern wollte, und ärgerte sich umso mehr.

„Nein, das finde ich ganz und gar nicht! Jeder kann ja zu Hause bleiben. Wer im Stau steht, ist schließlich selber schuld", gab er zurück, wohl wissend, dass er, nur um ihr zu widersprechen, nicht weniger Unsinn redete als sie.

„Trotzdem, irgendwann muss sich etwas ändern! Und wenn es mit Diskutieren nicht geht, dann muss eben mal einer auf den Putz hauen. Genau das tut er, und das gefällt mir."

Petzold hätte sie am liebsten gewürgt. Er hasste im Augenblick niemanden so sehr wie dieses Schwein mit seinen Bomben, und jede Andeutung von Sympathie für den Kerl weckte in ihm eine mörderische Wut. „Ach, du hast sie doch nicht alle! Lass mich doch in Ruhe mit deinem Gewäsch!"

Er hob die Zeitung, tat, als würde er lesen, und ärgerte sich, weil seine Hände zitterten.

Steffi schwieg eine Weile, dann sagte sie leise, plötzlich milder: „Sie stehen nicht im Stau, sie sind der Stau. Hab ich mal irgendwo gelesen. Das gefällt mir, das trifft die Sache irgendwie. Heute zum Beispiel war ich in Appenweier, mit Dörflinger, auf diesem Dreckhaufen von Baustelle. Wir sollten uns mit den Leuten vom Vermessungsbüro treffen, es gibt da ein paar Unklarheiten. Das sind ungefähr siebzig Kilometer. Hin hab ich eineinviertel Stunden gebraucht, ergibt eine Durchschnittsgeschwindigkeit von sechsundfünfzig. Und zurück waren es sogar fast zwei Stunden! Ergibt fünfunddreißig! Wir haben's unterwegs ausgerechnet, wir hatten ja genügend Zeit. Sag selbst, das ist doch der flammende Wahnsinn! Das ist doch keine Mobilität mehr! So geht es nicht mehr lange weiter. Da muss sich einiges ändern."

„Was?", fragte Petzold kalt.

„Weiß ich ja auch nicht. Weniger Autos bauen, weniger Straßen, das Benzin teurer machen. Keine Ahnung."

„Weniger Straßen? Wenn ich mich richtig erinnere, dann verdienst du dein Geld gerade damit, eine Straßenbrücke über eine Autobahn zu bauen. Womit gedenkst du denn, bitte sehr, deine Kröten zu verdienen, wenn deine Vorschläge irgendwann Realität werden?"

„Du hast ja Recht. Wenn ich ehrlich bin, hätte ich ja auch keine Lust, mein Auto zu verkaufen." Sie setzte sich auf und füllte ihr Weinglas nach.

„Ich hab mal gehört, dass bei uns jeder siebte Arbeitsplatz irgendwie am Auto hängt. Ich möchte mir lieber nicht vorstellen, wo unsere Arbeitslosenzahlen stehen, wenn deine Träume Wirklichkeit werden!"

„Aber kann man deshalb immer so weitermachen?", meinte sie leise. „Muss man nicht wenigstens mal anfangen, sich Gedanken zu machen? Vielleicht erreicht euer Bombenleger wenigstens das. Vielleicht ist es überhaupt das, was er erreichen will?"

„Erstens ist das nicht unser Bombenleger, und zweitens machen sich schon mehr als genug Leute Gedanken. Soll er doch in eine Umweltschutzgruppe eintreten und den Rest der Menschheit in Ruhe lassen. Das ist doch alles hohles Geschwätz. Wenn es um die Wurst geht, will keiner sein Auto hergeben, dann sind immer die anderen gemeint."

Steffi schwieg lange. Dann warf sie den Kopf zurück, kämmte mit den Händen durch ihr langes Haar, schüttelte die Frisur zurecht, beugte sich vor und funkelte ihn an. „Und weißt du, was das Schlimmste war?"

„Was? Ich versteh die Frage nicht."

„Kannst du ja auch nicht ... Sie waren nicht da."

„Wer zur Hölle war nicht da?"

„Na, diese dämlichen Idioten von diesem verfluchten Scheiß-Drecks-Mist-Vermessungsbüro. Wir waren völlig umsonst in Appenweier! Sie hatten sich in der Woche vertan, die Holzköpfe! Ich hätte sie ...!"

Steffi demonstrierte mit den Händen, was sie den Herren gern angetan hätte. Petzold schwieg böse.

„Weißt du, was ich mal gelesen habe?", fuhr sie nach einer Pause ruhiger fort. „In Amerika haben sie eine Untersuchung gemacht über Mobilität vor hundert Jahren und heute. Und es ist was ganz Verblüffendes dabei herausgekommen: Vor hundert Jahren waren die Leute nämlich genauso viel unterwegs wie wir, sie sind zur Arbeit gegangen oder gefahren, haben eingekauft, Verwandte besucht, Ausflüge gemacht und so weiter. Der Unterschied ist nur: Die Entfernungen waren kleiner. Der Arbeitsplatz war in der Nähe, der Einkaufsladen, die Verwandten haben im selben Ort gewohnt, zum Spazierengehen ist man in den nächsten Wald gegangen und nicht nach weiß der Teufel wo gefahren. Die Leute haben im Prinzip genau das Gleiche gemacht wie wir, aber alles lag näher zusammen, verstehst du? Vielleicht wäre das eine Lösung, dass alles wieder näher zusammenrückt?"

Petzold zuckte die Schultern. Dagegen war nichts einzuwenden.

„Vielleicht müssen die Arbeitsplätze wieder zu den Menschen kommen", fuhr sie nachdenklich fort. „Denk doch mal zum Beispiel an unser blödes Büro. Das könnte doch genauso gut in irgendeinem Dorf in der Pfalz oder im Schwarzwald sitzen. Das meiste geht doch heute sowieso schon per Telefon oder Fax. Und den Rest könnte man zum größten Teil problemlos per Datenfernübertragung, Videokonferenzen und solchen Kram erledigen. Dann müsste niemand ständig durch die Gegend fahren, alle Angestellten könnten zu Fuß zur Arbeit gehen, und alles wäre okay."

„Verlockender Gedanke, wenn man mal davon absieht, dass wir beide nicht auf dem Land leben wollen."

„Ach ja, man kann wohl nicht alles haben", seufzte sie.

„Ich glaub, das einzige, was helfen würde, ist: weniger herumfahren, einfach mal zu Hause bleiben und natürlich weniger Zeug in der Gegend herumtransportieren. Aber, sei mal ehrlich, wer will das schon?"

Gedankenverloren starrte sie in ihr Glas. „Weißt du was? Als Erstes trinken wir mal nur noch badischen Wein!"

„Gute Idee", erwiderte er trocken. „Und den französischen, den wir noch im Keller haben, schütten wir ins Klo. Im Dienste der Umwelt."

Beide lachten, die Spannung hatte sich gelöst. Steffi sah auf die Uhr, es war halb zehn. Sie griff nach der Fernbedienung, und Petzold warf die immer noch ungelesene Zeitung auf den Boden.

Die Nachrichten hatten eben begonnen. Ein kleines Zugunglück in Norddeutschland, weitere Meldungen über den Unfall auf der Südtangente, ein Interview mit dem Oberbürgermeister: „... ist es selbstverständlich undenkbar, auch wenn es mir in diesem Augenblick natürlich sehr schwer fällt, dies hier zu sagen, dass wir uns auf die Forderungen dieses Mannes, dieses Mörders einlassen. Es kann und darf nicht sein, dass sich die Gemeinschaft von Einzelnen erpressen lässt. Das wäre das falscheste Signal, das wir zu diesem traurigen Zeitpunkt setzen könnten. Selbstredend trauern wir mit den Angehörigen, sind wir zornig mit den Überlebenden, aber jetzt gilt es mehr denn je, einen kühlen Kopf zu bewahren. Und vor allem dazu möchte ich an dieser Stelle alle

112

Bewohner der Stadt aufrufen! Besonnenheit ist heute mehr denn je die erste Bürgerpflicht!"

Dann die Polizeipräsidentin, die mit bedeutendem Gesicht und fester Stimme die verwegensten Lügen in die Welt setzte. „Es gibt im Augenblick vermutlich keinen Beamten in meinem Einflussbereich mehr, der nicht mit der Lösung dieses Falles befasst ist. Meine besten Leute arbeiten rund um die Uhr, die Anzahl der Hinweise aus der Bevölkerung sprengt, und dafür sei ihnen an dieser Stelle auch einmal ausdrücklich gedankt, alle Rekorde. Nach meinem Dafürhalten ist es nur noch eine Frage von Stunden, bis der Fall gelöst ist. Um ehrlich zu sein, ich rechne mit der Festnahme des Täters noch in dieser Nacht."

Die Beantwortung der Frage nach konkreten Spuren verweigerte sie mit dem Hinweis, dass sie den Fahndungserfolg nicht gefährden dürfe. Einmal war kurz Försters unglückliches Gesicht im Hintergrund zu sehen.

„Mach aus, ich kann es nicht mehr hören", stöhnte Petzold.

Steffi schaltete wortlos den Apparat aus, Petzold nahm sein Glas, füllte nach und rutschte zu ihr hinüber. Steffi hatte sich im gleichen Moment erhoben, kramte im CD-Ständer, fand nach einiger Zeit, was sie suchte, schaltete die Anlage ein und startete die Platte.

Spitzbübisch lächelnd kam sie zurück. Er brauchte einige Zeit, um zu begreifen, was sie aufgelegt hatte und was es dabei zu lachen gab. Es war Chris Rea, 'Road to Hell'. Sie zündete die Kerze an, setzte sich auf seinen Schoß, legte die Hände um seinen Hals, kraulte seinen Nacken und sagte: „Ach, mein großer tapferer Polizist, warum ist alles immer so schrecklich kompliziert?"

Anstelle einer Antwort küsste er sie auf den Mund. Dann lehnte er sich zurück, sah in ihre braunen Augen, auf ihr blasses, zartes Gesicht und freute sich wieder einmal, dass ausgerechnet er eine so schöne Frau haben durfte. Liebevoll sagte er: „Du bist schon ein selten widerwärtiges Weibsstück."

Er fuhr über ihr Gesicht, den Hals hinab, über die Brust, bis zur Hüfte. Sie strich über sein Gesicht. Er griff eine Hand und küsste ihre Finger. „Weißt du eigentlich, warum Frauen so schlanke Hände haben?"

Sie umfasste seinen Hals und hauchte: „Damit sie ihre Männer besser erwürgen können."

Ihre Augen glitzerten, und sie verströmte diesen Duft, den sie nur an bestimmten Tagen im Monat hatte. Sie zog seinen Kopf heran, küsste ihn mit Nachdruck und feucht auf den Mund und begann zu schnurren.

Sekunden später hatte Petzold den Bombenleger, die Verkehrsprobleme, überhaupt alle Probleme dieser Welt vergessen.

Am Samstagmittag saßen alle im Büro. Die Nachrichten meldeten, dass die Staatsanwaltschaft die Belohnung für Hinweise, die zur Ergreifung des Täters führten, auf fünfzigtausend Mark erhöht und die Firma, der der Tanklastzug gehört hatte, noch einmal dieselbe Summe draufgelegt hatte. Bei der Demonstration in der Innenstadt, die unter dem Motto „Verkehr oder Umwelt?" stand, gab es einige hässliche Zwischenfälle, weil zahlreiche Passanten die Veranstaltung als Sympathiekundgebung mit dem Attentäter ansahen und handgreiflich wurden.

Als Hirlinger von Petzolds und Schillings Pleite beim Verhör des Waffenhändlers erfuhr, zog er die Stirn kraus, telefonierte zweimal und verschwand grummelnd mit einem Ordner unterm Arm.

Am späten Nachmittag kam er zurück und verzog keine Miene, als er Gerlach ein dreiseitiges, unterschriebenes Verhörprotokoll auf den Tisch legte. Er setzte sich an seinen Platz und studierte mit unbeteiligtem Gesicht ein paar Faxe, die dort lagen.

Beim Lesen wurden Gerlachs Augen immer größer. Schließlich winkte er Schilling und Petzold herbei. Peter Pfitzer hatte alles gestanden. Er hatte tatsächlich an einen Mann, auf den die Beschreibung passte, Sprengstoff verkauft. Im Oktober schon. Semtex, ein Kilogramm. Zur Täterbeschreibung konnte er nicht viel Neues beitragen. Er habe nervöse Augen und ein Muttermal am Hals gehabt, das man aber nur sah, wenn er ein T-Shirt trug, halb Badisch und halb Hochdeutsch gesprochen, und später sei er nie wieder aufgetaucht. Er habe weder geraucht noch getrunken, sei immer mit dem Fahrrad da gewesen und habe sich in der Kneipe ziemlich gefürchtet.

„Mensch Hirli, das hast du großartig gemacht!", staunte Schilling. Petzold nickte zustimmend.

„Jetzt lasst mal die Kirche im Dorf, Jungs", brummte Hirlinger ohne aufzusehen.

„Wie viel Semtex braucht er für einen Anschlag?", fragte Petzold.

„Du meinst ...?" Gerlach griff schon nach dem Telefon. Die Auskünfte des Kriminaltechnikers, den er schließlich zu Hause erreichte, waren wachsweich. Zwischen hundert Gramm und einem halben Pfund, je nach Verdämmung und so weiter, genauer könne man das nicht sagen.

„Das heißt, entweder er hat jetzt nichts mehr, oder er hat noch Vorrat für ein halbes Jahr. Prost Mahlzeit!"

„Immerhin, wieder ein Krümelchen zu unserem Kuchen", sagte Gerlach und heftete das Protokoll ab.

Am nächsten Tag ging Hirlinger zum ersten Mal mit seinen Kollegen zusammen in die Kantine zum Mittagessen. Obwohl Sonntag war, gab es nur wenige freie Stühle. Das Essenangebot beschränkte sich auf heiße Würstchen und belegte Brötchen.

Nach wie vor siebten sie Zeugenaussagen, Hinweise, eingebildete oder echte Beobachtungen. Ein Autofahrer hatte Minuten vor der Explosion einen Mann im Tunnel gesehen, gekleidet wie ein Straßenarbeiter in blauem Overall und Baustellenhelm. Höchstwahrscheinlich war das der Täter gewesen.

Schilling fuhr hoch.

„Kolbing war in der Stadt! Letzte Woche!"

„Was? Wer?"

Schilling wedelte aufgeregt mit einem Papier.

„Kolbing. Der aus der Bannwaldallee. Im Schlosshotel hat er gewohnt! Von Montag bis Mittwoch!"

„Der Anschlag war am Donnerstag!"

Schilling lehnte sich erschöpft zurück.

„Jedenfalls ist er jetzt vermutlich wieder weg."

Die Sonderkommission unter Försters Leitung war inzwischen auf fast fünfzig Beamte verstärkt worden. Wenn sie die noch nicht bearbeiteten Hinweise und Zeugenaussagen hinzuzählten, würden sie auch bei größter Anstrengung eine gute Woche zu tun haben. Petzold, Schilling, Gerlach und Hirlinger sollten nicht bei der Rasterfahndung mitarbeiten. Da sie den Fall am besten kannten, waren sie mit der Auswertung der Ermittlungen ihrer Kollegen beauftragt und verfolgten die heißesten Spuren.

Am Sonntagabend wurde ein Radfahrer, der auf dem Weg zum Squash war und eine Sporttasche dabei hatte, am Mühlburger Tor von aufmerksamen Fußgängern festgehalten und, als er sich wehrte, schwer verprügelt.

Noch immer gingen stündlich mehrere Hinweise ein. Auch der Zeuge, der beim letzten Mal das UFO gesehen hatte, war wieder dabei. Und einer, der glaubte, der Zorn Gottes über die Hybris der Menschen sei für die Katastrophe verantwortlich, und ihnen zu mehr Demut riet. Vor drei Wochen hätten sie über so etwas noch gelacht.

Am Montagmorgen wurde ein weiterer Radfahrer verprügelt und beim Polizeirevier Akademiestraße abgeliefert. Er hatte noch nicht einmal eine Tasche bei sich gehabt. Alle paar Stunden wurde irgendwo eine Straße oder eine Kreuzung gesperrt, weil jemand einen leeren Karton oder eine volle Mülltüte gefunden hatte.

Keinen Augenblick hatten sie mehr Ruhe. Ständig öffnete sich eine Tür, ununterbrochen klingelte ein Telefon. Eine Frau, die schon mehrfach angerufen hatte, kam persönlich vorbei, wieder mit neuen Anhaltspunkten. Sie wollte beweisen, dass es ihr Mann gewesen war und schien alles daran zu setzen, ihn ins Gefängnis zu bringen und auf diese Weise los zu werden. Zwei Wahrsagerinnen und ein Rutengänger boten ihre Unterstützung an. Der Rutengänger gegen Bezahlung, er hatte eine Preisliste durchgefaxt.

Der Kommentar der Badischen Rundschau war ungewöhnlich scharf. In aller Deutlichkeit wurde die Frage gestellt, ob die Verantwortlichen nicht von Anfang an die falsche Taktik gewählt hätten, ob man dem Täter nicht besser in Kleinigkeiten nachgegeben hätte, ob es nicht geschickter gewesen wäre, sich verhandlungsbereit zu zeigen.

Nachmittags wurde im lokalen Radiosender ein Interview mit dem Oberbürgermeister ausgestrahlt, in dem er noch einmal betonte, dass die Stadt nicht nachgeben werde. Er verwies darauf, dass die Polizei mit allen Kräften an dem Fall arbeite und es nur noch eine Frage von Stunden sein könne, bis der Täter gefasst werde.

Als Petzold am Montagabend gegen zehn Uhr todmüde nach Hause kam, war Steffi wieder einmal nicht da. Als sie kam, lag er im Bett und schlief.

Am Dienstag ging es in aller Herrgottsfrühe weiter. Hirlinger war mit dem Verhör eines weiteren Knastbruders beschäftigt, der vorgab, etwas zu wissen, sich aber vermutlich nur ein wenig Bewegung oder Unterhaltung verschaffen wollte. Gerlach machte sich auf den Weg, um einen Mann zu befragen, dem in der fraglichen Nacht ein Radfahrer aufgefallen war.

Petzold sichtete den Stoß Papier, der sich schon wieder auf seinem Schreibtisch angesammelt hatte, und Schilling telefonierte hinter irgendwelchen verschollenen Unterlagen vom LKA her. Offenbar ging es um die Ergebnisse der gentechnischen Untersuchung des Haares, das man bei der zweiten Bombe gefunden hatte. Erst war die Arbeit wegen eines Gerätedefekts ewig nicht vorangekommen, und jetzt waren auch noch die Resultate auf dem Postweg verschwunden.

Schilling begann zu toben. Petzold hatte seinen Kollegen noch nie so wütend gesehen. Er saß vorgebeugt am Schreibtisch, hatte rot leuchtende Ohren und machte durchs Telefon jemanden von der Poststelle zur Schnecke. „Was soll das heißen, Ihr Vorgesetzter ist nicht da? Es ist jetzt bald zehn, da könnte er doch wohl langsam mal aufgestanden sein!", brüllte er. „Soso, im Haus unterwegs! Und was heißt das, in der Kantine? Schnäpschen trinken oder was? Was los ist? Ja, das kann ich Ihnen sagen! Seit zwei Wochen warte ich auf einen Bericht vom LKA. Die haben ihn längst abgeschickt, und hier ist er nie angekommen. Was? ... Nein, kann nicht sein, verdammt noch mal! Eben war der Kollege Schiller von der Sitte hier und hat ihn mir gebracht. Der war in Urlaub, und der Bericht lag die ganze Zeit auf seinem Schreibtisch ... Was? Nein, der war schlau genug, in Urlaub zu fliegen, bevor die Scheiße hier angefangen hat! ... Nein, verdammt noch mal, Sie haben ihn falsch zugestellt. Lesen können Sie doch wohl, oder?"

Jetzt wurde er unverschämt. Petzold beobachtete ihn mit wachsendem Erstaunen. Auch Schilling war inzwischen offensichtlich am Ende mit den Nerven. Drüben öffnete sich die Tür, Hirlinger kam mit mürrischem Gesicht von seinem Verhör zurück. Schilling brüllte weiter.

„Per Eilboten war er unterwegs, 'dringend' steht drauf, und 'persönlich', einen roten Strich hat er an der Ecke, und ihr Trantüten schmeißt ihn auf irgendeinen Schreibtisch von irgendjemandem, der mal eben so ähnlich heißt wie ich, und das war's dann? Was? ... Ja das können Sie glauben! ... Das wird ein Nachspiel haben! Euch werd ich die Flötentöne schon beibringen!"

Ohne die Erwiderung abzuwarten, knallte er den Hörer hin, lehnte sich schwer atmend zurück, verschränkte die Hände im Nacken und sah aus dem Fenster.

„Na, war ich gut?"

„So was hätt ich dir gar nicht zugetraut!"

„Ist doch wahr, Mensch. Ist ja nicht das erste Mal. Diese Schnarchnasen, diese saublöden."

Schilling öffnete den Umschlag, entnahm ihm einen mehrseitigen Bericht und heftete ihn ab, ohne einen Blick darauf geworfen zu haben.

„Interessiert jetzt sowieso niemanden mehr."

Sie wandten sich wieder ihrem Papierkram zu. Bald kam auch Gerlach zurück. Sein Zeuge hatte den Täter anscheinend wirklich gesehen, beschrieb ebenfalls den Overall und den gelben Bauhelm. Auch die Personenbeschreibung kam hin. Er war mit dem Fahrrad und einem großen Paket oder etwas ähnlichem auf dem Gepäckträger aus westlicher Richtung kommend durch die Günter-Klotz-Anlage in Richtung Bulach gefahren. Wieder ein Hinweis auf die Weststadt.

Gerlach stand in der Tür und zeigte Petzold einen Bericht, auf dem der sofort das Zeichen des Bundeskriminalamts erkannte. „Der Bericht von der Tonbandauswertung."

„Der anonyme Anruf?"

„Richtig."

Petzold richtete sich auf. „Und?"

Gerlach grinste erschöpft. „Er spricht Hochdeutsch mit badischem Akzent und wohnt vermutlich im Umkreis von Karlsruhe. Dass er so langsam spricht, könnte darauf hindeuten, dass er stark depressiv ist. Muss aber nicht. Mit den Geräuschen konnten sie nichts anfangen. Zur Stimmverzerrung hat er ein elektronisches Gerät benutzt, das man in jedem Bastelgeschäft kaufen kann."

„Scheiße", fluchte Petzold.

Die Tür öffnete sich, Frau Dr. Kaufmann trat ein. Gerlach straffte sich, die anderen sprangen auf. Sie sah abgespannt aus, in den Mundwinkeln zeigten sich zwei Falten, die man dort sonst nicht sah. Sie winkte beschwichtigend mit der Hand. „Bleiben Sie sitzen, meine Herren. Ich werde gleich wieder verschwinden. Ich wollte nur fragen, ob Sie wissen, wo unser Herr Förster steckt?"

„Förster ist in der KT. Er wollte aber bald zurück sein."

„Sagen Sie ihm, dass um elf eine Pressekonferenz stattfindet. Im großen Besprechungszimmer. Und dass ich ihn dort zu sehen wünsche."

Gerlach nickte, sie lächelte kurz und schloss die Tür leise hinter sich.

„Wo steckt eigentlich Hellmann?", fragte Petzold.

„Wo wohl? Auf irgendeiner Tagung in Bonn ist er."

„Das ist sehr vernünftig von ihm. Man sollte sich überhaupt viel mehr weiterbilden", sagte Schilling.

Förster kam erst kurz vor elf, und sein Gesichtsausdruck wurde panisch, als er von der Pressekonferenz erfuhr. Schnell nahm er eine Tablette mit einem Schluck Wasser, packte wahllos ein paar Akten und hastete davon. Er war der letzte, der an dem langen Tisch am Kopfende des überfüllten Raumes Platz nahm. Neben der Polizeipräsidentin waren der Chef der Staatsanwaltschaft und der Pressesprecher des Bürgermeisteramts gekommen. Der Staatsanwalt hatte sich schon erhoben. Nach ein paar nichts sagenden und in dem brodelnden Raum untergehenden Begrüßungsworten übergab er das Mikrofon an die Polizeipräsidentin.

„Ich gebe das zunächst einfach mal an den Herrn hier neben mir weiter, der ihnen sicherlich am meisten über den momentanen Stand der Ermittlungen sagen kann. Ich stelle vor: Den Leiter unserer Sonderkommission." Sie drückte dem völlig unvorbereiteten Förster das Mikrophon in die Hand.

„Ja, da bin ich nun aber doch ein wenig ..."

Hinten gab es Geschrei, jemand fluchte, ein Lichtstrahl wischte über die Decke, und ein Scheinwerfer zerknallte. Jemand hatte eine Fernsehkamera samt Beleuchtung umgestoßen. Der kurze Tumult gab Förster Gelegenheit, seine Fassung wieder zu finden. Er setzte erneut an: „Der Stand der Ermittllungen ist momentan ..." Er wurde unterbrochen.

„Wer sind Sie?"

„Was?"

„Ihr Name?"

„Förster, Kriminalhauptkommissar Förster."

„Danke!"

„Der Stand ..."

„Wie viele Tote hat es bisher gegeben?"

„Das kann man nicht genau angeben. Inzwischen neun, wenn ich richtig informiert bin."

Niemand reagierte auf seine Hilfe suchenden Blicke. Der Staatsanwalt und die Polizeipräsidentin diskutierten leise ein offensichtlich äußerst wichtiges Problem, und der Pressesprecher aus dem Rathaus studierte angestrengt seine Unterlagen.

„Wie gehen Sie momentan vor? Was tun Sie überhaupt zurzeit?"

„Bitte haben Sie Verständnis, dass ich Ihnen das hier nicht sagen kann. Mit Rücksicht auf die Fahndung ist es wichtig ..."

„Und warum hat die Polizei nicht schon viel früher den Ernst der Lage erkannt?"

„Wir haben sehr wohl ..."

„Und warum haben Sie dann nichts getan?"

Förster wischte sich mit dem Taschentuch über die Stirn. „Wir haben sehr wohl etwas getan! Wir sind aber nicht ..."

„Unfähig sind Sie!", brüllte einer von hinten.

„Jetzt lasst ihn doch endlich mal reden!", schrie ein anderer.

„Das muss ich mir hier nicht ..."

„Rechnen Sie mit weiteren Anschlägen?"

„Natürlich müssen wir mit allem rechnen."

„Bis wann rechnen Sie mit der Festnahme?"

„Wir hoffen, dass ..." Förster sah aus den Augenwinkeln, dass Schilling in den Raum trat, sich nach vorne durchkämpfte, der Präsidentin einen Zettel auf den Tisch legte und auffallend eilig wieder verschwand. Sie warf einen Blick darauf, zögerte einige Sekunden, schob ihn dann Förster zu und nahm ihm das Mikrofon aus der Hand.

„Meine sehr verehrten Damen und Herren. Ich muss hier leider unterbrechen. Soeben erfahre ich, dass es ein neues Erpresserschreiben gibt."

„Was steht drin?"

Sie zögerte, sah auf den Staatsanwalt, der gerade den Zettel studierte, dann auf Förster.

„Kein Kommentar."

„Hat es wieder einen Anschlag gegeben?"

„Nein."

„Sondern?"

„Kein Kommentar."

Um halb zwölf klopfte es, und ein uniformierter Beamter trat ein. In der Hand hielt er eine Klarsicht-Aktenhülle, in der sich der Brief befand. Gerlach war schon wieder unterwegs. Förster hatte die Tür gehört und trat ebenfalls ins Zimmer. Noch nie hatte er so ungepflegt ausgesehen. Petzold nahm die Klarsichthülle und las vor.

„Betrachten Sie diesen Brief als letztes Ultimatum. Meine Geduld ist zu Ende. Wenn innerhalb von drei Tagen nicht mit den Arbeiten an der Südtangente begonnen wird, und zwar so, dass man Fortschritte sieht, werde ich Ihnen allen die Flötentöne beibringen!

Ist Ihnen bekannt, wie viele Brücken es in dieser Stadt gibt, über die viel befahrene Straßen führen? Können Sie sich vorstellen, was ein Anschlag an einem solchen Ort anrichten würde?

Kampf dem Individualverkehr!"

Für Sekunden war es still. Petzold hatte ein Gefühl, als würde sich jedes einzelne Haar an seinem Körper aufrichten.

120

„Jetzt dreht er durch", sagte Schilling leise.

„Verdammte Scheiße", sagte Förster, heute gar nicht wie ein Lexikon.

„Kann man so sagen", pflichtete Petzold bei.

„Machen Sie eine Kopie von dem Ding und dann ab damit in die KT", ordnete Förster resigniert an. Petzold ging mit dem Brief ins Sekretariat und machte die üblichen Kopien. Zurück im Büro drückte er das Original dem wartenden Streifenpolizisten in die Hand. Förster hatte bereits die notwendigen Anweisungen gegeben.

Schweigend setzten sie sich, Förster auf Petzolds Schreibtischkante. Gerlach kam ohne neue Ergebnisse zurück, überflog noch im Stehen den Brief und ließ sich in seinen Stuhl fallen, ohne den Mantel ausgezogen zu haben. Lange Zeit starrte jeder auf seine Kopie. Schließlich murmelte Förster zähneknirschend: „Wenn ich nur irgendeine gottverdammte Idee hätte, was wir noch tun könnten. Die reißen uns in Stücke, wenn wir ein weiteres Unglück nicht verhindern können."

Langsam ging er in sein Büro hinüber.

Die restliche halbe Stunde des Vormittags verlief ohne nennenswerte Ereignisse. Alle paar Minuten kamen Kollegen von der Rasterfahndung, lieferten ihre Berichte ab – immer Negativmeldungen – und verschwanden wieder. Gerlach und Schilling telefonierten manchmal, jeder tat, als sei er mit etwas Wichtigem beschäftigt, blätterte blind in irgendwelchen Akten, räumte Ordner in einen Schrank, sortierte seinen Papierstapel nach einem neuen System, und alle Gedanken kreisten nur um den einen Punkt.

Petzold hatte ein unbestimmtes Gefühl. Eine Unruhe, die er gut kannte, als hätte es etwas Auffälliges gegeben, etwas, das vielleicht wichtig sein könnte. Aber er kam nicht darauf, was es gewesen war. Später gingen sie zusammen in die Kantine. Keiner hatte Appetit, aber jeder war froh, aus dem Büro zu kommen.

Es gab fetten Schweinebraten, matschige Kartoffeln, Dosengemüse und die übliche Fabriksauce.

Zwischen zwei Bissen sagte Hirlinger ohne aufzusehen: „'Flötentöne' hab ich aber lang nicht gehört."

Petzold erstarrte mit dem Löffel im Mund. Genau, das war es gewesen. Er wandte sich an Schilling. „Wann hast du zum letzten Mal das Wort 'Flötentöne' benutzt?"

121

Der sah verwundert auf, schluckte seine Suppe hinunter und antwortete: „Keine Ahnung. Vor Jahren. Was ist das für eine komische Frage?"

„Heute Vormittag hast du es benutzt! Als du mit diesem Typ von der Poststelle telefoniert hast!

„Genau!", sagte Hirlinger.

„Kann sein. Und?"

„Der Bombenleger hat es auch benutzt, in seinem Brief!"

„Genau!", bestätigte Hirlinger erneut.

„Hm ... Vielleicht hab ich's von ihm aufgeschnappt. Ich versteh immer noch nicht, worauf du hinauswillst."

„Du hast es mit Sicherheit nicht von ihm. Der Brief ist nämlich erst später gekommen. Verstehst du, ich kenn diesen Ausdruck auch. Aber ich hab ihn seit Jahren nicht mehr gehört. Und heute innerhalb einer halben Stunde gleich zweimal!"

Jetzt war es Schilling, dem der Löffel im Mund stecken blieb. Auch Gerlach hatte aufgehört zu essen. Petzold betonte jedes einzelne Wort: „Hast du's in der letzten Zeit mal irgendwo gelesen? Oder im Radio gehört? Im Fernsehen?"

„Ich hab keinen Schimmer. Aber, verdammt noch mal, du hast Recht. Von irgendwo muss ich es haben. Ich benutz es sonst auch nie. Meinst du, dass uns das weiterhilft?"

„Was weiß denn ich. Was haben wir sonst schon? Es hat ja schon die unmöglichsten Zufälle gegeben."

„Richtig", mischte sich Hirlinger ein. „Ich hab oft genug erlebt, dass grad das, wovon man sich gar nichts versprochen hat, am Ende die Lösung gebracht hat. Mal haben wir einen Heiratsschwindler geschnappt, bloß weil er immer die gleichen französischen Kondome benutzt hat."

Schweigend aßen sie zu Ende. Und keiner hätte später sagen können, ob es ihm geschmeckt hatte.

Am Nachmittag strapazierte Schilling sein Erinnerungsvermögen bis an die Schmerzgrenze. Eine dunkle Ahnung hing in seinem Kopf, ganz hinten, vielleicht auch nur Einbildung. Aber Petzold und Hirlinger hatten Recht, es war denkbar, dass er und der Bombenleger den Ausdruck 'Flötentöne' aus derselben Quelle hatten. Und es war auch vorstellbar, dass sie das weiterbringen würde. Alles war möglich. Er musste es herausfinden.

Förster kam wieder, nahm noch eine von seinen Tabletten, ließ sich auf einen Besucherstuhl fallen, und sie veranstalteten noch einmal ein Brainstorming. Petzold berichtete von ihrem Einfall, aber Förster schien nicht sehr beeindruckt zu sein. Er wirkte müde und abwesend. Andere Vorschläge gab es nicht.

Sie lasen Akten, telefonierten mit irgendwelchen mehr oder weniger schwachsinnigen Zeugen, lasen wieder Akten. Und irgendwann war Feierabend.

12

Mit finsterer Laune kam Petzold gegen halb zehn nach Hause und stellte fest, dass die Wohnung dunkel war. Steffi war einmal mehr nicht da. Er setzte sich mit zwei Flaschen Bier vor den Fernseher und sah sich die letzte halbe Stunde eines idiotischen amerikanischen Krimis an. Die Jungs hatten es gut. Fuhren den lieben langen Tag bei wunderbarem Wetter in tollen Autos durch die Gegend, es sei denn, es musste aus dramaturgischen Gründen regnen oder Nacht sein. Ständig hatten sie mit leicht bekleideten Miezen zu tun, hie und da schossen sie jemanden über den Haufen, und am Schluss waren alle Verbrecher tot oder im Knast, und die Sonne schien. Später nahm er Schillings Buch und versuchte, ein wenig zu lesen. Er war auf Seite dreiundzwanzig und bemerkte bald, dass er keine Ahnung hatte, worum es ging.

Um halb elf klingelte das Telefon. Es war Schilling.

„Mensch, ich hab's! Es war ein Begriff in einem Kreuzworträtsel! Im ZEIT-Magazin! Letzte Woche! Die Flötentöne, du erinnerst dich?"

„Natürlich erinnere ich mich, du Spaßvogel. ZEIT-Magazin, was ist das?" Petzold wusste selbst nicht, warum er so grob antwortete.

„Eine Beilage der ZEIT, die kennst du doch wohl, oder?"

„Das ist 'ne Zeitung für solche gebildeten Menschen wie dich."

„Du kannst mich mal in der Armbeuge küssen, wie wir gebildeten Menschen zu sagen pflegen, du Rhinozeros, du überfressenes!", entgegnete Schilling aufgebracht. „Ich reiß mir hier den Allerwertesten auf, und dann muss ich mich von dir auch noch dafür anpöbeln lassen! Du spinnst ja wohl!"

„Tut mir Leid, ich hab's nicht so gemeint. Ich ... Scheiße."

„Schon okay. 'Musikalische Laute mit pädagogischem Unterton' hieß die Frage, glaub ich."

„Was?"

„Ach, vergiss es. Auf jeden Fall wissen wir jetzt, woher er es hat. Vielleicht."

„Das heißt also ... Es könnte sein, dass der Kerl auch die ZEIT liest und auch das Kreuzworträtsel löst ..."

„Und dass er sie ebenfalls abonniert hat. Dann müssten wir nur die Abonnentenliste der ZEIT abklappern nach jemandem, der ins Fahndungsraster passt! Das könnte doch hinhauen, was meinst du?"

„Er kann sie natürlich auch am Kiosk kaufen ... Aber immerhin, wenigstens mal wieder so was Ähnliches wie eine Spur. Wie viele Abonnenten werden die in Karlsruhe haben?"

„Keine Ahnung. Tausend, zweitausend vielleicht. Das herauszufinden, dürfte das einfachste sein."

„Und davon bleibt höchstens ein Dutzend übrig, wo Beruf und Alter und alles passt ... Mensch, das wäre ein Ding! Wie viel Zeit haben wir noch?"

„Zwei Tage, wenn er ab Eingangsdatum rechnet."

Petzold stöhnte.

„Und einen, wenn er ab Poststempel rechnet ... Wir versuchen's trotzdem."

„Was bleibt uns übrig? Morgen früh gehen wir sofort zu Förster."

Steffi kam kurz vor elf, müde und sehr kurz angebunden. Eine Weile saßen sie sich schweigend gegenüber. Petzold entzifferte das Kleingedruckte auf dem Etikett seiner Bierflasche, Steffi öffnete mehrfach den Mund und schien etwas sagen zu wollen. Aber sie schloss ihn jedes Mal wieder. Er selbst war viel zu erschlagen, um ein langes und womöglich anstrengendes Gespräch zu führen. Er dachte nur noch an diesen verfluchten Fall und an diese seltsame Geschichte mit dem Kreuzworträtsel. Was für ein Gespenst von einer Spur! Mit was für einem Unfug sie sich inzwischen herumschlagen mussten! Er fragte auch nicht, wo sie gewesen war, sondern beschloss, die fällige Unterredung auf morgen zu verschieben. In der Nacht schlief er unruhig und träumte wirres Zeug. Gigantische Explosionen und brennende Zeitungen mit häusergroßen Kreuzworträtseln.

Am nächsten Morgen informierten Petzold und Schilling ihre Kollegen und gingen sofort an die Arbeit. Schilling rief die ZEIT an, Petzold wollte sich mit dem Einwohnermeldeamt in Verbindung setzen und die Leute dort auf die im Laufe des Tages auf sie zukommende Aufgabe vorbereiten. Spätestens am Abend sollte alles soweit sein.

Schilling brauchte einige Minuten, um sich zur richtigen Abteilung des ZEIT-Verlags in Hamburg durchzufragen. Dort meldete sich eine freundliche, der Stimme nach zu schließen junge Frau, mit der er sich vom ersten Augenblick an gut verstand. Sie begriff in Sekunden, worum es ging, und hatte natürlich schon von den Anschlägen gehört.

„Ich werde schaun, was sich tun lässt. Wie ist das mit Datenschutzbestimmungen? Darf ich Ihnen diese Daten denn überhaupt so ohne weiteres geben?"

Schilling stöhnte.

„Daran hab ich noch gar nicht gedacht. Ich weiß es nicht. Ehrlich, ich weiß es auch nicht. Ich weiß nur, wenn ich sie nicht kriege, dann gibt es hier in den nächsten Tagen eine Katastrophe und einen Haufen Tote. Fragen Sie also bitte, bitte ihren Vorgesetzten oder sonst jemanden, sagen Sie, ich knie vor ihm, ich küsse seine Füße, ich mache alles für ihn, wenn Sie mir diese Liste schicken!"

Sie lachte leise.

„Ich werde meinem Chef Ihre Angebote unterbreiten. Geben Sie mir bitte Ihre Nummer, ich rufe Sie in fünf Minuten zurück."

Schilling gab ihr seine Durchwahl und legte auf. Drei Minuten später war sie wieder dran. Die Frau war in Ordnung.

„Mein Chef lässt Ihnen sagen, Niederknien ginge in Ordnung, aber seine Füße möchte er lieber nicht geküsst haben. Er lehnt jede Verantwortung ab. Er sagt, er wisse von nichts, und ich solle tun, was ich für richtig halte. Ich nun halte es für richtig, Ihnen die Daten zu geben. Wenn ich dann im Gefängnis sitze, werden Sie mich hin und wieder besuchen?"

Schilling hätte sie am liebsten in seine Arme geschlossen.

„Wenn ich vor Ihnen wieder draußen bin, dann gerne. Sie können sich nicht vorstellen, wie dankbar ich Ihnen bin. Ich dürfte Ihnen das eigentlich nicht sagen, Sie sind ja von der Presse, aber wir sind hier so ziemlich am Ende mit unserem Latein. Wie können wir die Daten so schnell wie möglich hierher schaffen?"

„Sie geben mir jetzt zunächst einmal alle Postleitzahlen, die in Frage kommen, und ich werde Ihnen einen Dateiauszug machen mit den betreffenden

Abonnenten. Ja, wie kommen die Sachen zu Ihnen? ... Am besten ... Haben Sie einen Mail-Anschluss?"

„Schicken Sie es lieber an unsere Pressestelle."

„Und wie lautet die Adresse?"

„Ich werd mich sofort schlau machen. Kann man sich darauf verlassen, dass das klappt?"

„Wenn Computer im Spiel sind, können Sie sich auf nichts verlassen."

„Können Sie mir sicherheitshalber die Daten zusätzlich auf eine CD kopieren und per Kurier schicken? Ich könnte von den Hamburger Kollegen Amtshilfe anfordern."

Sie überlegte. „Ich hab's. Wie wär's mit Intercity-Kurierdienst? Das geht am schnellsten, denke ich."

„Wie lange dauert das?"

„Die ICEs fahren stündlich. Ich glaube, immer zur vollen Stunde. Jetzt ist es Viertel vor neun ... Bis zehn müsste es klappen. Wie lange braucht so ein Zug?"

„Fünf Stunden, wenn ich richtig informiert bin ... Moment ... Mein Kollege nickt."

„Das heißt, spätestens um drei haben sie die Daten in Karlsruhe, auch wenn es per E-Mail nicht klappen sollte. Geht das in Ordnung?"

„Super, einfach super! Rufen Sie an, wenn Sie die CD im Zug haben?"

„Gerne."

Schilling verabschiedete sich glücklich und legte auf. Sekunden später klingelte das Telefon. „Die Postleitzahlen haben wir vergessen. Und die E-Mail-Adresse Ihrer Pressestelle hätte ich auch noch gerne."

Nachdem er die gewünschten Informationen herausgesucht und durchgegeben hatte, verabschiedeten sie sich zum zweiten Mal. Schilling bedauerte, dass er diese sympathische Frau vermutlich nie persönlich kennen lernen würde. Er stellte sie sich groß und schlank vor, mit langen strohblonden Haaren und wasserblauen Augen.

Inzwischen hatte Petzold mit dem regionalen Rechenzentrum telefoniert, auf dessen Rechnern die Daten des Einwohnermeldeamts lagen, und seine Wünsche vorgetragen. Dort würde es keine Probleme geben. Man verabredete, dass jemand von der Kripo persönlich mit der CD vorbeikommen würde, dann wollte man weitersehen. Das Ganze sollte nicht mehr als eine halbe Stunde dauern.

Obwohl die Aktion, bei Licht besehen, nicht mehr als den Hauch einer Hoffnung in sich barg, waren plötzlich alle erleichtert und aufgedreht. Es bewegte sich wieder etwas. Um halb zwölf kam der Anruf aus der Pressestelle. Die E-Mail sei da, aber ein so genanntes 'Attachment' könne man nicht lesen. Man habe schon um Wiederholung gebeten.

„Hab ich's nicht gewusst?", stöhnte Schilling. „Was für ein Glück, dass ich ein so überaus vorausschauender Mensch bin."

Die Zeit bis zur Ankunft des Zuges verbrachten sie ohne große Konzentration mit Routinekram, versuchten, Zeugen zu erreichen, die nicht erreichbar waren, sortierten Aussagen, die nichts aussagten, sichteten die bisherigen Ergebnisse der Rasterfahndung, die allesamt Nieten waren. Petzold war sterbensmüde, und seine Kollegen sahen nicht frischer aus. Lange konnte es nicht mehr so weitergehen.

Um Viertel vor drei machte Schilling sich auf den Weg zum Hauptbahnhof. Der Zug war noch nicht da, so vertrieb er sich die Zeit damit, die Plakate zu betrachten, auf denen die Bahn für ihre Sonderangebote warb, und hatte plötzlich eine überwältigende Lust, Urlaub zu machen, irgendwo hinzufahren, sich ein paar Tage, gleichgültig wo, in die Sonne zu legen, und nichts, absolut nichts zu tun als zu essen, zu trinken und zu schlafen. Vor allem zu schlafen. Vielleicht ein wenig zu baden. Und eine große Strohblonde mit wasserblauen Augen dürfte dabei sein.

Der Zug hatte Verspätung. Wie er der Anzeigetafel entnehmen konnte, voraussichtlich zehn Minuten. Offenbar war jetzt auch die Deutsche Bahn gegen sie. Er drehte eine zweite Runde und besichtigte die Auslagen der Bahnhofsbuchhandlung. Als er wieder an der Tafel vorbeikam, waren aus den zehn Minuten zwanzig geworden. Da es im Bahnhofsgebäude jetzt nichts mehr zu sehen gab, was er nicht schon kannte, beschloss er, auf dem Bahnsteig die Einfahrt des Zuges abzuwarten.

Der Bahnsteig war proppenvoll, und die Wut der Herumstehenden war fast mit Händen zu greifen.

„Man kann sich ja wirklich nicht mehr auf die Straße trauen!"

„Natürlich! Es kann ja jeden Tag wieder passieren!"

„Ja, es ist unglaublich. Ich verstehe einfach nicht, warum die Polizei nichts unternimmt."

„Die unternehmen schon was, die sind nur zu blöd, ihn zu kriegen!"

„Strafzettel wegen zu schnellem Fahren schreiben, das können sie. Aber die Bevölkerung vor Verrückten schützen, das können sie nicht."

Ein weißhaariger, sehr gepflegt gekleideter Mann mit goldener Armbanduhr und teurem Aktenkoffer mischte sich ein.

„Ich weiß, dass man das heutzutage lieber nicht sagt, aber ich will es jetzt doch mal zu bedenken geben. Vor etwas mehr als fünfzig Jahren hätte es so etwas nicht gegeben! Da wäre aufgeräumt worden, das können sie mir glauben! Den hätten sie in zwei Tagen gehabt, und dann wäre er aus dem Arbeitslager nie wieder herausgekommen!"

„Vor etwas mehr als fünfzig Jahren hatte es auch niemand nötig, hier Bomben zu legen. Vor etwas mehr als fünfzig Jahren sind die nämlich ganz von allein vom Himmel gefallen! Das können Sie mir glauben, ich war dabei!", sagte eine zierliche ältere Dame wütend. Für Sekunden erstarb die Unterhaltung.

Dann kam der ICE, rauschte mit einer Geschwindigkeit in den Bahnhof, als wollte er gar nicht anhalten, bremste energisch und kam mit brausenden Lüftern zum Stehen. Schilling beobachtete, wie Passagiere hastig aus- und einstiegen, entdeckte das Abteil an dessen Fenster 'Intercity-Kurier' stand, sah, wie einige Päckchen heraus- und hineingereicht wurden, hoffentlich auch seines. Als der Zug wieder anfuhr und mit rasch zunehmender Geschwindigkeit aus dem Bahnhof verschwand, ging er in die Halle zu dem entsprechenden Schalter, um es in Empfang zu nehmen. Es war ein brauner DIN-A5-Umschlag mit Papprücken, adressiert an ihn persönlich. Quer über die Rückseite stand, in einer schönen Frauenhandschrift mit Füller geschrieben: Viel Glück.

„Danke, das können wir brauchen", murmelte Schilling und lief zu seinem Wagen. Es hatte wieder zu regnen begonnen. Kurz überlegte er, ob er versuchen sollte, die Frau in Hamburg noch einmal anzurufen, sich mit ihr zu verabreden. Aber er wusste nicht recht, ob das eine gute Idee war, und beschloss, irgendwann in Ruhe und ausgeschlafenem Zustand darüber nachzudenken. Jetzt musste diese CD auf dem schnellsten Weg ins Rechenzentrum in der Daxlander Straße. Er rief kurz im Präsidium an und teilte mit, dass alles geklappt hatte. Dabei erfuhr er, dass inzwischen auch die E-Mail angekommen war.

Als Schilling das große zweistöckige Gebäude mit dunkler Glasfassade betrat, war es kurz nach vier, und er wurde bereits erwartet. Petzold hatte sein Kommen angekündigt. Ein junger, quirliger Mann mit wuscheliger Frisur, in Jeans und Rollkragenpullover fing ihn an der Eingangstür ab, stellte sich als Herr Geldmacher vor und führte ihn in sein Büro.

„So, jetzt erzählen Sie mir bitte noch mal etwas genauer, worum es geht."

Schilling erklärte die Zusammenhänge, nahm die CD aus dem Umschlag und legte sie auf den Schreibtisch.

Der andere machte plötzlich ein nachdenkliches Gesicht. „Das Heraussuchen der für Sie wichtigen Daten ist natürlich gar kein Problem für uns, das wissen Sie ja ..."Er machte eine Pause, und es war klar, dass nun unweigerlich ein „Aber" kommen würde. „Aber wie wir unsere Daten mit denen von Ihrer CD hier zusammenbringen, das muss ich erst mal sehen. Wer hat Ihnen gesagt, dass das kein Problem sei?"

Schilling zuckte die Achseln.

„Wissen Sie, unter welchem Datenbanksystem die Datei erstellt wurde?"

Schilling hatte keinen Schimmer.

„Das müsste ich wissen, sonst kann ich die Daten wahrscheinlich nicht einlesen."

„Ich kann in Hamburg anrufen?"

„Tun Sie das. So geht's wahrscheinlich am schnellsten."Geldmacher schob das Telefon über den Tisch. Schilling kramte sein Notizbuch heraus und fluchte. Er hatte die Nummer nicht eingetragen. Er rief im Präsidium an, Petzold gab sie ihm, er wählte erneut, es tutete und tutete, und schließlich meldete sich die Telefonzentrale des Pressehauses in Hamburg.

„Ja, die Dame hat nun wohl schon Feierabend. Da kann man leider nichts machen", wurde ihm hanseatisch-spitz erklärt.

Schilling bedankte sich unfreundlich und warf den Hörer auf den Apparat. „Keiner mehr da."

„Ist ja auch schon halb fünf", stellte Geldmacher mit einem Blick auf seine Armbanduhr fest. „Dann müssen wir eben versuchen, uns selbst zu helfen." Er wandte sich seinem PC zu und schob die CD ein.

Schilling war ein wenig enttäuscht. Er hatte erwartet, dass man ihn in einen riesigen Saal mit Furcht erregenden Großrechnern führen würde, und nun saß der Mann da und hantierte an einem gewöhnlichen Tischcomputer herum.

„Sie müssen ein bisschen Geduld haben, das kann ein paar Minuten dauern."

„Ist schon okay", sagte Schilling und lehnte sich zurück. Plötzlich fiel ihm etwas ein.

„Ich lasse für alle Fälle die zuständigen Leute in Hamburg suchen. Vielleicht haben wir Glück."

Er griff nochmals zum Telefon, informierte Petzold über das Problem und gab ihm den Namen der Sachbearbeiterin bei der ZEIT. Man würde sich darum kümmern. Für die Hamburger Kollegen dürfte es keine Schwierigkeit sein, sie oder jemand anders, der Bescheid wusste, zu finden. Wenn sie nicht gerade alle zusammen im Kino saßen oder einen Betriebsausflug machten. Aus Nervosität und mangels anderer Beschäftigung stand Schilling auf, um sich die Bilder an den Wänden anzusehen, während Geldmacher mit gerunzelter Stirn auf seiner Tastatur herumklapperte und unverständlich vor sich hinmurmelte.

Geldmacher schien Hobbyfotograf zu sein, die Bilder waren große Landschaftsaufnahmen. Vor allem eines mit einem langen, menschenleeren Sandstrand mit Kiefern, kleinen vorgelagerten Felseninseln, Segelbooten und Sonnenuntergang hatte es Schilling angetan.

„Machen Sie ruhig Licht", sagte Geldmacher, ohne den Blick vom Bildschirm zu nehmen. Er schien nicht zufrieden mit dem bisherigen Ergebnis seiner Arbeit. Schilling ging auf und ab, setzte sich, erhob sich wieder, betrachtete nochmals alle Fotos an der Wand. Schließlich, nach vielleicht einer halben Stunde, legte Geldmacher die Hände auf den Tisch, lehnte sich zurück und erklärte: „Mit den üblichen Mitteln kommen wir da nicht ran, das ist zwar eine ASCII-Datei, aber ein mir unbekanntes Format. Irgendwas stimmt damit nicht, ich krieg sie einfach nicht eingelesen ..." Er zog die Augenbrauen zusammen. Schilling beobachtete ihn beunruhigt.

„Ich werd mal einen Kollegen rufen, der hier schon länger arbeitet. Vielleicht hat der eine Idee. Hoffentlich ist er noch da."

Er griff zum Telefon und wählte. Der Heil bringende Kollege schien immerhin noch im Haus zu sein.

Minuten später waren sie zu dritt. Der Neue sah genau so aus, wie Computerspezialisten im Kino auszusehen pflegen. Halblange Haare, ein krauser, von grauen Strähnen durchzogener Vollbart, runde Nickelbrille, Jeans, Holzfällerhemd und respektables Übergewicht. Natürlich rauchte er filterlose französische Zigaretten, und sofort steckte auch Geldmacher sich eine Kippe an. Draußen wurde es inzwischen dunkel, Geldmacher hatte seine Schreibtischlampe eingeschaltet, und in ihrem Lichtkegel waberten immer dickere Qualmwolken.

130

„Hast du schon Convert External versucht?"

„Alles hab ich versucht, nichts funktioniert", versetzte Geldmacher. „Wenn es auf normalem Wege gehen würde, hätte ich dich ja nicht geholt."

Wieder murmelten sie eine Weile. Schilling fühlte, dass er hungrig war.

„Lass mich mal!" Geldmacher räumte den Stuhl, der Kollege setzte sich und begann, auf der Tastatur herumzuhämmern, als wollte er sie kaputt klopfen. Schilling fürchtete inzwischen das Schlimmste. Einmal sah ihn Geldmacher mit langem Gesicht an und hob die Schultern.

„Wir könnten ihm die in Frage kommenden Daten ausdrucken, und sie könnten es von Hand versuchen?", schlug Geldmacher schließlich vor.

„Das kannst du vergessen. Das sind ein paar tausend Datensätze, das dauert Tage, wenn du das von Hand abgleichst", widersprach der mit der Nickelbrille. „Ist es denn sicher, dass man nicht rausfinden kann, von welchem Programm der Mist hier stammt?"

„Er hat's vorhin versucht. Scheint niemand mehr da zu sein."

Die Flüche der Männer vor dem Bildschirm wurden mit jedem gescheiterten Versuch unflätiger. Schilling sah auf die Uhr: halb sieben. Draußen war es jetzt stockdunkel, die anderen sahen ebenfalls immer öfter auf die Uhr und schienen langsam den Mut zu verlieren. Schließlich konnte Schilling nicht mehr sitzen. Sein Magen knurrte, und außerdem war ihm vom Zigarettenrauch übel. „Kann ich mal telefonieren?"

Geldmacher wies wortlos auf das Telefon. Schilling wählte Petzolds Nummer, der nahm sofort ab. Man schien seinen Anruf erwartet zu haben. „Wie sieht's aus?"

„Nicht so gut. Es gibt Probleme mit den Daten von der ZEIT. Ich weiß nicht welche, ich versteh zu wenig davon. Habt ihr in Hamburg schon was erreicht?"

„Fehlanzeige."

„Wollt ihr weiter warten?"

„Wir bleiben auf jeden Fall hier, bis wir wissen ob oder ob nicht. Du meldest dich wieder?"

„Sobald es was Neues gibt."

Geldmacher und sein Kollege machten jetzt einen hoffnungslosen Eindruck.

Schilling war es hundeelend, vorsichtshalber setzte er sich wieder. „Gibt's hier einen Getränkeautomaten?", fragte er nach Minuten.

„Im Erdgeschoss, gleich beim Empfang."

Froh, den Raum verlassen zu können, holte Schilling sich eine Cola, trank sie im Zurückgehen, ging noch ein wenig im Flur auf und ab und genoss die vergleichsweise frische Luft. Nach zehn Minuten betrat er wieder den Raum. Die anderen hatten aufgegeben.

„Wir kommen beim besten Willen nicht ran", erklärte Geldmacher geknickt. „Irgendetwas stimmt mit dieser Datei nicht. Es geht immer ein Stück weit, dann bricht das Programm ab und meckert, und wir finden einfach nicht heraus, warum. Wir müssen bis morgen warten, vielleicht können unsere Systemprogrammierer was damit anfangen. Ich kann Ihnen aber nichts versprechen. Auf normalem Weg geht es jedenfalls nicht."

Schilling sank auf den Stuhl und starrte den Mann an. „Es muss aber gehn, verdammt noch mal! Morgen früh ist zu spät! Morgen ist der dritte ..."Er verschluckte sich, hustete und fuhr dann ruhiger fort: „Morgen ist es vielleicht zu spät. Es muss doch zum Teufel irgendeine Möglichkeit geben. Haben Sie denn gar keine Idee mehr?"

Die zwei hinter dem Schreibtisch schüttelten betrübt die Köpfe. Er schien ihnen Leid zu tun.

„Können wir Ihre so genannten Systemprogrammierer nicht jetzt sofort auf die Sache ansetzen?"

Die beiden sahen sich an.

„Fleischer ist in Urlaub und weggefahren, das weiß ich. Seit heute sind nämlich Osterferien", erklärte Geldmacher fast entschuldigend. „Aber der Bierfreund, der ist zu Hause, den müsste man eventuell erreichen können." Die zwei grinsten, und Schilling glaubte, sie wollten ihn auf den Arm nehmen.

„Es ist kein Witz, er heißt wirklich so. Und er heißt leider nicht nur so. Aber Sie werden ja sehen. Ich geb Ihnen für alle Fälle seine Adresse und auch meine Telefonnummer. Ich bin den ganzen Abend zu Hause. Wenn sich etwas ergibt, helfe ich natürlich gerne."

Er suchte die Anschrift seines Kollegen Bierfreund, wozu er sich einfach der Datei des Einwohnermeldeamtes bediente, schrieb sie auf ein Papier und seine eigene Nummer darunter.

Schilling hatte noch einen letzten Wunsch: „Können Sie mir den Teil Ihrer Daten, der für uns interessant ist, mitgeben?"

„Auf CD?"

„Ja. Ich weiß im Moment nicht, ob wir sie brauchen werden. Aber vielleicht finden wir ja im Präsidium jemanden, der was von Computern versteht."

Offensichtlich froh, ihm doch noch einen Gefallen tun zu können, machten sie sich an die Arbeit.

„Ich sortiere mal vorsichtshalber nur ganz grob. Sagen wir alle Männer zwischen fünfundzwanzig und sechzig in der Weststadt mit einem in Frage kommenden Beruf. Wenn wir zu eng sortieren, ist er vielleicht wieder nicht dabei."

„In Ordnung." Schilling nickte mit geschlossenen Augen.

Eine Viertelstunde später verließ er das Gebäude mit einer CD mehr und einer Hoffnung weniger. Als er eben ins Auto steigen wollte, hörte er seinen Namen rufen. Geldmacher kam aus der Eingangstür gestürzt, schon im Mantel, und schwenkte aufgeregt ein paar DIN-A4-Blätter. „Hätt ich fast vergessen", sagte er atemlos. „Das hier brauchen Sie, ohne diese Listen sind Sie aufgeschmissen. Das sind die Schlüsselnummern."

„Schlüsselnummern?"

„Ja, verschiedene Daten sind verschlüsselt. Beim Geschlecht zum Beispiel, da steht nur eine Eins oder eine Null. Null, das ist ein Mann. Oder der Beruf, das sind auch nur Ziffern. Wenn Sie diese Listen nicht haben, können Sie mit dem ganzen Kram nichts anfangen."

Schilling bedankte sich und fuhr ins Präsidium. Unterwegs gab er über Funk die Katastrophenmeldung durch und bat, sofort Herrn Bierfreund aufzutreiben. Tot oder lebendig. Nein. Zumindest halb lebendig musste er schon noch sein.

13

Als Schilling das Büro betrat, waren alle noch da, hingen im trüben Licht von zwei Schreibtischlampen auf ihren Stühlen, und Gerlach telefonierte.

„Hamburg", erklärte Petzold halblaut.

Nach wenigen Sekunden legte Gerlach auf.

„Der versteht ausnahmsweise mal was von seinem Job. Er sagt, die Datei stammt nicht aus einer normalen Datenbank. Sie haben sich ein eigenes System entwickeln lassen, schon Anfang der achtziger Jahre. Und der Mann meint, das sei ein seltsames Volk in diesem Rechenzentrum. Jeder halbwegs intelligente Programmierer müsste im Stande sein, das Problem in ein, zwei Stunden zu lösen."

„Hoffentlich wird dieser Bierliebhaber wenigstens bald gefunden", sagte Hirlinger.

Petzold erzählte Schilling, dass vor kurzem eine Streifenwagenbesatzung angerufen hatte. Bierfreund sei nicht zu Hause gewesen, aber ein Nachbar habe eine längere Liste seiner Stammkneipen nennen können, die sie jetzt abklapperten. Es war halb neun, die Zeit verrann, und nichts ging voran. Schilling war schon wieder schlecht, er musste jetzt endlich etwas essen.

Nachdem er sich aus der Kantine ein belegtes Brötchen und noch einmal etwas zu trinken besorgt hatte, saßen sie da und grübelten vor sich hin. Sie erwogen die irrsinnigsten Ideen, überlegten, ob man nicht einfach morgen einen Feiertag für die Stadt ausrufen könne, es war ja ohnehin Gründonnerstag, und solchen Unsinn. Hin und wieder kamen Kollegen von der Rasterfahndung und lieferten ihre Berichte ab. Jedes Mal mit Kopfschütteln.

Alle erschraken, als das Telefon klingelte. Gerlach nahm ab. Wie er nach einigem Durcheinander verstand, war es die Streifenwagenbesatzung. Sie hatten Herrn Bierfreund gefunden, und es schien allerhand im Gange zu sein.

„Lass mich sofort los, du Arschloch, du saudummes!", brüllte jemand, vermutlich der dringend gesuchte Computerspezialist. „Das ist Freiheitsberaubung! Ich zeig euch an! Lass los, hörst du, du dumme Sau, du grüne! Ich hab Feierabend und will mein Bier trinken, und ihr Quadratärsche werdet mich nicht dran hindern ..."

Gerlach hörte einen Schmerzensschrei, einigen Radau, Stöhnen, und noch einen Schrei. Dann meldete sich eine andere Stimme, ziemlich außer Atem: „So, jetzt haben wir ihn in Handschellen. Bisschen verbeult und ziemlich besoffen, aber sonst ganz gut erhalten. Wo soll er hin? Ausnüchterung?"

Gerlach schlug sich an die Stirn. „Ihr sollt ihn nicht festnehmen, ihr Knallköpfe! Wir brauchen den Mann! Dringend!"

Sein Gesprächspartner schwieg verdattert. Dann fragte er kleinlaut: „Nicht festnehmen?"

„Nein, ihr Hornochsen!"

„Oh, Sch ... Schade."

„Machen Sie den Mann los und geben Sie ihn mir ans Telefon! Sofort!"

Sekunden später hatte er das schwer atmende Opfer dieser polizeilichen Glanzleistung am Apparat. „Euch mach ich platt, total platt! Da könnt ihr aber Gift drauf nehmen! Wartet nur bis morgen, bis ich wieder klar bin, dann geh ich zu meinem Anwalt. Und ich hab einen verdammt guten Anwalt, das könnt ihr mir glauben! Das wird eine Schau, das versprech ich euch", brüllte er ins Off. Dann eine Spur leiser in den Hörer: „Wer zum Teufel hat mir diese Wahnsinnigen hier auf den Hals gehetzt?"

Er schien doch bei weitem nicht so betrunken zu sein, wie der Schutzpolizist meinte.

„Gerlach, Kriminalpolizei. Wir brauchen dringend Ihre Hilfe, Herr Bierfreund. Bitte entschuldigen Sie den Übereifer der Kollegen, die haben die Sache falsch aufgefasst ..."

„Die mach ich platt!", erklärte der andere selbstbewusst.

„Dafür habe ich natürlich Verständnis, Herr Bierfreund. Aber wir brauchen dringend ..."

„Wer ist da?"

Gerlach wiederholte sein Sprüchlein.

„Bist du auch ein Bulle?"

„Ja", erwiderte Gerlach geduldig.

„Dich mach ich auch platt!", brüllte der andere begeistert. Er war wohl doch ziemlich betrunken.

„Von mir aus. Hören Sie, Herr Bierfreund, wir haben ein großes Problem, wir ..."

Inzwischen hatte sich die Erregung des Mannes etwas gelegt, und der Alkohol schien wieder die Oberhand zu gewinnen.

„Euch mach ich platt! Alle ganz platt!"

„Ja, Herr Bierfreund! Bitte, hören Sie zu, wir ..."

„Morg'n geh ich zu mein'n Anwalt! Ein' saugut'n Anwalt! Erst muss ich aber noch was trink'n. Aber morg'n dann ... Alle platt. Klar."

Es folgte ein tiefer Rülpser und dann Geräusche, die darauf hindeuteten, dass sein Gesprächspartner Platz schaffte für die noch eingeplanten Getränke und vielleicht auch einen kleinen Imbiss. Nach dem Geschrei im Hintergrund zu schließen, im Streifenwagen. Langsam legte Gerlach den Hörer auf. Die anderen hatten im Großen und Ganzen mitbekommen, dass man auch in Herrn Bierfreund keine Hoffnungen zu setzen brauchte.

Gerlach ließ noch zwei Sekunden die Hand am Hörer liegen und betrachtete nachdenklich das Telefon. Dann begann er zu brüllen. „Das ist doch alles Blödsinn hier!" Er hämmerte mit beiden Händen auf den Tisch. „Wir vermuten, dass er in der Weststadt wohnt, wir vermuten, dass er irgendwelche Zeitungen abonniert hat und Kreuzworträtsel löst. Alle, die uns helfen könnten, sind besoffen oder in Urlaub oder haben keine Ahnung. Das ist doch einfach alles Scheiße hier! Ich geh jetzt heim! Ich hab die Faxen dicke! Schluss, aus! Soll er doch die ganze gottverdammte Stadt in die Luft jagen! Von mir aus, ich kann ihn nicht daran hindern."

Petzold fühlte sich angegriffen und explodierte sofort. „Hast du vielleicht einen besseren Vorschlag? Hier rumsitzen und stänkern, das brauchen wir jetzt gerade! Doch, muss ich sagen, das gefällt mir sehr gut! Wirklich prima, wirklich super, du ... Blödmann, du!"

„Thomas hat völlig Recht", schrie jetzt Schilling. „Du hast meines Wissens noch nicht einen einzigen brauchbaren Gedanken in dieser verdammten Sache gehabt, und jetzt pöbelst du hier rum! Meinst du vielleicht, das bringt uns weiter? Meinst du denn, uns macht das Spaß hier?"

„Ach, lasst mich doch in Ruhe. Ich geh jetzt heim, und ihr könnt mich alle mal gern haben. Basta!" Gerlach erhob sich und machte Anstalten, seinen Mantel anzuziehen. Er war käseweiß, seine Unterlippe zitterte.

Hirlinger starrte entgeistert von einem zum anderen und hielt vorsichtshalber den Mund.

Förster hatte sich bisher auf abwiegelnde Handbewegungen beschränkt. Als nun Petzold sich wieder anschickte, seinem Zorn Luft zu machen, brüllte er: „Ruhe, verdammt noch mal! Sie setzen sich jetzt alle wieder hin und halten den Mund, verstanden! Wer diesen Raum ohne meine Erlaubnis verlässt, der bekommt ein Disziplinarverfahren an den Hals, dass er sich sein ganzes Leben lang nicht mehr davon erholt!" Als sich nach einigem Gemurre jeder wieder gesetzt hatte, begann er, mit hektischen Bewegungen seine Brille zu putzen. „Leute, wir sind alle am Ende mit den Nerven. Aber es hilft ja nichts, wir müssen jeden Strohhalm ergreifen, und wenn er noch so dünn ist. Wir müssen hinterher wenigstens sagen können, dass wir getan haben, was wir konnten. Mehr kann niemand von uns verlangen ... Aber das schon."

„Wo, bitte sehr, gibt's denn hier Strohhalme?", fragte Gerlach erschöpft.

Keiner antwortete. Gerlach schien sich zu schämen. „Tut mir Leid. Wirklich", sagte er nach einiger Zeit. „Aber ich kann nicht mehr. Ich kann einfach nicht mehr. Wie meine Frau und meine Kinder aussehen, hab ich längst vergessen, und nachts träume ich von nichts anderem mehr als von dieser Drecksau."

„Ich auch", murmelte Schilling.

„Ist schon okay", sagte Petzold. Dann schwiegen sie wieder.

„Wir bräuchten einen von diesen Hackern, einen richtigen Computerfreak."
Schilling hatte die Beine weit von sich gestreckt, die Hände im Nacken verschränkt und starrte an die Decke. „Von denen hört man doch die tollsten Sachen. So einer würde mit diesem verfluchten Datenmist vielleicht klarkommen."

Förster nickte gedankenverloren. Es war fast zehn, die Zeit lief und lief, und niemand hatte mehr die Kraft zu einem Entschluss.

„Ich wüsste einen. Ein Schwager von mir, der hatte mal eine kleine Computerfirma. Aber der ist weggezogen, letztes Jahr schon", sagte Hirlinger lahm.

„Wie ist das mit dir, du kennst doch alle möglichen Leute aus deinem Schachclub?" Schilling sah Gerlach an, aber der zuckte nur die Schultern.

Petzold war es, der den entscheidenden Gedanken hatte. „Mensch, da fällt mir einer ein! Feldmann, Richard Feldmann. Erinnern Sie sich?" Er sah Förster aufgeregt an. Der schüttelte den Kopf.

„Dieser tote Student, letzten Sommer!"

Jetzt schien es Förster zu dämmern. Feldmann war Informatikstudent und hatte mit zwei Kommilitonen in einer Wohngemeinschaft in der Südstadt gewohnt. Einer der beiden anderen war eines Morgens mit einem Messer im Bauch vor der Haustür gefunden worden. Alle richteten sich auf und sahen Förster an.

„Ja, ich erinnere mich. Wir könnten es immerhin versuchen", sagte er ohne Überzeugung. „Wie kommen wir an ihn ran?"

„Aus dem Archiv? Ach was, er müsste ja im Telefonbuch stehen." Nach kurzem Suchen hatte er ihn, Förster wählte, horchte einen Augenblick und legte wieder auf. Alle hatten es gehört: „Kein Anschluss unter dieser Nummer ..."

„Vielleicht ist er umgezogen?", meinte Petzold aufgedreht. „Die Wohnung war ja ein bisschen groß für ihn, und viel Geld hat er nicht gehabt. Seine Mutter, die wohnte doch in ... warten Sie ... im Kraichgau ... Verdammt noch mal, wie hieß denn das Kaff? Wir waren doch mal zusammen da?"

„Eppingen."

Förster erinnerte sich als Erster, kramte schon nach dem richtigen Telefonbuch, blätterte, wählte. Alle sahen ihm gespannt zu. Feldmann war zu Hause und war selbst am Apparat. Förster erklärte ihr Anliegen, so gut er konnte. Feldmann verstand schnell und meinte, das Problem sei zu lösen. Sie verabredeten, dass jemand mit den zwei CDs zu ihm hinaus fahren und er sich sofort an die Arbeit machen würde. Datenschutzbestimmungen wurden für diese Nacht außer Kraft gesetzt. Feldmann wurde vergattert, nach Beendigung seiner Arbeit alles vollständig zu löschen und die Klappe zu halten. Es blieb ihnen nichts anderes übrig, als ihm zu vertrauen.

Schließlich hatte Feldmann noch eine Frage, die ihm offenbar peinlich war.

„Bitte verstehen Sie mich nicht falsch, Herr Förster. Natürlich helfe ich Ihnen gerne. Aber ... verstehen Sie bitte ... könnten Sie vielleicht etwas dafür bezahlen? Ich habe immer noch keine Stelle und ...“

„Selbstverständlich, das nehmen wir auf externe Beratung. Sie schicken mir eine Rechnung, und die wird bezahlt. Natürlich. Schlagen Sie auch ruhig etwas für Nachtarbeit drauf.“

Feldmann war zufrieden. Förster legte auf und sah in die Runde. „Wer fährt?“

Alles stöhnte. Nach Eppingen und zurück, das dauerte mindestens einein-halb Stunden. Jeder hatte die Schnauze voll und wollte nur noch nach Hause.

Petzold gab sich schließlich geschlagen. „Also gut, ich fahre. Aber nur wenn ich mein eigenes Auto nehmen darf, sonst muss ich womöglich noch irgendwo im Kraichgau auf dem Rücksitz übernachten.“

„Genehmigt.“ Förster drückte ihm die CDs in die Hand. „Grüßen Sie Feld-mann von mir, und geben Sie ihm meine Privatnummer. Er soll mich sofort anrufen, wenn er etwas gefunden hat, gleichgültig wann.“

Keiner hatte eine Vorstellung davon, wie lange die Sache dauern konnte, und niemand hatte wirklich Hoffnung, dass etwas dabei herauskommen würde. Zu vieles hatten sie schon versucht, Hunderte von Personen und Tausende von Hinweisen überprüft, jeden Stein umgedreht, Himmel und Höl-le in Bewegung gesetzt. Und nichts erreicht.

Petzold warf sein Jackett über den Arm und machte sich davon. Im letzten Moment fiel Schilling ein, ihm die Liste mit den Schlüsselnummern zu geben. Er erklärte, was es damit auf sich hatte.

Petzold fuhr zügig. Er öffnete das Fenster so weit, dass es gerade nicht hereinregnete, und hörte laut Musik, um sich wach zu halten. Als er in Eppingen vor dem schmucklosen, alten Haus hielt, öffnete sich die Tür. Feld-mann hatte ihn bereits erwartet. Er sah schlecht aus, ungepflegt und schien abgenommen zu haben.

„'n Abend, wir kennen uns ja", begrüßte er Feldmann, der ihm ein paar Schritte entgegenkam.

„Ja ... Ich hab nur leider Ihren Namen vergessen. Entschuldigen Sie bitte."

„Petzold. Macht nichts. Hier sind die zwei CDs. Ich komm vielleicht kurz mit rein und erkläre Ihnen noch mal, was wir suchen."

„Bitte."

Im Haus ging es gleich hinter der Tür eine Treppe hinauf. Die Treppe war eng und knarrte, das Haus, ein ehemaliges Bauernhaus, roch nach einer Mischung aus Küche und Kuhstall. Außer ihnen schien niemand mehr wach zu sein. Feldmann öffnete eine Tür und bot Petzold einen Stuhl an. Er selbst nahm seufzend auf einem wackligen Schreibtischstuhl Platz.

Petzold erklärte, worum es ging. Feldmann hörte konzentriert zu. „Verstehe. Ein Mann mittleren Alters, Beruf etwas Technisches, und er muss in der ZEIT-Abonnentendatei vorkommen. Richtig?"

Petzold nickte. Feldmann drehte sich um, schob die erste CD in seinen PC, und machte sich daran, die Datei zu kopieren. Soweit konnte Petzold noch folgen. Dann kam die zweite, nach Sekunden war die Sache erledigt, und er erhielt die CDs zurück.

„Now, let's have a look", murmelte Feldmann, aus unerfindlichen Gründen auf Englisch, startete ein Programm, und plötzlich war der Bildschirm voll mit in regelmäßigen Blöcken angeordneten Schriftzeichen. Petzold erkannte Namen, Ziffern, Straßennamen, dann wieder unleserliches Zeichengemisch. Feldmann schien nicht überrascht zu sein.

„Okay, das ist eine ASCII-Datei, das ist schon mal nicht schlecht. Damit kann ich was anfangen. Es gibt aber ein Problem, es sind haufenweise verschlüsselte Daten dazwischen ..."

„Ach Gott", unterbrach ihn Petzold. „Das hab ich vergessen. Hier hab ich eine Liste, auf der die Schlüsselnummern erklärt sind."

Er reichte die Blätter hinüber.

„Prima, das brauch ich, ohne die kann ich natürlich nichts machen ... Ja, da sieht man's." Er deutete auf den Bildschirm. „So ist die Reihenfolge: Name, Vorname, Straße, Hausnummer, das hier ist die Postleitzahl, ja. Den Ortsnamen haben sie sich geschenkt, logisch ... Dann Geburtsdatum, Telefonnummer. Jetzt die erste Schlüsselnummer, vierstellig, das könnte ..."Er überflog die Liste. „Das ist wahrscheinlich das Geschlecht, ja hier ist immer eine Null, das sind ja alles Männer. Dann Familienstand, der hier ist zum Beispiel verheiratet, die dritte Stelle sagt mir im Moment nichts, die vierte ... na, ich werd's schon herausfinden. Die zweite Schlüsselnummer ist dreistellig, das ist der Beruf ..."Feldmann war schon in seine Arbeit vertieft. Er erklärte Petzold noch ein paar Dinge, die der nicht verstand, dann drückte er wieder einige Tasten, fuhrwerkte mit der Maus herum, und schon erschien ein neues Bild.

„So, das ist die Abonnentendatei. Ja, das ist einfach. Da steht nur der Name, Vorname, Adresse, ein Datum, vielleicht wann das Abo begonnen hat, dann noch irgendein Schlüssel, aber der interessiert uns nicht. Hier brauchen wir nur die Namen. Das Trennzeichen, dann kommt der nächste. Das ist leicht."

Er wandte sich Petzold zu, der herzhaft gähnte. „Ich werde jetzt ein Programm schreiben, das die Dateien auseinander drösel und die Daten Set für Set vergleicht. Das kann aber ein paar Stunden dauern. Wenn ich etwas finde, was mache ich dann?"

Petzold schrieb Försters Privat- und Dienstnummer auf einen Zettel. „Rufen Sie ihn an, und wenn es vier Uhr nachts ist. Die Zeit drängt."

Sie verabschiedeten sich, Petzold wünschte Feldmann aus tiefstem Herzen viel Erfolg und eilte hinaus zum Wagen. Es war kurz vor zwölf, bis halb eins könnte er es schaffen, wenn er auf den Großmut der Kollegen von der Verkehrspolizei vertraute. Vorsichtig ließ er den Motor an, und achtete darauf, nicht zu viel Krach zu machen. Der ganze Ort schien fest zu schlafen.

Kurz nach halb eins erreichte Petzold sein Viertel und fand überraschend schnell einen Parkplatz. Oben brannte Licht, Steffi war also noch wach. Nur kurz freute er sich darüber, auf der Treppe wurde er immer langsamer, und als er die Tür aufschloss, fühlte er, wie ihm der Schweiß ausbrach. Steffi saß auf der Couch, verkrampft, eine fast leere Rotweinflasche vor sich, sah ihn unsicher an, blickte in ihr Glas, schluckte und sagte matt: „Ich werde dich verlassen ... Tut mir Leid."

Er antwortete nicht.

„Es tut mir Leid ... wirklich. Aber ich kann das nicht mehr. Ehrlich ... Sei nicht böse. Bitte! Nicht böse sein!"

Petzold lachte heiser und dumm und griff sich an den Kopf. Nachdem er den Mund ein paar Mal geöffnet und wieder geschlossen hatte, sagte er schließlich, wie er im selben Moment fand, das Blödeste, was ihm überhaupt hätte einfallen können: „Und was wird dann mit der Wohnung?"

Sie lachte traurig. „Ja, das sieht dir ähnlich ... So ungefähr habe ich mir das vorgestellt. Ich glaube, da werden wir schon eine Lösung finden."

Er setzte sich mit weichen Knien auf den nächststehenden Sessel. Ihm war schwindlig, und plötzlich wusste er, dass er seit langem mit dieser Szene gerechnet hatte. Er starrte sie an und schwieg.

„Diese dämliche Wohnung", fuhr Steffi tonlos fort. „Ich wollte, wir hätten sie nicht gemietet ... Das ist alles auf einmal so endgültig hier ... ein Gefängnis ... Lebenslänglich. Das halte ich nicht aus ... Und es ist auch ... Ich habe geglaubt, ich kann dich ändern. Immer habe ich gedacht, wenn wir erst mal zusammen wohnen, dann ..."

Petzold schüttelte den Kopf. Er saß vorgebeugt, die Arme auf die Oberschenkel gestützt, und sah lange auf seine gefalteten Hände. Die Finger waren kalt, und die Knöchel traten nach einiger Zeit weiß hervor. Dann richtete er sich auf, packte die Weinflasche, wog sie kurz in der Hand und warf sie knapp an Steffis Kopf vorbei an die Wand. Sie zerplatzte genau auf ihrer geliebten Lithografie. Dann sprang er auf und ging Zähneputzen. Als er später ins Schlafzimmer polterte, stand Steffi am Fenster und fuhr erschrocken herum. Sie hatte Tränen in den Augen. Ohne einen Blick raffte er sein Bettzeug zusammen und stürmte ins Wohnzimmer.

Petzold konnte nicht einschlafen. Immer wieder versuchte er, sich vorzustellen, was in den nächsten Tagen geschehen würde, wie Steffi ihre Sachen packen und tatsächlich ausziehen würde. Weg von ihm, zu diesem Volker, diesem elenden Arschloch. Irgendwann wurde ihm bewusst, dass von einem Volker an diesem Abend nicht die Rede gewesen war. Hatte sie womöglich schon wieder einen anderen? Er beschloss, dass doch der unbekannte Volker schuld sei und verspürte eine unbändige Lust, ihn einmal aufzusuchen, ihm die Visage zu polieren und nach und nach alle Gräten zu brechen. Und Steffi müsste dabei zusehen. Ach, Scheiße. Was war er nur für ein hoffnungsloser Idiot. Wahrscheinlich war er ja selbst an allem schuld. Warum musste er ein solcher Gefühlskrüppel sein? Waren alle Polizisten so? Bestimmt konnte man so etwas lernen – nett und lieb und lustig sein. Charmant nannte man das wohl. Nein, das war er vermutlich nicht. Egal, jetzt war ja sowieso alles zu spät. Vielleicht sollte er Steffi so schnell wie möglich vergessen und sich eine andere suchen. Er hoffte, dass dieser Volker ein Charakterschwein, ein Sadist war. Steffi sollte es noch Leid tun. Aber er würde sie nicht mehr hereinlassen, wenn sie eines Tages heulend mit ihren Koffern vor der Tür stehen sollte.

Petzold seufzte. Was war er doch für ein Idiot. Er würde ihr sogar tragen helfen.

Er wälzte sich hin und her, unruhig zwischen Schlaf und Wachsein, das Kreuz tat ihm weh, Traumfetzen mischten sich mit immer unsinnigeren Gedanken. Und irgendwann fiel ihm der Bombenleger wieder ein. Der war schuld. Wenn er diesen gottverfluchten Fall nicht am Hals hätte, dann hätte er sich mehr um Steffi gekümmert, und dann ... vielleicht ...

Er hörte die Badezimmertür klappen. Vielleicht konnte Steffi auch nicht schlafen. Geschah ihr ganz recht. Hoffentlich konnte sie überhaupt nie mehr schlafen. Sollte sie doch alle zusammen der Teufel holen.

14

Als Petzold am nächsten Morgen die Bürotür öffnete, war es schon nach halb neun. Er war am Ende doch noch eingeschlafen, einen Wecker hatte er im Wohnzimmer nicht gehabt, deshalb war er reichlich spät dran. Steffi hatte er nicht zu Gesicht bekommen.

„Hab schon gedacht, du machst blau und kommst gar nicht mehr!", begrüßte Schilling ihn unfreundlich.

„Hab verschlafen. Ich .." Petzold schluckte. „Hat er denn was gefunden?"

„Er hat kurz nach sechs bei Förster angerufen. Er hat vierzehn Namen. Und davon wohnen zwei in der Nähe der Südtangente. Gerlach und Hirlinger sind schon unterwegs, sie übernehmen den ersten. Wir sollen uns den anderen vorknöpfen, ich warte nur auf dich."

„Tut mir wirklich Leid, aber ich ... Hoffentlich ist er diesmal dabei."

Schilling hatte sich Kaffee eingeschenkt, Petzold füllte ebenfalls seinen Becher und setzte sich. Bald kam Förster, sah aus wie der Tod persönlich und schien ebenfalls kaum geschlafen zu haben. Er ließ sich auf einen Stuhl fallen und nahm zwei Tabletten mit einem Schluck Mineralwasser, als nebenan das Telefon klingelte.

„Gehen Sie bitte ran. Wenn es nicht mindestens der Innenminister ist, bin ich nicht da", bat er Petzold und rieb sich die Augen. Der ging hinüber. Es war Feldmann.

„Grad hab ich noch einen gefunden", sagte er aufgeregt. „Ich hab mich bluffen lassen, die zwei Programme benutzen nämlich unterschiedliche Zeichensätze, das wirkt sich aber nur bei den Umlauten aus, verstehen Sie? Deshalb hab ich's erst nicht gemerkt. Das vom Einwohnermeldeamt benutzt den alten sieben-bit ASCII-Code und das von der ZEIT ..."

„Wie heißt er?", unterbrach ihn Petzold grob.

„Wächter, Roland Wächter, Staudingerstraße 5d, Telefonnummer hab ich leider keine."

„Okay, vielen Dank. Jetzt legen Sie sich ins Bett. Sie haben wohl die ganze Nacht nicht geschlafen?" Petzold versuchte, im Rahmen seiner Möglichkeiten freundlich zu sein. Charmant.

„Keine Sekunde. Aber es war interessant, echt interessant. Wenn Sie wieder mal so was haben ..."

Petzold schrieb Namen und Adresse des neuen Verdächtigen in sein Notizbuch, ging zurück und berichtete. Sie überprüften den Wohnort im Stadtplan. Er lag keine zweihundert Meter von der Südtangente entfernt.

„Den übernehmen Sie und Schilling gleich mit, ja?"

Petzold stürzte den Rest seines inzwischen abgekühlten Kaffees hinunter und packte sein Jackett. Schilling hatte seinen Dufflecoat schon an und wartete in der Tür. Zwei Minuten später standen sie auf dem Parkplatz. Natürlich war wieder nur der grüne Audi da. Wortlos steuerte Petzold auf seinen Porsche zu. Es wurde zwar nicht gern gesehen, wenn im Dienst Privatfahrzeuge benutzt wurden, aber wen interessierte das jetzt noch. Und außerdem war eindeutig Gefahr im Verzug.

„Als Ersten nehmen wir diesen Roland Wächter", sagte Schilling, den Stadtplan auf den Knien. „Der liegt günstiger."

Petzold ließ den Motor an. Sie fuhren über die Kriegsstraße nach Westen in die Weinbrennerstraße. Seit dem frühen Morgen hatte es nicht mehr geregnet, und langsam schien der Himmel heller zu werden. Manchmal drang eine Ahnung von Sonne durch die dünner werdende, schnell ziehende Wolkendecke. Petzold fuhr nah an seiner Wohnung vorbei und schluckte die hochkochende Wut hinunter. Nach dem Kreisverkehr am Yorckplatz ging es über die Wichernstraße, und dann waren sie da. Schon beim Aussteigen hörten sie in der Ferne das Brausen des Verkehrs auf der Südtangente.

Das Haus war ein lang gestreckter, hässlicher Mietwohnungsblock. Hier gab es eine ganze Reihe solcher Blocks, die parallel, alle mit der Schmalseite zur Straße standen. Sie mussten etwa zwanzig Meter am Gebäude entlang gehen, bis sie den Eingang mit der Nummer 5d erreichten. Der Verkehrslärm war hier noch deutlicher zu hören. In einem Fenster im Erdgeschoss lehnte eine alte Frau, die Unterarme auf ein Kissen gestützt, und beobachtete sie mit freundlicher Neugier. Sie nickten ihr zu. Die Klingeltafel verriet, dass Wächter im ersten Obergeschoss wohnte. Die Haustür stand offen.

Sie stiegen die Treppe hinauf, und Petzold drückte den Klingelknopf. Schilling saß halb auf dem Geländer, hatte die Arme vor der Brust verschränkt und sah unruhig umher. Petzold lehnte mit dem Rücken an der Wand, hatte die Hände in den Taschen, den Kopf gesenkt und pfiff leise durch die Zähne. Wie immer in solchen Situationen, fühlten sie sich nicht wohl in ihrer Haut. Vermutlich war die Sache harmlos, der Wohnungsinhaber ein braver Kerl und höchstwahrscheinlich nicht einmal zu Hause. Andererseits war nicht auszuschließen, dass er gerade in aller Ruhe durch die Tür eine Waffe auf sie richtete oder im Begriff war, sich und seine Umgebung mit seiner letzten Bombe in die Luft zu sprengen.

Nichts rührte sich. Nach einer halben Minute klingelte Petzold noch einmal. Wieder nichts. Schließlich wechselten sie einen Blick, wandten sich um, und Petzold klingelte an der gegenüberliegenden Tür.

Hier wurde sofort geöffnet. Ein junger Mann, wohlgenährt, mit fettigen blonden Haaren, sonnig lächelnd. „Staubsauger hab ich schon, lesen kann ich nicht, und Gottes Trost brauch ich heute ausnahmsweise nicht", erklärte er strahlend.

Seine Miene verfinsterte sich dramatisch, als er die Dienstausweise sah.

„Entschuldigen Sie bitte die Störung, wir hätten eine Frage wegen Ihres Nachbarn", Schilling führte wie üblich das Wort und deutete über seine Schulter, „Herrn ähm ... Wächter. Er scheint nicht zu Hause zu sein. Können Sie uns sagen, wo wir ihn um diese Zeit finden?"

„Und woher sollte ich das wissen?", fragte der Mann zurück. „Erstens kenne ich den kaum, und zweitens gehört es nicht zu meinen Gewohnheiten, die Nachbarn zu überwachen. Fragen Sie Frau Meider unten im Erdgeschoss, die macht hier den Blockwart. Kann ich sonst noch was für Sie tun?"

„Nein, und wir danken auch recht herzlich für Ihre umfassenden Auskünfte", antwortete Schilling böse. Kommentarlos knallte der andere die Tür zu.

Frau Meider lehnte noch immer in ihrem Fenster und lächelte ihnen entgegen.

„Guten Tag, wir sind von der Polizei", sie zückten nochmals ihre Ausweise, „und würden gerne mit Herrn Wächter reden. Aber anscheinend ist der nicht da. Können Sie uns vielleicht sagen, wo er steckt?"

„Der Herr Wächter, ja, der arbeitet diese Woche Tagschicht, das weiß ich. Der ist im Büro. Was hat er denn verbrochen?"

„Nichts hat er verbrochen. Wir möchten ihn nur etwas fragen. Wo arbeitet er denn?"

„Beim Badenwerk. Der repariert da irgendwelche Sachen, was genau, hab ich nicht verstanden. Ich bin ja eine alte Frau, wissen Sie, und versteh von diesen ganzen technischen Sachen nichts. Aber dass der Herr Wächter kein Verbrecher ist, das geb ich Ihnen schriftlich. Der ist immer sehr nett, und seit der da oben wohnt, ist es auch endlich ruhig hier. Die Mieter davor, ich kann Ihnen sagen, da hab ich ganz andere Sachen erlebt! Drei kleine Kinder hatten die! In einer Dreizimmerwohnung! Und dann haben sie auch noch alle Tage gefeiert. Wie oft hab ich da die halbe Nacht kein Auge zugekriegt! Und da war mehr als einmal die Polizei da! Aber glauben Sie bloß nicht, die hätten was dagegen unternommen, Pustekuchen! Soll ich Ihnen mal ..."

„Vielen Dank. Jetzt müssen wir leider weiter, damit wir Herrn Wächter noch vor der Mittagspause erwischen." Schilling gelang es mit Mühe, die Frau zu unterbrechen. „Eine Frage noch: die Adresse?"

„Ich glaub, in der Durlacher Allee. Er hat mir mal davon erzählt, aber wie gesagt ..."Sie lachte und zwinkerte verschwörerisch. Petzold gähnte und nickte zum Zeichen, dass er wusste, wo Wächters Arbeitsplatz war.

„Ist er mit dem Auto gefahren?"

„Der hat kein Auto. Meistens fährt er mit dem Fahrrad oder mit der Straßenbahn, wenn's mal gar zu arg regnet."

Plötzlich hatten Schilling und Petzold es sehr eilig. Sie rannten fast zum Auto und fuhren zurück, in Richtung Oststadt. Inzwischen waren die Straßen größtenteils trocken, und durch die Wolkenlücken brach hin und wieder die Sonne.

Petzold gähnte. „Wenig Verkehr heute."

„Die Osterferien. Sind alle Skifahren. In den Alpen liegt noch jede Menge Schnee."

Nach zwanzig Minuten waren sie ohne nennenswerte Behinderungen in der Durlacher Allee angekommen. Petzold bog ab und fand sofort einen

Parkplatz. Schilling wollte ihn zurückhalten. „Müssen wir nicht da lang? In diesen Wahnsinns-Neubau?"

Petzold schüttelte den Kopf. „Die Technik ist immer noch da drüben, in den alten Gebäuden."

„Was du nicht alles weißt", staunte Schilling.

Petzold grinste müde. „Der eine weiß dieses, der andere jenes."

Das Anwesen bestand aus mehreren Gebäuden, die um einen großen Innenhof herum gruppiert waren. Schmucklose Bürokästen aus den fünfziger oder sechziger Jahren. Der Hof diente als Parkplatz für die Wagen der Angestellten und die Firmenfahrzeuge, die Einfahrt war durch eine Schranke verschlossen. Aus der Pförtnerloge sah ihnen ein rotgesichtiger Uniformierter entgegen.

„Grüß Gott, die Herrschaften wünschen?"

„Guten Tag, mein Name ist Schilling, dies hier ist mein Kollege Petzold." Wieder zückten sie ihre Ausweise. „Wir kommen von der Kripo und würden gerne einen Herrn Wächter sprechen. Roland Wächter, der arbeitet doch hier?"

Diesmal strahlte freudiges Interesse aus dem Gesicht ihres Gegenübers. „Wächter? Ja, der ist da, glaub ich ..."Er tippte kurz auf seiner Tastatur und sah auf einen seiner Bildschirme. „Ja, der hat heut Frühschicht und ist seit fünf Uhr vierundfünfzig im Haus." Er beugte sich vor und deutete auf ein Gebäude, das quer über dem Hof lag. „Dort gehen Sie hinein, fahren mit dem Fahrstuhl ins zweite Obergeschoss, dann links, Zimmer zweihundertdrei, das ist sein Büro, da müsste er sein. Soll ich Sie anmelden?"

„Nicht nötig. Lassen Sie mal." Schilling winkte ab, sie überquerten den Hof, betraten das Gebäude und warteten auf den Fahrstuhl. Schließlich kam er, mehrere geschäftsmäßig gekleidete Herren verließen lachend die Kabine, einer von ihnen, eindeutig der Rudelführer, hatte offenbar gerade einen Witz erzählt. Die Dame, die als letzte ausstieg, lachte nicht, sondern starrte errötet auf den Boden, als sie hinter der Herde her in Richtung Ausgang stöckelte.

Im zweiten Obergeschoss fanden sie sofort den Raum zweihundertdrei. Petzold klopfte. Als sich nichts tat, öffnete er vorsichtig die Tür. Drinnen standen zwei Schreibtische Rücken an Rücken, an einem saß ein etwa vierzigjähriger Mann, schlank, groß und für die Jahreszeit viel zu braun gebrannt. Er hatte die Füße auf den Tisch gelegt und verspeiste mit Appetit sein Frühstück, während er aufmerksam einer Radiosendung lauschte. Er drehte leiser und sah sie fragend an.

146

„Herr Wächter?"

„Nein, mein Name ist Berg. Berg wie Tal." Er lachte kurz und laut. „Unser Nachtwächter", er lachte schon wieder, „ist grad weggegangen, Sie hätten ihn eigentlich draußen treffen müssen."

„Kriminalpolizei" – wieder die Ausweise – „wir möchten ihn kurz sprechen. Können Sie uns sagen, wo er hingegangen ist?"

Berg nahm die Füße vom Tisch und lachte nicht mehr.

„Er hat einen Anruf gekriegt. Ein Wasserrohrbruch in seiner Küche, hat er gesagt. Da musste er ganz schnell hin."

„Und wie ist er unterwegs? Mit der Straßenbahn?", fragte Schilling schnell.

„Ich hab ihm mein Auto geliehen, damit es schneller geht", antwortete Berg und legte langsam sein Wurstbrot auf das Einwickelpapier. „Was ist los, um Gottes willen?"

Ohne zu fragen riss Petzold den Hörer vom Telefon. „Wie erreiche ich die Pforte?"

„Neun drücken."

Nach Augenblicken meldete sich der Pförtner.

„Petzold hier, ich bin einer der Polizisten, die gerade bei Ihnen waren. Haben Sie Herrn Wächter gesehen?"

„Der ist gerade hier rausgefahren, im Auto von diesem ... na wie heißt er gleich ..."

„Berg."

„Ja, genau. Ich hab mich schon gewundert ..."

„Haben Sie ihn angerufen?"

„Ja", antwortete der Pförtner kleinlaut. „War das nicht richtig?"

„Gottverdammich", brüllte Petzold und ballte eine Faust. „Geben Sie mir eine Amtsleitung!"

Sofort hörte er das Tuten und wählte Försters Nummer. Während er wartete, dass abgenommen wurde, fragte er Berg: „Was ist das für ein Auto?"

„Ein BMW. Ein 328i, ganz neu. Mensch, noch keine zehntausend Kilometer!", jammerte der. Petzold sah ihn verblüfft an. Man schien hier nicht schlecht zu verdienen. Endlich war Förster am Apparat.

„Wir haben ihn wahrscheinlich! Wächter, Roland Wächter. Er ist flüchtig, wir brauchen sofort eine Ringfahndung." Petzolds Stimme überschlug sich. „Er ist mit einem PKW unterwegs. Beschreibung: BMW 328i. Farbe? Kennzeichen?"

„Schwarz, KA-GB 8575", ächzte Berg.

Petzold fragte ins Telefon: „Mitbekommen?"

Förster wiederholte die Angaben. „Wissen Sie, in welche Richtung er unterwegs ist?"

„Moment. Ich frag mal. Vermutlich will er in Richtung Autobahn. Wir sind beim Badenwerk an der Durlacher Allee, vielleicht kann der Pförtner was sagen. Wenn wir noch was rausfinden, ruf ich wieder an. Wenn nicht, was sollen wir dann machen?"

„Bleiben Sie erst mal, wo Sie sind, und warten Sie auf neue Anweisungen", antwortete Förster nach kurzem Überlegen. „Wie kann ich Sie erreichen?"

Petzold erfragte die Telefonnummer von Berg und wiederholte sie. Er verabschiedete sich knapp, schlug auf die Gabel und wählte nochmals die Neun. Aber der Pförtner wusste nicht, wohin Wächter unterwegs war. Vor der Ausfahrt war er rechts abgebogen, und anschließend hatte er ihn aus den Augen verloren.

Nun konnten sie nur noch warten. Seit sie den Raum betreten hatten, waren keine drei Minuten vergangen, und nun lief die Fahndungsmaschinerie der Polizei an. In der Funkleitzentrale brach für kurze Zeit Hektik aus. Die Besatzungen aller Streifenwagen und alle Fußstreifen in der Innenstadt wurden per Rundruf informiert. Die Politessen der Stadt wurden von ihrer Einsatzleitung per Sprechfunkgerät in Kenntnis gesetzt. Die Autobahnpolizei erhielt telefonisch eine Beschreibung des Fahrzeugs, und die wiederum verständigte über Funk ihren Hubschrauber, der momentan an der A5 in der Gegend von Baden-Baden unterwegs war. Schließlich wurden sicherheitshalber auch die Beamten des Bundesgrenzschutzes informiert, die das Verfassungsgericht und den Bundesgerichtshof bewachten. Wenn der BMW innerhalb der nächsten halben Stunde nicht auftauchen sollte, würde zusätzlich eine Meldung an die Verkehrsfunksender hinausgehen.

Zehn Minuten, nachdem Schilling und Petzold Wächters Büro betreten hatten, gab es keine Ausfahrt der Stadt mehr, an der nicht irgendwo ein Streifenwagen stand, und in weitem Umkreis keinen Polizisten, der nicht nach Herrn Bergs schwarzem BMW Ausschau hielt.

Petzold hatte sich mit den Händen in den Taschen neben der Tür an einen Schrank gelehnt und zischelte wieder vor sich hin. Nur das Wippen seiner rechten Fußspitze ließ ahnen, wie angespannt er war. Zwischendurch gähnte er regelmäßig. Schilling lief auf und ab, Berg saß nervös auf seinem Stuhl.

„Wenn Ihrem Auto was zustößt, bezahlt das bestimmt die Kaskoversicherung", versuchte ihn Schilling zu trösten. „Können Sie uns Ihren Kollegen beschreiben?"

Berg berichtete. Alles passte.

„Weshalb wird er gesucht?", platzte Berg heraus. „Er hat doch nicht etwa was mit diesen Bombenanschlägen zu tun?"

„Genau das befürchten wir", sagte Petzold durch die Zähne.

„Was ist er für ein Mensch?", fragte Schilling.

„Was soll ich sagen." Berg zuckte die Achseln. „Früher war er schwer in Ordnung, da waren wir mal gut befreundet. Er war im MSCK. Wie ich übrigens auch."

„MSCK?"

„Motorsportclub Karlsruhe", erklärte Berg. „Wir sind manchmal zusammen gefahren, kleine Rallyes und Orientierungsfahrten und so. Er war ein verdammt guter Fahrer, verdammt gut. Wir haben ihn immer den rasenden Roland genannt. Bis vor drei Jahren ging das ungefähr, und dann hat er diesen Unfall gehabt. Er hat ein kleines Mädchen überfahren, in der Stadt. Es war tot. Er hat aber nichts dafür gekonnt, das Kind ist ihm ins Auto gelaufen. Er ist nicht zu schnell gefahren, er war nicht betrunken, er trinkt ja sowieso nichts. Niemand hat ihm einen Vorwurf gemacht. Aber danach hat er sich verändert. Er ist immer komischer geworden, depressiv. Dann hat er sein Auto verkauft, und es war gar nichts mehr mit ihm anzufangen. Ist zu den Umweltschützern gerannt, aber die haben ihn gleich wieder rausgeworfen, auf die war er stinksauer. Eine Zeitlang war er auch in Behandlung, bei so einem Psychodoktor, aber es hat wohl nichts geholfen. Voriges Jahr hat sich dann seine Frau von ihm getrennt und die Kinder mitgenommen, und in letzter Zeit sah es so aus, als würde er auch noch seinen Job hier verlieren. Er hat seine Arbeit vernachlässigt, ist immer öfter zu spät gekommen und hat mit offenen Augen geträumt. Ist schon zweimal abgemahnt worden."

„Er ist geschieden?", fragte Schilling.

„Nein, die Scheidung läuft noch, soweit ich weiß. Aber er hat nur noch wenig erzählt. Man muss ihm alles aus der Nase ziehen."

Schilling und Petzold sahen sich an. Das war der Grund, weshalb sie Wächter in der ersten Rasterfahndung nicht erwischt hatten: Offiziell war er noch verheiratet.

„Der rasende Roland, nicht schlecht", murmelte Petzold.

„Ist Ihnen denn nichts an ihm aufgefallen?", erkundigte sich Schilling.

Berg zuckte die Schultern. „Gesponnen hat der ja schon lange, da hab ich mich über nichts mehr gewundert. Und die letzten sechs Wochen war ich in Urlaub – Fotosafari in Kenia. Sonst hätte ich mir vielleicht Gedanken gemacht. Außer mit mir redet er kaum noch mit jemandem hier."

Zehn Minuten vergingen nervtötend langsam. Das Telefon blieb still. Ein Wasserhahn tropfte manchmal, Petzold gähnte, Schilling rannte im Zimmer herum und fragte schließlich: „Was arbeiten Sie hier eigentlich?"

„Wir sind Servicetechniker. So eine Art technische Feuerwehr für die Mess- und Leittechnik. Wenn im Umkreis von hundert Kilometern in einem Kraftwerk oder Umspannwerk was kaputt geht, dann müssen wir ran. Der Raum hier ist rund um die Uhr besetzt, Dreischichtbetrieb."

„Scheint ein ruhiger Job sein."

„Ja und nein. Die meiste Zeit ist es so stinklangweilig, dass man fast verblödet und nicht weiß, wie man den Tag rumkriegen soll. Und dann klingelt das Telefon, und man ist von einer Sekunde auf die andere im größten Stress. Dann steht man vor einem rauchenden Schaltschrank, und die hohen Herren schauen einem voller Interesse über die Schulter, geben viele gute Ratschläge und fragen ständig, wann man denn nun endlich fertig ist."

Das Telefon klingelte. Petzold und Schilling griffen gleichzeitig zu und hätten es um ein Haar vom Tisch gefegt. Petzold erwischte den Hörer. Es war Förster. „Die Fahndung steht, aber wir haben noch nichts. Wir können nur warten. Was haben Sie über den Mann herausgefunden?"

Petzold berichtete, was sie in Erfahrung gebracht hatten. Alles stimmte: Beruf, Aussehen, Wohnort. Die überstürzte Flucht war praktisch ein Schuldeingeständnis. Förster informierte sie, dass die anderen Verdächtigen als Täter nicht in Frage kamen. Hirlinger und Gerlach hatten inzwischen beide überprüft, jeder hatte ein gutes Alibi. Petzold legte auf, und sie warteten weiter.

Schließlich kam Berg auf die Idee, ihnen etwas zu trinken anzubieten. Schilling bestellte eine Cola, Petzold Kaffee, und Berg verschwand. Kurz darauf klingelte das Telefon wieder. Nach einigem Durcheinander begriffen sie, dass es der Apparat auf Wächters Schreibtisch war. Ein interner Anruf. Schilling zog hastig an Wächters Schreibtischschubladen, aber alle waren verschlossen. Auf dem Tisch lagen nur ein leerer Block, ein paar sorgfältig ausgerichtete Stifte und ein Telefonverzeichnis.

Berg kam mit den Getränken zurück, hatte für sich selbst ebenfalls Kaffee mitgebracht. Stumm schlürfte jeder aus seinem Plastikbecher. Plötzlich wieder das Telefon, diesmal das richtige.

„Wir haben schon gedacht, wir hätten ihn", berichtete Förster atemlos. „Eine Politesse in der Innenstadt glaubte, sie hätte den Wagen gesehen. Aber es war falscher Alarm. Das richtige Kennzeichen, aber der falsche Typ, nein, Unsinn, umgekehrt natürlich. Es wird wohl das Beste sein, wenn Sie zurückkommen. Dort können sie doch nichts mehr ausrichten. Und wer weiß, wie lange ..."

Petzold hörte, wie Förster unterbrochen wurde und laut mit jemandem sprach. „Jetzt haben wir ihn", rief er aufgeregt. „Er ist auf der A5 zwischen Rastatt und Karlsruhe Süd unterwegs, Moment mal ... Ja tatsächlich in Richtung Norden. Merkwürdig, der kommt ja zurück ... Warten Sie ..."

Wieder aufgeregte Stimmen im Hintergrund.

„Ich lege mal auf. Hier geht's im Augenblick drunter und drüber. Ich melde mich wieder."

Schon nach einer halben Minute war Förster wieder dran. „So, jetzt sehen wir klarer. Er war anscheinend in Richtung Basel unterwegs. Aber südlich von Baden-Baden ist die Autobahn blockiert, vier Kilometer Stau. Da hat er an der Ausfahrt gewendet, und nun fährt er zurück. Jetzt haben wir ihn im Griff. Ein Hubschrauber der Autobahnpolizei verfolgt ihn mit Abstand, und die Ausfahrten sind in Kürze alle besetzt. Moment ... Ich höre gerade, er ist am Karlsruher Dreieck auf die A8 in Richtung Stuttgart abgebogen. Jetzt brauchen wir nur noch zu warten, bis er irgendwo stecken bleibt. Haben Sie Informationen, ob der Mann bewaffnet ist?"

Petzold befragte Berg. Der war sicher, dass Wächter keine Waffe besaß. Er sei nicht der Typ für so etwas.

„Was halten Sie davon, wenn wir uns hinter den BMW hängen? Mit Abstand natürlich. Dann können wir ihn gleich festnehmen und mitbringen, wenn es soweit ist."

„Wie sind Sie unterwegs?"

„Mit meinem Privatwagen."

Förster schnaufte. „Und wie kann ich dann Kontakt zu Ihnen halten?"
„Ich hab das Handy dabei. Sie haben die Nummer, und können uns jederzeit anrufen."

„Ach ja, richtig. Ich werde mich wohl nie an diese neuen Dinger gewöhnen."

Förster zögerte. Schließlich stimmte er halbherzig zu.

„Also gut. Aber machen Sie keinen Unsinn! Kein unnötiges Risiko, keine Gewaltakte! Heute werden keine Türen eingetreten, verstanden?"

„Logisch, ist ja mein eigenes Auto", versuchte Petzold ihn zu beruhigen. Sicherheitshalber gab er Förster nochmals die Nummer, legte auf und atmete tief ein. Endlich hatten sie etwas zu tun. Gewohnheitsmäßig sah er auf die Uhr: acht Minuten nach elf. Schilling hatte schon die Klinke in der Hand, und Berg sah aus, als würde er am liebsten mitfahren. In der Tür drehte Petzold sich noch einmal um. „Wie viel PS hat so ein 328i?"

„So circa zwohundertdreißig", krächzte Berg. „Er ist ein bisschen getunt."

„Sauber", antwortete Petzold.

15

Petzold kam gut voran, der Verkehr war mäßig, vermutlich wegen der Schulferien. Was jetzt noch kam, war fast Routine. Wie so eine Verfolgung aussah, hatte die Polizei oft genug durchexerziert. Man ließ den Mann an der langen Leine laufen, setzte ihn nicht unter Druck. Aber immer, wenn er dachte, er hätte es geschafft, würde er irgendwo einen Streifenwagen sehen. Er würde sie einfach nicht loswerden, gleichgültig, was er tat. Das konnte sich über Stunden hinziehen, bei Profis über Tage. Irgendwann würde er aufgeben und froh sein, wenn man ihn festnahm, ruhig mit ihm sprach und ihm etwas zu trinken anbot. Man musste nur unter allen Umständen vermeiden, ihn in Panik zu versetzen.

Schilling war aufgedreht und freute sich auf die kommenden Tage. Spätestens morgen würden sie die Stars sein. Endlich ausschlafen, Überstunden abbummeln, vielleicht ein bisschen wegfahren. Warum nicht nach Hamburg? Diese Frau von der ZEIT ging ihm nicht aus dem Kopf. Man könnte es ja einfach mal versuchen.

„He, wie war das nun, warum haben Frauen schlanke Hände?", fragte er lachend.

Petzold schüttelte abwehrend den Kopf.

„Na los, komm schon!"

Petzold schwieg mit verbissenem Gesicht.

„Die ganze Zeit löcherst du einen, und ..."

„Frauen haben schlanke Hände, damit sie gut Pilsgläser spülen können", sagte Petzold schließlich mit einem wütenden Seitenblick. „Und weißt du auch, warum Männer so breite Hände haben?"

„Nein, wieso?"

„Damit sie ihre Kollegen besser aufs Maul hauen können."

„Na, du hast vielleicht eine Saulaune!", sagte Schilling verstimmt und lehnte sich zurück.

Petzold bog am Karlsruher Dreieck auf die A8 ab. „Das ist keine Autobahn, sondern eine Achterbahn", fluchte er nach ein paar Minuten.

„Das sind die Schwarzwaldausläufer", dozierte Schilling. „Hier geht's bis hinter Pforzheim nur rauf und runter."

„Vielen Dank für die Aufklärung", versetzte Petzold. „Prüf lieber, ob das Handy funktioniert!"

Schilling klappte das Telefon auf und hielt es ans Ohr.

„Verbindung ist da."

„Ist das nicht seltsam?", meinte er nach einer Weile. „Erst ist der Mann ein begeisterter Autofahrer, und dann ist er auf einmal das genaue Gegenteil."

Petzold schrak hoch, brauchte einen Augenblick, um zu begreifen, dann antwortete er einsilbig: „Vielleicht ist es wie mit ehemaligen Rauchern."

„Wie meinst du das?"

„Die verbohrtesten Nichtraucher sind doch immer die, die gerade damit aufgehört haben."

Als sie die Ausfahrt Karlsbad passierten, piepste das Telefon zum ersten Mal. Förster informierte sie, dass der BMW inzwischen bei Pforzheim war. Wächter fuhr übervorsichtig, hielt sich streng an die Geschwindigkeitsbeschränkung und zuckelte die meiste Zeit, zwischen Lkws eingekeilt, auf der rechten Spur. Der Hubschrauber folgte ihm, aber er hatte ihn offenbar immer noch nicht bemerkt. Inzwischen war jede Ausfahrt auf der Strecke, einschließlich der Behelfsausfahrten, durch mindestens einen Streifenwagen besetzt.

Das SEK war alarmiert und kam ihm von Stuttgart her entgegen. Wächter hatte keine Chance.

„Schalt doch mal den Verkehrsfunk ein", sagte Schilling.

Petzold drehte wortlos den Schalter und stellte ganz leise. Dann fuhren sie wieder schweigend. Petzold brütete und seufzte manchmal, Schilling betrachtete entspannt die Landschaft. Um halb zwölf, sie hatten gerade die Ausfahrt Pforzheim-West hinter sich gelassen, gab es Verkehrsnachrichten. Der Stau auf der A5 bei Baden-Baden, weiter im Süden einer bei Freiburg. Dann die A8: „Autobahn A8, Karlsruhe Richtung Stuttgart. Zwischen Ausfahrt Heimsheim und Leonberger Dreieck wegen Unfall acht Kilometer Stau. Ortskundige Verkehrsteilnehmer werden gebeten, auf die B10 auszuweichen. Im weiteren Verlauf der Autobahn ..."

Sie sahen sich an. Das war's. Da würde er stecken bleiben.

„Der hat doch bestimmt auch ein Radio im Auto", meinte Schilling.

„Und wenn schon. Dann fährt er bei Heimsheim raus und wird von den Kollegen gegriffen. Jetzt kommt er nicht mehr weit."

Petzold zog den Wagen auf die linke Spur und beschleunigte. Jetzt fuhr er einhundertvierzig km/h, zwanzig mehr als erlaubt. Vor ihnen verdichteten sich die Wolken, von Sonne war nichts mehr zu sehen. Weiter im Osten war der Himmel schwarz, dort schien es zu regnen. Die Autobahn war nach wie vor ungewöhnlich leer.

Zwei Minuten später piepste das Handy wieder.

„Förster hier. Irgendwas ist schief gegangen. Moment ... Er hat an der Ausfahrt Heimsheim die Autobahn verlassen ... Ich höre, er hat einen Kollegen angefahren ... Dort regnet es sehr stark, der Hubschrauber hat ihn verloren ... Wir wissen nicht mehr, was los ist ... Einen Augenblick, ich glaube, da kommt noch eine Meldung ..."

Die Straße führte gerade wieder steil abwärts in eine Senke, die Funkverbindung brach ab.

„Bockmist", fluchte Petzold, nachdem Schilling ihm in kürzester Form berichtet hatte. Wächter wusste jetzt, dass er verfolgt wurde. Er hatte einen Polizisten angefahren, es bestand die Gefahr, dass er durchdrehte. Der Hubschrauber hatte ihn verloren, und kein Mensch wusste, wo er steckte. Wenn er schlau war, hatte er sich in Richtung Schwarzwald auf eine Nebenstraße verkrümelt, würde das Auto in Kürze an irgendeinem Dorfbahnhof abstellen, sich eine Fahrkarte nach Gott weiß wo kaufen, und sie konnten ihn suchen, bis sie in Pension gingen. Andererseits ...

Im letzten Moment sah Petzold die Ausfahrt Pforzheim-Ost. Ohne zu blinken oder Schilling zu warnen, bremste er scharf und riss den Porsche durch eine viel zu enge Lücke auf die Abbiegespur hinüber. Die Straße war nass, der Wagen schleuderte, aber Petzold hatte keine Probleme, ihn abzufangen. Die Fahrzeuge hinter ihm hupten und blinkten wütend. Petzold hoffte, dass die unchristlichen Wünsche, die ihm die Fahrer vermutlich hinterherschickten, nicht in Erfüllung gehen mochten und bog in die Ausfahrt hinunter.

„Hast du 'nen Dachschaden?", fragte Schilling. „Oder hat dir der Kaffee dermaßen auf die Blase geschlagen?"

Die Ampel war rot, drei Fahrzeuge vor Petzold, rechts am Straßenrand ein Streifenwagen, unten, unter der Brücke, noch einer. Schilling hantierte am Handy herum und versuchte immer wieder, Förster zu erreichen. Petzold trommelte aufs Lenkrad. Dann endlich Grün, er fuhr unter der Brücke hindurch, gleich wieder links, und schon ging es zurück in Richtung Karlsruhe.

„Und, was sollte das nun?", knurrte Schilling. „Kannst du den Feierabend wieder mal nicht abwarten?"

Petzold lehnte sich zurück. „Wenn er auf der Bundesstraße geblieben ist, dann ist er weg, dann brauchen wir nicht weiterzufahren. Aber wenn er noch mal gewendet hat, muss er jeden Moment hier vorbeikommen. Und dann haben wir ihn. Mir kommt er nicht weg, darauf kannst du einen lassen!"

Schilling warf Petzold einen beunruhigten Seitenblick zu, erwiderte aber nichts. Es ging die Steigung hinauf, die sie vor Sekunden heruntergefahren waren. Petzold beobachtete im Rückspiegel den Verkehr auf der linken Spur, Schilling versuchte immer wieder, Förster zu erreichen. Schließlich kam er durch und informierte ihn über die Situation. Förster war zufrieden.

„Hoffen wir, dass es klappt. Der angefahrene Kollege ist übrigens nicht so schwer verletzt, wie es anfangs aussah. Was mit dem Hubschrauber ist, wissen wir noch nicht. Hören Sie, Schilling, ich lege auf. Sobald es etwas Neues gibt, melde ich mich."

Keine Minute später war Förster wieder dran, Schilling hörte kurz zu und ließ das Telefon sinken. „Vergiss es. Der Hubschrauber hat ihn wieder. Er ist auf der Landstraße nach Markgröningen. Lass uns heimfahren. Sollen sich andere um ihn kümmern. Ich hab keine Lust mehr."

„Mist", zischte Petzold und schlug aufs Lenkrad. Er setzte den Blinker und wollte zum Überholen ansetzen. „Der Hubschrauber hat den Falschen! Da kommt er!"

Schilling fuhr herum, und Augenblicke später sah auch er den schwarzen BMW. Der Wagen sah Furcht erregend aus. Weit ausladende Kotflügel, breite Reifen, zwei erigierte Ofenrohre als Auspuff, Seitenschürzen, Front- und Heckspoiler, fast undurchsichtig dunkle Scheiben.

„Alles dran, was man braucht, um kleinen Mädchen Eindruck zu machen", knurrte Petzold. „Die Mühle muss ein Heidengeld gekostet haben."

Er setzte sich an das Ende der Kolonne auf der linken Spur. Man fuhr kaum über einhundertzwanzig. Eine Weile bummelten sie so dahin, dann wurde es rechts frei. Die meisten Fahrzeuge zogen hinüber, und plötzlich waren der BMW und der Porsche allein auf der Spur. Das Handy piepste wieder, Schilling meldete sich. Petzold war dicht an den BMW herangekommen.

„Wir haben ihn!", rief Schilling ins Telefon. „Er ist direkt vor uns, keine zehn Meter!"

Da stieß der BMW blaue Wolken aus den Auspuffrohren und schoss davon. Vermutlich hatte Wächter den Porsche und den telefonierenden Beifahrer im Rückspiegel gesehen und sofort den richtigen Schluss gezogen. Bevor Petzold reagieren konnte, setzte vor ihm ein Opel zum Überholen an. Petzold ließ die Lichthupe aufblitzen, der andere verschwand erschrocken in seiner Lücke. Petzold schaltete in den vierten Gang zurück und trat das Gaspedal ins Bodenblech. Der Boxermotor brüllte auf, Schilling wurde in die Rücken-lehne gepresst. Als der Tacho hundertneunzig anzeigte, kam der BMW lang-sam wieder näher. Petzold ging ein wenig vom Gas.

„Diesmal verlieren wir dich nicht, du Drecksau! Jetzt bist du dran!", brüllte er.

Im Auto herrschte ohrenbetäubender Lärm, der Motor röhrte, der Fahr-wind orgelte um die Karosserie wie ein Orkan. Schilling klammerte sich mit einer Hand am Haltegriff über der Tür fest. Jetzt kam die Achterbahnnatur der Straße erst richtig zur Geltung. Der Porsche stürzte aus einer leichten Links-kurve in eine Senke. Eben jagte der BMW unten über die Brücke, schon waren sie selbst im Tal. Schilling wurde übel. Brüllend unterrichtete er Förster, jeden Satz musste er mehrfach wiederholen. Der BMW war nicht mehr zu sehen. Ein kleiner japanischer Wagen setzte in der Steigung zum Überholen an, als Petzold die Frontbeleuchtung aufflammen ließ, zuckte er zurück. Der

Porsche machte einen Schlenker, schon waren sie vorbei. Schilling wurde hin- und hergeworfen, sah zu seinem Kollegen hinüber und begann sich zu fürchten. Petzold saß verkrampft auf seinem Sitz, lenkte mit kurzen, hackenden Bewegungen, sein Gesicht war verzerrt, die Augen nur noch Schlitze.

„Thomas? ... Thomas! ... Thomas!!! He, spinnst du?", brüllte Schilling.

Nun erst nahm ihn der andere zur Kenntnis, sah für den Bruchteil einer Sekunde hinüber. „Ist was?", brüllte er zurück.

„Mach keinen Scheiß, Mensch, ich will heil nach Hause kommen! Ich wollt heut Abend ins Kino und nicht in die Anatomie!" Schilling fürchtete um sein Leben. Noch nie war er so schnell in einem Auto gefahren. Petzold schien den Verstand verloren zu haben und grinste nur blöde. Als sie die Steigung geschafft hatten, verlor der Porsche für einen Moment die Bodenhaftung. Dann eine Rechtskurve, und plötzlich war der BMW wieder da. Er hing hinter einem weißen Volvo-Kombi. Ein Firmenwagen mit blauen Beschriftungen, der knapp hundertfünfzig fuhr. Der Fahrer kümmerte sich einen Dreck um Wächters Nötigungsversuche. Als sich rechts eine Lücke auftat, riss der den BMW hinüber und überholte den Volvo und die Lastzüge auf der rechten Spur in einem lebensgefährlichen Manöver über den Standstreifen.

„Jetzt hat er den letzten Rest Verstand verloren!", brüllte Petzold.

„Hör auf, das ist Wahnsinn!", schrie Schilling, aber Petzold reagierte nicht, sondern versuchte den Volvo links, fast über den Mittelstreifen, zu überholen. Dessen Fahrer war inzwischen zu der Einsicht gekommen, dass hier ein paar Verrückte unterwegs waren, und zog soweit er konnte nach rechts. Auch die Lastwagen machten geistesgegenwärtig Platz, Petzold kam vorbei und trat wieder aufs Gas. Sie hatten kaum fünf Sekunden verloren. Als sie den BMW das nächste Mal zu Gesicht bekamen, schoss er die gegenüberliegende Steigung hinauf, als sie die Gefällstrecke erreichten und sich in die Tiefe stürzten. Schon war er verschwunden.

„Mein lieber Schwan, für einen, der keine Autos mag, fährt er nicht schlecht!", brüllte Petzold. Schilling fand seinen Respekt fehl am Platz. Ihm war speiübel. Er versuchte, über das Handy Förster auf dem Laufenden zu halten, musste brüllen wie ein Seemann im Sturm und wurde hin- und hergeworfen wie ein Gepäckstück. Er war leichenblass und hoffte nur noch, dass die Sache in möglichst kurzer Zeit ein halbwegs glimpfliches Ende finden möge.

Da war der BMW wieder. Petzold stieg auf die Bremse. Schilling flog in den Sicherheitsgurt.

„Scheiße, Scheiße, jetzt hör endlich auf, du bringst uns noch um!", schrie er, und nahm das Telefon wieder ans Ohr.

„Was ... Noch mal ... ich weiß nicht, irgendwo zwischen Pforzheim West und Karlsbad ... Ja, ich sag's ihm. – Du sollst nicht überschnappen, sagt Förster. Wenn's nicht geht, dann sollst du ihn sausen lassen!" Schilling sprach viel zu laut. Im Moment fuhren sie nur knapp hundertsechzig.

„Wieso? Geht doch prima!" Petzold lachte grimmig.

Der BMW schwänzelte hinter einem großen Mercedes, dessen Fahrer die Sache offensichtlich persönlich nahm und eindeutig der Ansicht war, dass die hundertsechzig, die er fuhr, genug seien, auch für verrückt gewordene BMW-Fahrer. Die einzige Reaktion auf Wächters wütende Lichthupe war, dass er den Blinker setzte und eine Spur langsamer wurde.

Der Mercedesfahrer hieß Peter Overbeck, war achtundfünfzig Jahre alt, Inhaber und Chef eines mittelständischen Maschinenbaubetriebes in Weinheim an der Bergstraße. Er kam von einem Besuch bei einem großen Kunden in Stuttgart, war auf dem Weg nach Hause und hatte miserable Laune. Seit über zehn Jahren hatte seine Firma in großen Stückzahlen Präzisionsteile für diesen Kunden hergestellt. Das war ein schönes Geschäft gewesen. Die Aufträge waren fast ohne sein Zutun in regelmäßigen Abständen ins Haus geflattert, er hatte niemanden schmieren müssen, und der Abnehmer hatte immer anständig und vor allem pünktlich bezahlt.

Und nun hatten sie ihn einbestellt, das Angebot eines tschechischen Konkurrenten auf den Tisch gelegt, der die Teile für etwas mehr als die Hälfte seines Preises anbot, und ihm freundlich mitgeteilt, dass er zwei Möglichkeiten habe: entweder zu diesem Preis oder gar nicht. Er könne sich nicht vorstellen, wie Leid es ihnen tue, man habe immer gern mit ihm zusammengearbeitet, aber der Kostendruck durch die Automobilindustrie sei hoch, und er wisse ja selbst ... Er hatte erklärt, er wolle es sich überlegen, aber sofort gewusst, dass es keine Chance gab. Zehn, fünfzehn, vielleicht sogar zwanzig Prozent wären drin gewesen, mehr beim besten Willen nicht. Es war eine Katastrophe ohne jede Vorwarnung. Sein Umsatz würde mit einem Schlag um über dreißig Prozent zurückgehen, er würde sofort Leute entlassen müssen und wagte nicht daran zu denken, was geschehen würde, wenn die Bank von der Geschichte erfuhr. Wenn die ihn fallen ließ, konnte er nächste Woche Vergleich anmelden.

Und jetzt kam auch noch dieser Armleuchter mit seinem Angeber-Auto und meinte, er müsse ihm auf die Nerven gehen. Jetzt versuchte der Knallkopf doch tatsächlich, rechts zu überholen.

Als sich eine Gelegenheit bot, setzte Wächter wieder rechts zum Überholen an. Er war halb vorbei, da zog der Mercedes in einem Anfall von Wahnsinn ebenfalls nach rechts. Die Wagen kollidierten. Nur leicht. Der BMW schlingerte kurz, fing sich sofort wieder. Der Mercedesfahrer lenkte zu stark gegen, kam ins Schleudern, und krachte in die Leitplanke, während der BMW schon wieder beschleunigte.

Petzold, der etwas auf Abstand gegangen war, trat ebenfalls das Gaspedal durch und steuerte zu Schillings Entsetzen mit rasend zunehmender Geschwindigkeit auf den Mercedes zu, der sich vor ihnen querstellte.

Schilling schrie in Todesangst, warf das Handy weg und krallte sich mit beiden Händen ins Armaturenbrett. Er starrte auf den Mercedes. Im letzten Moment erkannte er, dass Petzold einen Plan verfolgte. Er hatte in Sekundenbruchteilen die Lücke erkannt, die sich zwischen dem schleudernden Wagen und der Leitplanke auftat. Es passte haarscharf. Hinten gab es einen Schlag, der Porsche brach ein wenig aus, dann waren sie vorbei.

„Du Spinner", schrie Schilling. „Du hältst jetzt an! Sofort, hörst du! Anhalten! Hörst du nicht? Anhalten!" Er suchte das Handy auf dem Fußboden und hob es mit fliegenden Händen auf. „Der Petzold ist übergeschnappt, der ... Um Gottes willen ..."

Im Rückspiegel sah er, dass der Mercedes begonnen hatte, sich zu überschlagen und in einer Wolke aus Dreck, Staub, Glassplittern und herumfliegenden Gepäckstücken in seine Einzelteile aufzulösen schien.

„Hier hat's gekracht! Schickt einen Rettungshubschrauber, am besten auch die Feuerwehr, hier ist Moment ... Kilometer zwei-fünf-acht ... Was? ... Ein Mercedes, ich weiß nicht, wie viele Personen ... nein, ich seh ihn nicht mehr ... Nein, uns ist nichts passiert."

Petzold hatte weiter beschleunigt. Wieder kam eine Steigung. Oben eine enge Rechtskurve, die er höchstens mit hundertfünfzig nehmen konnte. Zum Glück war die linke Spur jetzt wieder durchgehend frei, er gab wieder Vollgas, dann war der BMW wieder da, knapp zweihundert Meter entfernt. Weit vorne konnte Schilling den Beginn der letzten Gefällstrecke ins Rheintal hinunter erkennen. Plötzlich wurde der BMW langsamer.

„Er gibt auf!", schrie Petzold. „Er kann nicht mehr! Er gibt auf! Ja jetzt bist du am Ende, du Drecksack! Mich wirst du nicht so leicht los, was?"

Der BMW verschwand in der Gefällstrecke, einen Augenblick später fiel auch der Porsche ein letztes Mal ins Bodenlose. Schilling schluckte.

Der Tacho zeigte hundertfünfzig, Schilling kam es vor wie eine gemütliche Spazierfahrt. Die Gefällstrecke endete in einer lang gezogenen Linkskurve. Plötzlich das Handy.

„Was?", rief Schilling ins Telefon. „Ja, ich sag's ihm." Er ließ das Handy sinken. „Stau am Karlsruher Dreieck. Sie wissen nicht, wie weit."

„Gut so. Jetzt haben wir ihn", erwiderte Petzold mit bösem Grinsen. „Mach schon mal deine Pistole klar."

Als sie aus der Kurve kamen, sahen sie weit vorne den Stau, Bremslichter, Warnblinkleuchten. Petzold bremste, zog nach rechts und brachte den Porsche unsanft neben der Leitplanke zum Stehen.

Auch der BMW wurde langsamer, schien zu zögern, und dann gab Wächter plötzlich wieder Gas, beschleunigte und hielt direkt auf die stehenden Fahrzeuge zu. Petzold kniff die Augen zu. Er hämmerte mit beiden Händen auf das Lenkrad und brüllte: „Scheiße! Scheiße!"

Schilling starrte mit offenem Mund dem BMW hinterher, der immer weiter beschleunigte und auf das Stauende zuraste. Es war klar, was kommen musste. Aber bis zum letzten Moment hoffte er, dass die Bremslichter aufleuchten, dass er auf den Standstreifen ausweichen, dass ein Wunder geschehen möge. Wächter blieb auf dem Gas. Schilling wollte schreien, zuckte mit Händen und Füßen, wollte irgendetwas tun.

„Jesus Maria", flüsterte er.

Dann krachte es.

Langsam nahm er das Handy hoch, aus dem ständig Försters aufgeregte Stimme quäkte, machte mehrfach den Mund auf und zu. Petzold hatte die Stirn zwischen die Hände aufs Lenkrad gelegt. Seine Augen waren geschlossen.

„Doch", sagte Schilling heiser ins Telefon, „wir leben noch."